El laberinto de las aceitunas

Biblioteca Eduardo Mendoza
Novela

Eduardo Mendoza

El laberinto de las aceitunas

Seix Barral

El papel utilizado para la impresión de este libro es cien por cien libre de cloro y está calificado como **papel ecológico**.

Esta edición dispone de recursos pedagógicos en www.planetalector.com

Seix Barral, un sello editorial de Editorial Planeta, S. A.
Avda. Diagonal, 662-664, 08034 Barcelona (España)
www.seix-barral.es
www.planetadelibros.com

Diseño de la cubierta: Booket / Área Editorial Grupo Planeta
Ilustración de la cubierta: CSA Plastock / Getty Images y Shutterstock
Primera edición en esta presentación en Colección Booket: febrero de 2016
Segunda impresión: mayo de 2016
Tercera impresión: diciembre de 2016
Cuarta impresión: enero de 2017

Depósito legal: B. 29.276-2015
ISBN: 978-84-322-2588-8
Impresión y encuadernación: CPI (Barcelona)
Printed in Spain - Impreso en España

Biografía

Eduardo Mendoza nació en Barcelona en 1943. Ha publicado las novelas *La verdad sobre el caso Savolta* (1975; *Los soldados de Cataluña*, 2015), Premio de la Crítica; *El misterio de la cripta embrujada* (1979); *El laberinto de las aceitunas* (1982); *La ciudad de los prodigios* (1986), Premio Ciutat de Barcelona; *La isla inaudita* (1989); *Sin noticias de Gurb* (1991, 2011 y 2014); *El año del diluvio* (1992); *Una comedia ligera* (1996), Premio al Mejor Libro Extranjero; *La aventura del tocador de señoras* (2001), Premio al Libro del Año del Gremio de Libreros de Madrid; *El último trayecto de Horacio Dos* (2002); *Mauricio o las elecciones primarias* (2006), Premio de Novela Fundación José Manuel Lara; *El asombroso viaje de Pomponio Flato* (2008), Premio Terenci Moix y Pluma de Plata de la Feria del Libro de Bilbao; *El enredo de la bolsa y la vida* (2012); *El secreto de la modelo extraviada* (2015) y el libro de relatos *Tres vidas de santos* (2009), siempre en Seix Barral, y *Riña de gatos. Madrid 1936*, novela ganadora del Premio Planeta y del Premio del Libro Europeo. Ha recibido el Premio Cervantes 2016, el Premio Liber, el Premio de Cultura de Cataluña y el Premio Franz Kafka.

NOTA DEL AUTOR

Creo recordar que empecé a escribir El laberinto de las aceitunas *un verano, que es la época del año en que suelo hacer estas cosas. Recuerdo que la escribí íntegramente en Nueva York, y en dos etapas. También recuerdo los motivos que me impulsaron a elegir el tema y el estilo.*

Con anterioridad yo había publicado El misterio de la cripta embrujada, *una novela escrita casi por azar o, al menos, de un modo espontáneo, con una alegría no exenta de desfachatez, como dije en su correspondiente nota introductoria. Para construir la peripecia me había basado en el patrón de las novelas policiacas tradicionales, que entonces leía con asiduidad. Ahora bien, las novelas policiacas se escriben en serie; es una de sus características; una novela policiaca que no forme parte de una serie es excepcional. Por otro lado, las series son un fenómeno peculiar: sólo se dan en la literatura infantil (Guillermo Brown, Celia, el pequeño Nicolás, Harry Potter) y en la literatura policial, probablemente el más infantil de los géneros para adultos. No hay que confundir la novela de serie con la novela por entregas. La novela por entregas es una novela muy larga, sub-*

dividida por razones de publicación o de encuadernación. Las novelas que integran una serie son novelas independientes entre sí: se han de poder leer sin seguir un orden preciso, pero comparten el mismo protagonista, a veces varios personajes secundarios, siempre un estilo narrativo y una trama. No voy a hacer teoría general; sólo digo que el fenómeno me parecía interesante.

Luego estaba, en mi caso, el protagonista. Para quien no haya leído El misterio de la cripta embrujada, *diré que es un individuo de la más baja extracción social cuya carrera delictiva y una sucesión de accidentes que nunca me entretuve en relatar (ni siquiera en imaginar) han arrojado a un manicomio, del que un policía venal, el comisario Flores, le hace salir para que le ayude a resolver un misterio. El planteamiento es tan absurdo que permite cualquier atentado contra las normas del realismo, e incluso de la verosimilitud, como, por ejemplo, que sea el propio detective loco quien cuente su aventura en un estilo heterodoxo, vulgar y culterano. Huelga decir que se trata de un relato humorístico, remotamente emparentado con la literatura picaresca y el esperpento. Con este personaje, como decía, me sucedió algo curioso: apenas se hubo insinuado sobre el papel, casi antes que haberse formado en mi propia imaginación, sentí por él una extraña afinidad, como si entre él y yo hubiera una relación que iba, por así decir, más allá de la novela. En la vida de algunos autores se producen encuentros de este tipo, unas veces para bien y otras para mal.*

Por raro que parezca, el reencuentro con el perso-

naje en El laberinto de las aceitunas *constituyó para mí una alegría similar al reencuentro con un amigo.*

En cambio el experimento de la novela de serie, que emprendía con tanta ilusión, me causó más dificultades que otra cosa. Descubrí que, como todos los elementos esenciales de la novela tradicional ya venían dados por la novela anterior, había que hacer gala de una inventiva para lo accesorio de la que yo carezco. Por esta razón la línea argumental de El laberinto de las aceitunas *es más enrevesada que la de su antecesora. Por el mismo motivo di mayor realce a algún personaje secundario. Todo esto, sin embargo, son detalles técnicos que poco o nada han de interesar al lector.*

Lo dicho en el párrafo anterior no significa que yo saliera descontento del experimento. Es más, traté de repetirlo. Hice varios intentos, que abandoné en distintas etapas de elaboración por diversas causas. Luego, cuando revisé los manuscritos abandonados comprobé que el personaje y su modo de actuar habían quedado desfasados con respecto a la Barcelona en que para entonces yo ya habitaba, por más que sus aventuras seguían teniendo lectores, como demuestra la presente edición. Así que dejé a mi personaje descansando en su reclusión, aunque de cuando en cuando llegara su voz a mis oídos.

He dicho al principio que escribí esta novela en dos etapas. La primera fue muy rápida, como había sido la redacción de La cripta. *Luego, cuando me las prometía muy felices, me quedé sin saber cómo continuar la historia. No es que no se me ocurrieran lances pintorescos, porque una vez creado un cierto mecanismo, los lances se suceden de un modo casi automático, como las variaciones musicales de un compositor más hábil que inspirado. Pero esto no me satisfacía, ni siquiera en una novela de tan escasas pretensiones. De modo que la guardé en un cajón. Pero no empecé otra, como suelo hacer en estos casos.*

Pasé un largo período dedicado a la reflexión y, sobre todo, a la angustia. Es ridículo que el conocido síndrome del bloqueo, que al parecer todos los escritores sufren al menos una vez en su vida me diera a mí en mitad de un proyecto de tan poco fuste, pero así fue. Una vez por semana, a lo largo de un invierno riguroso, inacabable, como son siempre los de Nueva York, me reunía en un antiguo bar que ya no existe con un amigo que estaba en una situación parecida, si no peor: un poeta encallado en un poema interminable. Allí bebíamos cerveza y nos contábamos nuestras penas. Fue un período oscuro y helado, que ahora recuerdo sin nostalgia, pero no sin cariño. También quiero pensar que aquélla fue la única ocasión en la que me he comportado como un escritor profesional en su vertiente más neurótica.

Finalmente, y después de muchos intentos baldíos, reanudé la escritura y acabé el libro sin mayor dificultad y tan deprisa como había escrito la primera parte. Confío en que el resultado no acuse los altibajos de su elaboración.

Pero ¿cuál fue en definitiva el resultado de este proceso? Bueno, la novelita que figura en este volumen. Quien la lea podrá juzgar. En el fondo, trabajé para contar lo que acabé contando: las andanzas y traspiés de un hombre que recorre su ciudad por los tejados y el subsuelo, obligado, sabe Dios por qué, a ver sólo el reverso de las cosas.

EDUARDO MENDOZA

Barcelona, febrero de 2001

EL LABERINTO DE LAS ACEITUNAS

↳ The Labrynth of the Olives

Capítulo primero

DE CÓMO FUI SECUESTRADO Y POR QUIÉN

—Señores pasajeros, en nombre del comandante Flippo, que, por cierto, se reincorpora hoy al servicio tras su reciente operación de cataratas, les damos la bienvenida a bordo del vuelo 404 con destino Madrid y les deseamos un feliz viaje. La duración aproximada del vuelo será de cincuenta minutos y volaremos a una altitud etcétera, etcétera.

Más avezados que yo, los escasos pasajeros que a esa hora hacían uso del Puente Aéreo se abrocharon los cinturones de seguridad y se guardaron detrás de la oreja las colillas de los pitillos que acababan de extinguir. Retumbaron los motores y el avión empezó a caminar con un inquietante bamboleo que me hizo pensar que si así se movía en tierra, qué no haría por los aires de España. Miré a través de la ventanilla para ver si por un milagro del cielo ya estábamos en Madrid, pero sólo distinguí la figura borrosa de la terminal del Prat que reculaba en la oscuridad y no pude por menos de preguntarme lo que tal vez algún ávido lector se esté preguntando ya, esto es, qué hacía un perdulario como yo en el Puente Aéreo, qué razones me llevaban a la capital del reino y por qué describo tan circunstanciadamente este gólgota al que a diario se someten miles de españoles. Y a ello responderé diciendo que precisamente en Madrid dio comienzo una de las aventuras más peligrosas, enrevesadas y, para quien de este relato sepa extraer provecho, edificantes de mi azarosa vida. Aunque decir que todo empezó en un avión sería faltar a la verdad, pues los acontecimientos habían empezado a discurrir la noche anterior, fecha a la que, por mor del rigor cronológico, debo remontar el inicio de mis desasosiegos.

Había llegado en esos días la primavera al hemisferio septentrional, en el que yo me hallaba, y con el despuntar de los primeros brotes vegetales, el doctor Sugrañes, que unía a sus profundos conocimientos médicos, a sus reconocidas facultades administrativas y a sus acendradas dotes disciplinarias un amor por la naturaleza impropio de lo que antecede, me había encomendado una vez más la tarea de buscar con arte, perseguir con tesón y exterminar con saña unos escarabajillos peloteros que se cebaban en los rosales que al doctor Sugrañes enorgullecían y que nosotros teníamos que hacer crecer con ímprobos trabajos en aquella aridez espiritual y geológica. Los lepidópteros, si es que en semejante pedigrí puede encuadrárselos, efectuaban sus dañinas pitanzas durante la noche y esa a la que ya me he referido nos encontró a Pepito Purulencias, un cincuentón gerundense que había pretendido rejonear desde una bicicleta al Gobernador Civil de la ciudad inmortal, y a un servidor, provistos de sendos cubos y otros tantos martillos, gateando entre los zarzales y esforzándonos sin éxito por reproducir el grito de la hembra en celo. Recuerdo que Pepito, primerizo en estas lides, estaba por demás excitado y no paraba de hacer comentarios del siguiente tenor:

—Digo yo que por qué no nos mandarán a perseguir chavalas en vez de cucarachas, ¿eh, tú?

Y que yo le conminaba a guardar silencio para no espantar la caza. Pero no había quien lo hiciera callar, y menos aún cuando creyendo haber encontrado al tacto, pues estaba la noche como la boca de lobo, el caparazón de un escarabajo y habiéndole asestado un golpe demoledor, se pulverizó la uña del dedo gordo del pie. Yo procuraba no hacerle demasiado caso y concentrarme en el asunto, porque si no presentábamos los cubos razonablemente llenos de parásitos el doctor Sugrañes se iba a incomodar y no estaban mis relaciones con él en muy sólidos términos, cosa que me preocupaba sobremanera, porque estaba prevista para la semana entrante la retransmisión desde Buenos Aires, vía satélite, del crucial encuentro entre la selección nacional y la argentina, decisivo para la clasificación, y sólo a los que se hubieran portado muy bien se les permitiría ver el partido en el único televisor que en aquel colgajo de la seguridad social había. Y no es que mi conducta no fuera a la sazón en todo mesurada, que si bien en una época ya lejana de mi vida fui, lo reconozco, un tanto pendenciero y malhablado, algo irrespetuoso de la propiedad, la dignidad y la integridad física del prójimo y, en suma, poco observador de las normas básicas de la convivencia humana, los años que llevaba encerrado en aquella institución, las atenciones que el doctor Sugrañes y sus competentes subordinados me habían prodigado y, en especial, la buena voluntad que yo mismo había puesto, me habían convertido, a mi juicio, al menos, en un criminal reformado, un ser nuevo y, casi me atrevería a decir, un ejemplo de rectitud, comedimiento y buen juicio. Lo que ocurría es que, consciente de haberme rehabilitado, juzgando por ende innecesario prolongar el encierro prescrito por los tribunales y deseando gozar por fin de una libertad a la que me consideraba merecedor, no podía evitar que en ciertas ocasiones me traicionase la impaciencia y la emprendiese a palos con algún enfermero, destruyese artículos que no me pertenecían y tratase de violentar a las enfermeras o a las visitantes de otros internos que, quizá sin mala intención, no ocultaban como habría sido aconsejable su condición femenina. Lo cual, sumado a un exceso de celo por parte de las autoridades, una cierta reticencia por parte de los médicos que tenían que darme el alta y la consabida lentitud de los trámites burocráticos, habían impedido que surtieran el efecto apetecido las innumerables instancias que a todas las jerarquías judiciales y de otra índole yo con infatigable regularidad cursaba y hecho que mi estancia intramuros del manicomio contase ya seis largos años en los albores primaverales a que he aludido.

Tesitura esta que, aun amarga, no me privó de

percatarme de que de súbito mi compañero se callaba. Transcurridos unos minutos y extrañado de su silencio, cuchicheé:

—Pepito, ¿qué haces?

Sólo el susurro de las hojas respondió a mi apercibimiento.

—Pepito, ¿estás ahí? —insistí con idéntico resultado.

Intuí que un peligro rondaba y, por lo que pudiera pasar, me puse en guardia, aunque la experiencia me ha enseñado que ponerse en guardia equivale normalmente a adoptar una expresión ladina y resignarse de antemano a lo que inexorablemente habrá de suceder.

En efecto, a los pocos segundos cayeron sobre mí dos sombras corpulentas que dieron conmigo en el suelo y me hundieron el rostro en la tierra para que no pudiera gritar. Sentí que me maniataban y amordazaban y, sabedor de que toda resistencia era inútil, consagré mis escasas fuerzas a escupir el estiércol y los escarabajos que se me habían metido en la boca antes de que un trapo sucio la sellara. Fracasado el intento, procuré no tragar saliva, cosa nada fácil, como podrá comprobar quien desee hacer el experimento, bien con fines académicos, bien por solidaridad con mi persona.

No era este último sentimiento el que debía de mover a mis atacantes, pues apenas hubieron hecho de mí un fardo, me arrastraron sin miramientos por la rosaleda, me alzaron en vilo al llegar junto a la tapia del manicomio y me hicieron volar por encima de ella, con lo que di con mis huesos en el duro suelo de la carretera que circundaba el jardín.

No dejé, mientras en el vacío estaba, de percibir un coche aparcado cerca de allí, lo que me llevó a sospechar que no estaba yo siendo objeto de una chocarrería, sino víctima de algo más serio. Mis dos atacantes, entretanto, habían rebasado la tapia y volvían a tironear de mis enclenques piernas. En esta indecorosa forma llegué junto al coche, cuya portezuela trasera alguien abrió desde dentro y a cuyo suelo fui arrojado al tiempo que una voz no del todo por mí desconocida ordenaba:

—Enchega y sal pitando.

Mi postura y ubicación sólo me permitían ver unos zapatos de charol negro, unos calcetines blancos, dos rodajas de pantorrilla pilosa y el arranque de un pantalón de tergal. Entraron en el coche los dos secuestradores, haciendo de mí escabel, ronroneó el motor y partimos rumbo a lo desconocido.

—¿Estaba solo? —preguntó el que había dado la orden de marcha.

—Con otro majara —dijo uno de los esbirros.

—¿Qué habéis hecho con él?

—Lo dejamos seco de un mamporro.

—¿Seguro que no os ha visto nadie?

Los dos esbirros prorrumpieron en reiteradas protestas y el jefe, convencido de que la operación se había llevado a cabo limpiamente, indicó al chófer que se saliera de la carretera y se parara en un lugar discreto. Cumplidas las instrucciones, cuatro manos procedieron a desatarme. Me incorporé como buenamente pude y me encontré, a un palmo de mis ojos, con el rostro siempre jovial del comisario Flores, a quien ya conocerá quien sea reincidente en mis escritos. Para el neófito diré que, sin que por ello se nos pudiese considerar amigos, un caprichoso destino nos había unido de antiguo al comisario Flores y a mí, haciendo nuestras trayectorias vitales, si se me permite la antítesis, a la vez paralelas y divergentes, pues él había trepado por mis costillas hasta coronar la cima de su escalafón mientras yo declinaba por su influjo hasta tocar el fondo de la escala social y acabar en la benéfica institución ya mentada. Era el comisario Flores hombre de agraciado físico, aliñado vestir, gesto viril y labia fácil, si bien la guadaña impía del tiempo había restado donaire a su fina estampa, que no empaque, abotargando su faz, desertificando su cráneo, cariando sus molares, acreciendo michelines a su cintura y activando sus glándulas sebáceas en todo clima, lugar y circunstancias. Y aquí debo interrumpir mi descripción, porque el poseedor de los envidiables atributos que acabo de enumerar me estaba diciendo:

—Ni una maña o te dejo la cara más aplastada que el producto interno bruto —a lo que agregó al cerciorarse de que yo había asimilado el mensaje—: Supongo, por lo demás, que te alegrará ver que he sido yo quien ha planeado sin fisuras y ejecutado sin contratiempos tu escapada, sabiendo como sabes que sólo actúo pensando en tu bien y en el de mi grey. Y ahora, si me prometes portarte como corresponde a la gratitud que me debes, haré que te quiten la mordaza.

Hice señas de asentimiento con las cejas y, obedeciendo un gesto del comisario, los agentes me quitaron el trapo que tenía metido hasta el gaznate y que, a juzgar por su apariencia y sabor, debía de usarse comúnmente para restañar la grasa de las bielas.

—Ni creerás —continuó diciendo el comisario mientras el coche volvía a la carretera y se zampaba el asfalto camino de Barcelona— que esta comedia no obedece a un alto fin. Nada tan reñido con mi cargo y natural como la arbitrariedad. Bástete saber que cumplo instrucciones emanadas de muy arriba y que mi misión, de la que tú eres objeto, es de índole confidencial. De modo que, a callar.

Seguimos viaje sin que mediara palabra y, sin más incidencias que algún atasco esporádico, hicimos nuestra entrada en las abigarradas arterias urbanas, cuya visión, tras tan largo alejamiento, me ensanchó el corazón e hizo acudir lágrimas a mis ojos, pese a que mal podía dar rienda suelta a mis emociones en la incómoda posición en que me hallaba, porque viajaba de hinojos y sin otro sostén que las rodillas de los agentes, a las que procuraba yo no arrimarme mucho para eludir tocamientos que pudieran ser malinterpretados. Así llegamos a una calle céntrica pero no excesivamente concurrida, en la que se detuvo el coche. Nos apeamos el comisario, los agentes y yo y anduvimos hasta una puerta de hierro desprovista de todo rótulo, que el comisario abrió, entrando acto seguido, y cuyo umbral traspuse yo ayudado por los puntapiés de los agentes, quienes habiendo procedido así se retiraron.

Nos encontramos el comisario Flores y yo en un pasadizo bajo de techo, iluminado por unos fluorescentes que de éste pendían y a lo largo del cual se alineaban bolsas de basura harto apestosas. No se detuvo empero el comisario a degustar estos detalles, sino que avanzó a grandes zancadas arrastrándome por la manga, hasta que otra puerta nos cerró el paso, bien que sólo hasta que el comisario la hubo abierto. Franqueada aquélla, aparecimos, con gran sorpresa por mi parte, en una enorme cocina en la que trajinaban no menos de doce personas trajeadas de bata blanca y tocadas con esos extraños gorros tubulares que distinguen la profesión de cocinero de cualquier otra de las que en el mundo se ejercen. De lo exquisito de los aromas que allí flotaban y de la primorosa apariencia de algunos platos ya listos para ser servidos deduje que la cocina en cuestión debía de pertenecer a algún restaurante de lujo y no pude menos de establecer una dolorosa comparación entre semejante edén y la cocina del manicomio con su imperecedero hedor a organismos fermentados, aunque debo decir, en honor a la verdad, que en el santuario de la gastronomía en el que momentáneamente me encontraba percibí a un cocinero que se refrescaba los pies en un perol de *vichyssoise*.

Atravesamos la cocina sin que nadie nos diera el quién vive y salimos de ella, no por unas puertas batientes que seguramente daban al comedor, sino por otra afín a las antes descritas que daba a un segundo pasadizo cuya descripción sería igualmente redundante, salvo por el elemento de la basura, del que este último carecía. El pasadizo de cuya descripción acabo de hacer gracia al lector moría en un montacargas tan amplio como vacuo, en el que subimos un número indeterminado de pisos y del que emergimos en un cuarto donde había un carretón lleno a rebosar de ropa arrebujada. Siempre en pos de otros horizontes, dejamos el cuarto de la ropa sucia y salimos a un pasillo ancho y largo. El suelo estaba cubierto de una mullida alfombra, del techo colgaban lámparas de cristal y otros objetos de buen gusto y a los costados menudeaban puertas de madera noble. Todo daba a entender que estábamos en un hotel, pero ¿en cuál?

Capítulo segundo

Y POR QUÉ

No me dejó el comisario Flores remolonear en mis cábalas, sino que actuó como si aquel repentino cambio de decorado no precisara de un período, siquiera breve, de adaptación. Yo le precedía por el suntuoso pasillo tratando de adelantar mis glúteos a las punteras de sus zapatos, y así llegamos al término de nuestro periplo, siendo aquél una de las puertas, en cuyo pomo un cartoncito redondo rezaba así: NO MOLESTEN. El comisario golpeó la puerta con los nudillos y alguien desde dentro preguntó que quién iba, a lo que replicó el comisario que él, Flores, tras lo cual se abrió la puerta, pese a que el letrerito admonitorio hacía prever que muy otra sería la acogida, y entramos en un salón demasiado amueblado no ya para mis gustos espartanos, sino para que pudiera yo ganar la ventana y arrojarme por ella sin ser atrapado a medio intento. En vista de lo cual, decidí postergar todo plan de fuga y seguir estudiando el terreno. No dejó de chocarme, dicho sea de paso, el que el cuarto de un hotel que se pretendía bueno no tuviera a la vista ni la cama ni el bidet. Sí tenía, en cambio, un ocupante al que al entrar no había percibido por hallarse oculto tras la puerta que ahora, verificada nuestra identidad, cerraba con pasador, llave y cadena. Era quien tal hacía un maduro caballero de atlética complexión. Sus facciones y modales reflejaban lo elevado de su cuna. Llevaba el pelo grisáceo pulcramente esculpido a navaja, tenía la tez muy bronceada e irradiaba, en conjunto, esa aura de charcutería cara que suele envolver a los cincuentones que trabajan su apariencia corporal. No debía de ser éste, sin embargo, el secreto de la felicidad, porque el caballero en cuestión parecía estar asustado, receloso y un punto histérico. Sin darnos las buenas noches ni interesarse por nosotros en modo alguno, corrió el caballero a sentarse tras una mesa de despacho que ocupaba el centro de la pieza y sobre la que había un teléfono y un cenicero de cristal tallado. Quizá era el temor de que le quitáramos el asiento lo que traía conturbado al caballero, pues una vez sentado recuperó visiblemente la calma, distendió su rostro en una sonrisa bonachona y nos hizo señas de que nos acercásemos. Me asaltó entonces la extraña pero inequívoca sensación de que yo había visto a aquella persona en alguna parte. Quise recordar dónde, pero el destello había vuelto a caer en el pozo negro del subconsciente, del que no había de regurgitarlo la memoria hasta mucho después, cuando ya las cosas no tenían remedio.

Nos acercamos a la mesa y el que se la había apropiado miró al comisario, me señaló a mí y despejó la ambigüedad con ello causada preguntando:

—¿Es éste?

—Sí, Excelencia —respondió el comisario Flores.

Quien a semejante tratamiento se había hecho acreedor enroscó el índice con que me apuntaba y se dirigió a mí mediante la palabra.

—¿Sabes con quién estás hablando, hijo? —me preguntó.

Yo dije que no con la cabeza.

—Infórmele usted, Flo —le dijo al comisario.

Éste se acercó a mi oído y susurró como si el interesado no hubiera de escuchar la revelación:

—Es el señor Ministro de Agricultura, don Ceregumio Lavaca.

Sin perder un instante, flexioné las piernas, respiré hondo y me impelí por los aires para saltar por encima de la mesa y besar la mano del prócer, y habría logrado mi propósito de no ser por el centelleante rodillazo que el comisario Flores tuvo a bien propinarme en salvas sean las partes. El superhombre, que, en su grandeza, debía de ser inmune al culto personal, restableció la familiaridad con una sonrisa benévola y el sencillo gesto de barrenarse la nariz con el meñique. El comisario arrimó una silla y se sentó. Yo juzgué preferible mantener la posición de firmes. Se arremangó el señor Ministro la camisa y advertí que llevaba tatuado en el antebrazo un corazón atravesado por un dardo y festoneado por esta lapidaria inscripción: TODAS PUTAS.

—Te estarás preguntando, hijo mío —empezó el señor Ministro su importante discurso—, por qué te he convocado a mi presencia y por qué esta entrevista ha lugar en el anonimato de un hotel y no, como correspondería a mi dignidad, en un palacio de mármol. A que sí.

Amagué una genuflexión y prosiguió diciendo el mandatario:

—Que nadie se llame a engaño: aunque ostento la cartera de Agricultura, me ocupo de asuntos que competen a Interior. De la agricultura se encarga el Ministro de Marina. Un truquillo que hemos urdido para eludir responsabilidades. Lo digo porque sé que puedo contar con tu discreción —volvió a señalarme con un dedo en cuya punta había quedado prendida una pelotilla—, de la que el comisario Flores me ha dado, no sin cierto retintín, óptimas referencias. Prescindiré, pues, de todo preámbulo. Por lo demás, todo el mundo sabe la situación por la que atraviesa el país, y soy optimista al emplear la palabra atraviesa, porque nada hace prever que vayamos a salir por el otro lado. El marxismo nos acecha, el capitalismo nos zahiere y somos blanco de terroristas, espías, agentes provocadores, especuladores rapaces, bucaneros, fanáticos, separatistas y algún judío de los que nunca faltan. Impera la violencia, cunde el pánico, la moral ciudadana se va al garete, el Estado surca galernas y las instituciones se asientan sobre arenas movedizas. No me tomen por derrotista: aún percibo a lo lejos destellos de esperanza —se hurgó el seno y extrajo un escapulario de franela que besó con ejemplar unción—. Ella no nos abandonará en este trance. ¿Qué les parece si hacemos una pausa para tomar unas copas?

Levantándose se dirigió a una suerte de mesilla de noche que resultó ser una nevera camuflada. Sacó una botella de champán del congelador y la depositó en la mesa al tiempo que exclamaba:

—No sé dónde estarán los vasos. Pero todo tiene arreglo, con buena voluntad y un poco de ingenio. Traeré el vaso de los dientes, que ustedes dos pueden compartir, y yo beberé a morro.

Desapareció por una puerta y regresó con un vaso en cuyos bordes se dibujaban medias lunas lechosas.

—No tengan reparos: sólo lo he usado yo para mis enjuagues. Si huele mucho a Licor del Polo le paso una agüilla. ¿No? Vale —le tendió la botella al comisario—. Ábrala usted, Flo, que es el que entiende de explosivos, ja, ja, ja.

Sonriendo de medio lado, el comisario Flores se puso a tironear del tapón hasta que salió éste disparado contra el techo y empezó a brotar de la botella una espuma amarillenta que se desparramó por la alfombra.

—¡Yeeeepa! —gritó alborozado el señor Ministro.

El comisario llenó el vaso y pasó luego la botella al prohombre, quien formó con los labios un hociquito al que aplicó el gollete, trasvasó medio litro a sus cavidades, chasqueó la lengua y bramó:

—¡Carajo, como en la mili! Qué bien, ¿eh? Sólo nos faltan tres niñas bien cachondonas. Flo, usted que es hombre de mundo, ¿no podría...?

El comisario Flores emitió una tosecilla, como llamando a la circunspección y el señor Ministro esbozó un resignado mohín.

—Está bien, está bien —murmuró entre dientes—. Me había dejado arrastrar por este ambiente tan simpático. La verdad es que entre las obligaciones del cargo y el cascajo de mi mujer llevo una vida... En fin —suspiró—, ¿dónde andábamos?

—Acababa usted de describir... —apuntó el comisario.

—... la verdad de las cosas, tiene usted razón. Y ahora, con su permiso, pasaré de lo general a lo concreto. El asunto es que ayer se produjo un secuestro. Me dirán que eso ni es novedad ni tiene la menor importancia. Tal vez. Pero en este caso, y no me pidan detalles, la cosa ha tomado un feo cariz. Resumiré diciendo que el Gobierno, pese a su reconocida y encomiable firmeza, está dispuesto a pagar el rescate. Una suma, dicho sea de paso, tan exorbitante, que para reunirla hemos tenido que echar mano de cuentas corrientes cuya mera titularidad, de conocerse, haría rodar cabezas. Así de complejos son los parámetros de nuestra realidad política. Si voy demasiado aprisa, levanten la mano. ¿No? Bien, continúo. La entrega del dinero ha de efectuarse mañana por la mañana en una discreta cafetería de Madrid. La operación no lleva aparejado peligro alguno, claro está. Lo único que nos hace falta, como ya habrán supuesto, es un intermediario digno de toda confianza que, por sus circunstancias personales, no tenga contacto alguno con medios de difusión, círculos políticos, corrillos bursátiles, cónclaves eclesiásticos ni salas de banderas. Por eso he acudido a Barcelona, ciudad tan europea, sí señor, y tan ¿cómo diría yo?... tan cosmopolitamente provinciana, donde el siempre eficaz Flores me ha sugerido tu nombre, hijo dilecto.

Esta última parte, aunque me haya abstenido de acotarla, iba dirigida a mí, con lo que pasé sin transición, y como tantas veces me ha sucedido en la vida, de agudo espectador a perplejo protagonista.

Y consciente de que semejantes regalos hay que atajarlos de raíz, so pena de meterse en unos líos de madre santísima, me atreví a levantar el dedo para pedir la palabra. El prócer frunció el ceño y preguntó:

—¿Pipí?

—No, Excelencia reverendísima —empecé a decir. Y en este atento preámbulo quedó encallada la perorata, pues cuál no sería mi confusión al advertir que de la boca me salían, propulsadas por el aire que siempre expelo al hablar, diminutas bolitas de tierra, estiércol y baba, supérstites del conglomerado que, a causa de la mordaza primero y de la distracción provocada por las novedades luego, me había ido tragando desde que fui secuestrado hasta el presente. De modo que opté por dejar para mejor ocasión la exposición y me afané por reagrupar las pellas que maculaban la mesa del señor Ministro con ánimo de volvérmelas a meter en la boca. No lo conseguí, porque ya el dinámico prohombre las había arrojado de un manotazo al otro extremo de la habitación y con ese aplomo del que sólo nuestros políticos son capaces me instaba a proseguir mi parlamento. Pero yo estaba tan azorado que olvidé lo que quería decir y los argumentos con que pensaba apuntalar mis aserciones.

Capítulo tercero

PASOS MALHABIDOS

Heme aquí, me puse a cavilar, introducido en la trastienda de la máquina estatal. Y de ahí mis reflexiones fueron a dar en la inexactitud de la metáfora que acabo de transcribir y en otros problemas que no tienen nada que ver con el asunto que a la sazón nos ocupaba, bien sea, como el doctor Sugrañes sugería a veces, por mor de eludir la realidad circundante, bien, como el mismo facultativo afirmaba cuando perdía los estribos, por falta de capacidad mental. Sea como fuere, ya me había quedado casi dormido cuando me percaté de que el señor Ministro tenía clavados en mí unos ojos inyectados en sangre o, quizá, aquejados de conjuntivitis, en vista de lo cual simulé unas arcadas, como si mi silencio se hubiera debido a un bloqueo laríngeo y no síquico, y me esforcé por hilvanar los desastrados flecos de mi raciocinio.

—Tenías una pregunta que hacer —me animó el señor Ministro.

—En efecto, Excelencia. ¿Qué tengo que hacer?

—Si haces preguntas tan directas, nunca llegarás a nada —se chanceó retozón el notable—, pero no me importa contestarte sin ambages. Hay en esta habitación un maletín lleno de dinero. Te vas a hacer cargo de él y, huelga decirlo, a responsabilizarte hasta de la última peseta. Si se te pasara por la cabeza la peregrina idea de sustraer algo, recuerda que la Inquisición no ha muerto; sólo duerme un sueño ligero. Me parece que hablo claro. Bueno, cogerás, como digo, el maletín y te irás a Madrid. Tienes reserva en el vuelo de medianoche. En Barajas cogerás un taxi, que pagarás con lo que el comisario Flores tendrá la bondad de adelantar, porque yo sólo llevo encima bonos del tesoro para dar fe de mi confianza en el sistema, y le dirás al taxista que te lleve al hotel Florinata de Castilla, donde hay también reserva a nombre de Pilarín Cañete. Es mi secretaria particular y no tiene mucha imaginación para los *noms de guerre*, pero no la puedo despedir porque me temo que la he dejado embarazada. Una vez en el hotel, te encerrarás en la habitación y extremarás las precauciones. A las nueve y media de la mañana saldrás del hotel. La cuenta está pagada. En otro taxi te irás a la cafetería Roncesvalles. No te doy la dirección, pero el taxista la tiene que conocer seguro. A las once menos cinco entrarás en la cafetería. Puedes tomar algo, si lo deseas, pero habrás de pagarlo de tu bolsillo, porque el presupuesto de la operación no da para gastos suntuarios. Procura pasar desapercibido y no sueltes ni un segundo el maletín. A las once en punto se te acercará alguien y te preguntará la hora. Le contestas que te han robado el reloj en el metro. Te dirá que ya no hay orden y otros topicazos por el estilo. Le entregarás el maletín y, sin más demora, tomarás otro taxi, te irás al aeropuerto, cogerás el primer avión que salga para Barcelona y procurarás olvidarte de todo lo que has visto y oído. Por supuesto, si hubiera algún accidente, el Ministerio negará saber de tu existencia. En El Prat, a tu regreso, te estará esperando el comisario Flores, que te reintegrará a tu domicilio. No espero, como buen conocedor que soy de la naturaleza humana, que te avengas a cumplir este delicado encargo por patriotismo o por algún otro motivo elevado. Como la mierda que eres, esperarás alguna recompensa. La tendrás. No sé ni cuánto ni cuándo, porque todavía no hemos cuadrado el balance del año 77, pero algo bueno caerá. ¿Estás contento?

—Excelentísimo señor —balbuceé—, no sé si el comisario Flores le habrá informado de cuál es mi situación. Es el caso, Excelencia, que llevo ya seis años recluido en un sanatorio mental. Yo, en mi modestia, opino estar casi sano y quienes me tratan, especialmente el doctor Sugrañes, nuestro eminente director, aparentan corroborar mi tesis. Ni el trato es malo ni tengo queja alguna que formular. Pero me gustaría salir, Excelencia. Yo no sé si Vuestra Excelencia ha estado encerrado alguna vez en un manicomio, pero, de ser así, sabrá que los alicientes son pocos. Ya no soy tan joven como era cuando entré. Los años pasan, Excelencia, y a mí me gustaría...

No me hizo concebir demasiadas ilusiones el que, mediada mi perorata lastimera, sacara el señor Ministro un pequeño transistor de un cajón y se lo aplicase a la oreja mientras tamborileaba y ponía los ojos en blanco. Pero no por eso dejé de porfiar, que bien sé que la memoria almacena lo que el intelecto rechaza y no desconfiaba yo en que alguna noche tuviera el señor Ministro un confuso sueño que, hábilmente desentrañado por su analista, le hiciera recordar mis anhelos. Con esta tenue esperanza concluí mi discurso y recuperé la posición marcial que al calor de las palabras había en cierta medida descompuesto. El señor Ministro, viendo que me había callado, dejó el transistor sobre la mesa, se levantó por segunda vez en el transcurso de nuestra entrevista y se dirigió a un sofá capitoné color granate. Yo esperaba, no sé por qué, que apretara un resorte y lo convirtiera en cama, espectáculo este que siempre me ha producido un maravillado contento, pero el prócer, lejos de hacer tal cosa, sacó del bolsillo trasero del pantalón una navaja automática, la abrió con la pericia de quien ha practicado en callejones y zaguanes y rasgó sin miramientos uno de los cojines del sofá. Cometido este acto de vandalismo, se guardó el señor Ministro la navaja, metió la mano por la hendidura que acababa de practicar, revolvió el plumaje que rellenaba el cojín y acabó por extraer el anunciado maletín, con el que regresó a la mesa. Varias plumas se le habían quedado adheridas al pelo y el señor Ministro, haciendo gala del sentido del humor que siempre ha caracterizado a su Departamento, describió unos círculos en la alfombra con las piernas encogidas y los brazos extendidos mientras exclamaba: cuac, cuac, cuac. El comisario Flores y un servidor celebramos como se merecía aquel improvisado gag.

—Éste es el maletín —dijo el señor Ministro recobrando el talante formal que hacía al caso— y este llavín es el llavín. El maletín te lo llevarás, pero el llavín, no, porque el Gobierno está firmemente decidido a no dar facilidades al terrorismo. Si quieren abrir el maletín, que fuercen la cerradura. Ahora voy a abrir el maletín con el llavín para que tengamos todos una visión fugaz del dinero que contiene. A la una, a las dos y a las... ¡tres!

Se abrió de par en par el maletín y dejó ver una ordenada colección de billetes tan apetitosa que no creo que una sola célula de mi cerebro dejara de estremecerse. Ni siquiera el comisario Flores, que alardeaba de despego de los bienes temporales, pudo reprimir un hipo.

—Cuánto, ¿eh? —dijo el señor Ministro, satisfecho del impacto que había logrado producir en el auditorio.

Volvió a cerrar el maletín, se guardó la llave y me lo entregó junto con un billete de avión de ida y vuelta y esta admonición:

—Recuerda que el Gobierno no tolera errores. Flores, acompañe a este punto al aeropuerto y no me lo pierda de vista hasta que despegue el avión. Mañana se planta usted en El Prat y espera a que regrese. Y no trate de ponerse en contacto conmigo. Yo le llamaré cuando lo estime oportuno. Y ahora váyanse, que se hace tarde y yo tengo que hacer mi hora de yoga en la bañera. Suerte y prudencia, hijo mío. Si te asaltan tentaciones, piensa en la Pasión del Señor.

Y así fue como vine a dar al avión al que he aludido al principio de este relato.

No ocultaré por un anacrónico prurito machista el terror que este moderno medio de transporte, que utilizaba yo por vez primera, habiendo sido hasta entonces hombre de tope de tranvía y techo de mercancías, me provocó, ni describiré la ristra de sustos en que consistió para mí el viaje. Sí diré en mi descargo que conservé en todo momento la sangre fría y que ni los elegantes viajeros que compartían conmigo el aeroplano ni la opípara bien que severa azafata que nos mantenía a raya se apercibieron de mi turbación ni de los negros presagios que la imaginación me iba presentando a examen. Procuré comportarme como el más consumado de los pasajeros y pasé la mayor parte del vuelo tratando de provocarme el vómito para no desdeñar la bolsita que alguien había colocado a tal efecto delante de mi asiento. Cuando hube puesto ambos pies en tierra firme y zanjado en el retrete del aeropuerto de Madrid ciertos apremios, volví a sentirme seguro de mí mismo y dispuesto a llevar a buen término el cometido que me habían confiado. Así de aprisa me recuperé de los estragos del viaje, aunque no me hayan abandonado hasta el día de hoy los espasmos ni la náusea ni el alarido que siempre se me escapa cuando por la televisión pasan un anuncio de Iberia. Pero, ¿a quién no le sucede otro tanto?

Y aprovecharé esta digresión para tratar de despejar la incógnita que de fijo más de uno se estará planteando, a saber, ¿por qué acepté sin abrenuncios una misión que, no obstante habérseme descrito como poco menos que una sinecura, había de estar sin duda erizada de peligros? Yo rogaría a quien con estas o parecidas palabras tal preguntase que se pusiera en mi lugar. Creo haber dejado bien claramente sentado que no abrigaba el menor deseo de consumir el resto de mis días encerrado en un manicomio, ni, dados mis antecedentes, medios materiales y relaciones sociales, era tampoco de esperar que alguien, por la razón que fuese, se preocupara de poner remedio a mi situación. No iba, pues, a desperdiciar una ocasión de hacerme valer a los ojos de quien supuestamente tenía poder para desplazar montañas. No estaba ausente tampoco de mis cábalas, no se vaya a pensar, el elemento patriótico que con tanta elocuencia había introducido en nuestro trato el señor Ministro, pero confieso, no sin rubor, que tan altruista estímulo tal vez no me hubiera movido con tanta presteza a la acción de no haber mediado las egoístas consideraciones que acabo de anunciar.

En esto iba yo meditando mientras el taxi me conducía por las calles de Madrid. Huelga decir que era ésta mi primera visita a la capital de España y que ardía en deseos de preguntar qué era tal o cual edificio, monumento o paraje, pero me abstuve de hacerlo por razones de prudencia elemental. En un silencio lleno de presagios llegamos ante un edificio de paredes desconchadas en cuya fachada chisporroteaba un anuncio de neón.

No sé por qué había esperado yo un hotel de lujo y le pregunté varias veces al taxista si realmente me había llevado a donde yo le había dicho o si, abusando de mi condición, trataba de enchufarme en algún tugurio con cuyo propietario tenía un amaño para expolio del turista y descrédito del país. Lejos de agradecer la franqueza con que le hacía partícipe de mis sospechas, se revolvió el taxista en su asiento y me contestó que llevaba doce horas haciendo el taxi, que con malabarismos y contorsiones conseguía llegar a fin de mes, que si sabía lo que costaban los colegios y que no estaba dispuesto a escuchar impertinencias de un pardillo. Juzgué preferible no proseguir el diálogo y pagué religiosamente lo que marcaba el taxímetro, añadiendo al monto una peseta de propina. Perseguido por los escupitajos del taxista hice mi entrada en el vestíbulo del hotel y me dirigí al mostrador, donde un recepcionista de distinguido aspecto se estaba recortando las uñas de los pies.

—Completo —me espetó sin darme tiempo a saludar.

—Tengo una reserva a nombre de Pilarín Cañete —repliqué.

Consultó un organigrama lleno de borrones y tachaduras, me repasó con una mirada en la que se aunaban furor y sarcasmo y dijo:

—Ah, sí. Te estábamos esperando.

Yo hice como que no reparaba en el tuteo, rellené un formulario que, una vez verificado escrupulosamente por el recepcionista, fue a dar a la papelera y extendí la mano para recoger una llave encadenada a una porra que aquél me tendía. Antes de que pudiera hacerme con la llave, el recepcionista me dio con la porra en los nudillos.

—Son cuatrocientas lucas —dijo.

—La habitación está pagada —protesté.

—Pero no el arbitrio de hospedaje. Cuatrocientas o no hay techumbre.

Aparte de la fortuna que llevaba en el maletín, sólo me quedaba un billete de quinientas. Se lo di y le pedí un recibo justificativo del desembolso. Me dijo que no podía dármelo porque se había descompuesto la computadora, y se guardó el billete en el bolsillo.

—Por lo menos —dije yo—, déme la vuelta.

—Me estás resultando tú muy golfa, Pilarín —se mofó el recepcionista lanzándome la llave y enfrascándose de nuevo en su manicura.

Subí a la habitación cuyo número aparecía escrito con bolígrafo en la porra, entré y cerré. La habitación no estaba del todo mal. Se veía que el hotel había sido decoroso en su día y que últimamente, quizá de resultas de la crisis, no había recibido las necesarias atenciones. Pese a carecer de colchón, la cama era grande y el cuarto de baño tenía todos sus componentes, aunque algún cliente había hecho de ellos mal uso a juzgar por lo que flotaba en la bañera. Con todo, y no siendo yo puntilloso, me dije que iba a pasar una buena noche. Escondí el maletín debajo de la almohada, me tumbé en la cama y, como había visto hacer en las películas, descolgué el teléfono para pedir que me despertaran a las ocho. Por el auricular salió el ruido inconfundible de unas castañuelas, que escuché hasta que, cansado, decidí colgar. Estaba en un tris de dormirme cuando alguien tocó a la puerta. Pregunté quién era.

—Servicio de bar —dijo una voz.

—Yo no he pedido nada —le informé.

—Gentileza de la casa —aclaró la voz.

Nunca rechazo nada gratis, de modo que abrí. Entró un camarero portando con la singular habilidad que les caracteriza una bandeja de plástico sobre la que había un vaso y una botella de medio litro de Pepsi-Cola. Cómo la gerencia del hotel había podido acertarme el gusto con tanto tino es algo que no consigo entender, salvo que se tratase, como supuse entonces, de la más feliz de las coincidencias. Al tiempo que arrebataba la botella de la bandeja, besaba el cristal con delirante expectación y danzaba ora sobre un pie ora sobre el otro, advertí que al camarero le faltaba un brazo.

—¿El señor no quiere que le abra la botella? —le oí preguntar.

Le dije que sí con vehemencia y deposité la botella en la mesilla de noche. Como fuese, según tengo dicho, que el camarero era manco, la operación de abrir la botella duró cerca de veinte minutos, durante los cuales tuve tiempo de reflexionar así: ¿Y si lo que parece una dádiva fuera en realidad un ardid o diablura? ¿Y si la botella contuviera, amén del precioso líquido, un somnífero, suero o ponzoña? ¿Y si todo formara parte de un maquiavélico plan pergeñado con sabe Dios qué fines? Y al llegar a este punto me interrumpió el camarero para decirme que ya había logrado abrir la botella y que si se podía ir.

—Antes —le dije—, te echas un trago de Pepsi-Cola.

—La democracia no obliga al señor a tanto —dijo él.

—De aquí no sales hasta que no hayas catado la bebida —le amenacé—, y no te me pongas chulo, que te puedo.

Reconsideró su desventaja física, se encogió de hombros, se llevó la botella a los labios y le pegó un largo chupetón.

—Está buena —comentó sin entusiasmo.

—Y tú, ¿te encuentras bien?

—Pa la edaz que tengo... —dijo filosóficamente.

Convencido de que el obsequio no encerraba añagaza alguna, le quité la botella de la mano y me bebí lo que quedaba en ella, que era algo así como la mitad y un poco, de un buchazo. Me invadió el delicioso mareo que siempre acompaña la ingestión de tan exquisita ambrosía y alcancé a llegar a la cama antes de quedarme profundamente dormido.

Me desperté con un fuerte dolor de cabeza. Junto a la puerta roncaba el manco. Estos detalles y el hecho de haberme despertado en la alfombra y no en la cama en la que recordaba haberme tendido me hicieron pensar que, después de todo, sí me habían administrado un narcótico. Como no llevaba reloj, gateé hasta el camarero y vi que el suyo señalaba las cinco en punto. No sin vacilaciones fui hasta la cama y levanté la almohada. El maletín seguía allí, pero la cerradura había sido forzada. Lo abrí y lo hallé vacío. Revolví la habitación, enrollé la alfombra y arranqué el papel de las paredes, pero el dinero, como cabía esperar, no apareció. Se trataba, en efecto, de un robo y no de una de esas quedadas a las que tan aficionados son los capitalinos.

Superfluo será que describa mis angustias y sudores. Baste decir que hice lo que usted, comprensivo lector, habría hecho de encontrarse en mi lugar: agotar el ubérrimo caudal de reniegos que poseo, adoptar una expresión de santocristo flagelado y patear al camarero hasta dejarlo hecho unos zorros.

Desahogado así mi primer arrebato, me dije que de nada valía dejarse vencer por la desesperación, que había que ser práctico, buscar una salida, encontrar una solución. Como primera medida desnudé al camarero, hice yo otro tanto, le puse a él mis ropas y me puse yo las suyas. Le vacié los bolsillos, que habían pasado a ser míos con el trueque, y sólo encontré un artefacto metálico articulado, muy útil para destapar botellines y sacar corchos e inútil para todo lo demás, y una estampa plastificada que mostraba por una cara un calendario caducado y por el dorso la foto de una chica en canesú. Me extrañó no encontrar nada más, hasta que caí en la cuenta de que probablemente no serían aquéllas sus prendas personales, sino el uniforme que le proporcionaba el hotel. Tras breve ponderación decidí quedarme con ambos artículos. Lo propio hice con su reloj de pulsera y con el billete de avión que había de permitirme regresar a Barcelona. Rasgué luego un pedazo de sábana y con él borré de todas partes mis huellas digitales y las de cuantas personas hubieran plantado en aquella habitación sus manazas. Arrastré al camarero hasta la cama y lo dejé bien dormido en el lugar que me correspondía, cogí el maletín y me metí en el cuarto de baño. El rollo de papel higiénico estaba sin estrenar y me llevó un buen rato recortar las cuatrocientas hojas y colocarlas ordenadamente donde antes había estado el dinero. Al final quedé bastante satisfecho del resultado. No es que no se notara el camelo, claro está, pero mejor era eso que nada. Cerré el maletín, salí del cuarto de baño, comprobé que la habitación estaba más o menos en orden, apagué la luz y me asomé al pasillo: no había nadie. Con mil precauciones bajé a la recepción. Una señora despuntaba judías verdes y las arrojaba a una jofaina que descansaba sobre el mostrador. Dejé la llave junto a la jofaina, dediqué un guiño seductor a la señora y salí a la calle. No me quedaba ni un duro, conque no había ni que pensar en buscar otro hotel, y faltaban aún seis horas para la cita con los secuestradores. Si hubiera estado en Barcelona habría sabido dónde ir o qué hacer con mi tiempo libre, pero en aquella ciudad desconocida me sentía solo y desamparado. Empecé a recorrer las calles sin rumbo ni norte, ocultándome en las sombras de los portales cada vez que me cruzaba con juerguistas, maleantes, serenos y otras criaturas de la noche. Algunos menesterosos dormían en los bancos públicos, pero no me atreví a imitarles por lo que pudiera pasar. Aunque el cansancio me vencía, la sensación, por lo demás infundada, de que alguien me andaba siguiendo no me dejaba hacer un alto y reponer fuerzas.

Poco a poco, sin embargo, la ciudad fue resucitando. Primero unas pocas personas, bastantes luego y al fin muchas empezaron a deambular, bien que de mal talante, camino de sus obligaciones. Despuntó la aurora, se produjeron atascos, animaron el aire bocinazos e improperios y recobró el mundo su aspecto habitual. Reconfortado por la bullanga y amparado por el gentío, abordé a un transeúnte y le pregunté cómo llegar a la cafetería Roncesvalles. Gracias a sus instrucciones, las ocho me dieron apostado tras un árbol que atinadamente había crecido enfrente del local. Las nueve menos cuarto marcaba el reloj que le había quitado al manco, cuando un individuo en camiseta desatrancó las puertas giratorias, cuya colocación y funcionamiento estudié en previsión de eventuales retiradas. Luego llegaron dos o tres camiones de reparto y un chaval con una cesta de churros calientes que me hicieron babear a modo. Pese al tráfico, llegó a mis oídos el resoplar de la cafetera. Por un momento pensé en entrar y pedir un café con leche con churritos y pagar con el papel higiénico que llenaba el maletín, que a estos y peores desvaríos impele el hambre, pero me contuve. Los primeros clientes entraban y salían y yo los observaba para ver si alguno tenía cara de malhechor. Varios tenían cara de malhechor.

A las diez y media el establecimiento bullía de parroquianos y decidí que había llegado el momento de hacer mi entrada. Me asaltaron mil temores y otras tantas incertidumbres, porque no había trazado plan alguno ni tenía noción de qué peligros podían acecharme, pero no era la ocasión propicia a vacilaciones. Oriné contra el árbol, me atusé la pelambrera, traté de recomponer mis ropas, aferré el maletín y con el aire desenvuelto de quien se dirige a matar las horas en sus quehaceres cotidianos entré en la cafetería.

Capítulo cuarto

INTRICACIÓN

Estaba, como tengo ya dicho, el bar repleto de ciudadanos. Traté de contarlos, pero me fue imposible por estar las paredes tapizadas de espejos que enrevesaban la operación con sus duplicaciones. Tampoco el propósito de aquel recuento me parecía en exceso útil, porque había un continuo trasiego de clientes y porque, si había que llegar a las manos, bastaba con dos para que mi inferioridad numérica resultara patente. Por lo demás, el señalar a todo el mundo con el dedo y sacar la lengua estaban haciendo de mí blanco de algunas miradas. Opté por un comportamiento más circunspecto y me dirigí a la barra, que ocupaba todo el fondo de la cafetería. Al pasar junto a una mesa en la que había tres individuos, oí una voz autoritaria que me decía:

—Eh, tú, ven acá.

Me acerqué a la mesa con el corazón disparado, los cabellos erizados y las piernas trémulas. Los tres individuos tenían la vista fija en mis movimientos y uno de ellos jugueteaba con lo que me pareció una metralleta, aunque tal vez fuera un paraguas. Procurando aparentar un despectivo aplomo, me abalancé sobre la mesa y mascullé:

—Me han robado el reloj, no hay orden en el metro y traigo el papel de váter en el maletín.

Los tres individuos cambiaron entre sí miradas de inteligencia y el que parecía capitanear el grupúsculo dijo:

—Dos cortos, uno con leche, una de tortilla, gambas y una cajetilla Camel.

Tras lo cual volvieron a enfrascarse en su conversación. Entonces caí en la cuenta de que llevaba puesta la ropa del camarero manco. De modo que me cuadré y dije a mi vez:

—Marchando.

Me fui a la barra y repetí la lista que acababa de oír, bien que con alguna variante, pues era todavía novato en el oficio. Esperé un rato y alguien me puso delante una bandeja con tres cafés y unos moluscos en salsa. La cogí sin rechistar y me dirigí a una mesa. Como tenía que bregar con la bandeja y el maletín y, para postres, sortear el gentío, a los tres pasos ya se me había caído todo por el suelo. Volví a la barra pensando seriamente en sentar plaza de camarero, persuadido de que tenía dotes, cuando se me acercó una chica en la que, en mi atolondramiento, no había reparado antes.

—¿Tiene usted hora? —me preguntó.

Un examen tangencial y discreto me permitió apreciar que se trataba de una mujer atractiva, pese a no llevar maquillaje alguno e ir vestida de trapillo. Supuse que sería una de esas chicas de alterne que pueblan la mitología de los ejecutivos periféricos. Mientras devanaba estas y parecidas reflexiones, la chica, que por algún motivo ignorado parecía muy nerviosa, me volvió a preguntar la hora. Consulté mi reloj y dije que eran las once menos cinco. Me dio las gracias, dio media vuelta y se fue en busca de algún gerente que desplumar. Sólo entonces, y aun ahora me abochorna confesarlo, eché de ver que acababa de oír la contraseña que con tanta paciencia me había enseñado el señor Ministro y que, abstraído en otras divagaciones, había dejado pasar la oportunidad de llevar a feliz término mi misión. Ya para entonces la chica de alterne cruzaba la cafetería amagando pellizcos y desoyendo requiebros y se perdía en la puerta giratoria. Golpeando con el maletín a quien se me interponía, salí corriendo en pos de ella y gané la calle en el momento en que se subía a un coche que partió sin tardanza. Por fortuna el tráfico era tan denso que el coche quedó inmovilizado a los pocos metros. Llegué hasta él y tuve tiempo de asomarme a la ventanilla trasera y gritar a pleno pulmón:

—¡Me han robado el reloj! ¡No hay garantías!

Arrancó el coche y recorrió media manzana hasta parar de nuevo. Lo alcancé y reiteré mi lamento:

—¡En este país no se puede vivir! ¡Aquí el que no corre vuela!

Casi había logrado meter la cabeza por la ventanilla cuando salió el coche de estampía. Esta vez tuve menos suerte y cuando las piernas me llevaron a su vera cambió el semáforo y avanzó el tráfico rodado. Seguí corriendo y denunciando el caos imperante hasta que me faltó el resuello y tuve que elegir entre la persecución y el agravio cívico. Opté por la primera alternativa y conseguí atrapar el coche cuando doblaba una esquina. La chica de alterne, que en todo el tiempo no había dejado de mirarme con expresión un tanto alarmada, empezó a cerrar el cristal de la ventanilla mientras decía al fulano que se sentaba al volante:

—Pisa a fondo, que ahí viene.

Por un pelo pude meter el maletín por el resquicio que aún no había cubierto el cristal y empañar éste con mis jadeos. Caí al suelo derrengado y aspiré allí los malsanos gases del coche, que a la sazón se desvanecía entre el magma de autobuses, motos y otros medios de transporte. Con el magro saldo de mis fuerzas logré arrastrarme hasta la acera, evitando así ser atropellado por los vehículos que venían detrás tocando la bocina y armando escándalo y, una vez a salvo y no obstante la barahúnda reinante, me tendí en el empedrado y descabecé un sueñecito.

Me despertó a puntapiés una señora para preguntarme si me pasaba algo. En parte por justificar mi presencia en aquel lugar y en parte por ver si ablandaba su corazón y le sacaba algún dinero, le dije que llevaba dos días sin comer y que no tenía trabajo y me contestó que el que quería trabajar trabajaba y el que no, no, y se fue. Eran las doce y no tenía nada que hacer en Madrid, de modo que decidí regresar a mi patria chica. Preguntando a unos y otros me encontré tras larga caminata en el arranque de una autopista que llevaba a Barajas. Un amable conductor se apiadó de mí y me hizo subir a su coche. Por el camino me contó que estaba harto de todo, que sus hijos eran unos mastuerzos y su mujer una vaca insípida y que de buena gana colgaría los trastos y lo mandaría todo a la mierda si supiera qué hacer y dónde. Me preguntó si había estado alguna vez en África, le dije que no y en ese punto quedó colgada nuestra conversación. Me apeé del coche e hice andando el último tramo de recorrido hasta el aeropuerto, al que llegué al mismo tiempo que un autocar del que bajó un enjambre de turistas. Guiándome por una serie de flechas y letreros di con la terminal del Puente Aéreo, donde evacué los trámites prescritos para subir al avión, dejando en todo momento bien sentada mi condición de paleto. Rugían los motores cuando abordé el aparato inmerso en el enjambre de turistas que se pusieron a cantar apenas aposentados, ahogando con su coro el tronar de las turbinas.

—Por ver a la Pilarica, vengo de Calatorao —cantaban los turistas con su pintoresco acento.

La azafata les arrojaba puñados de caramelos Sugus. A los nacionales nos ofreció la prensa diaria. Más por ocultar el miedo que sentía que por enterarme de lo que pasaba dentro y fuera de nuestras fronteras, cogí uno y lo hojeé distraídamente, hasta que una noticia, arrumbada en la crónica de sucesos, me hizo dar un respingo y disipó toda la alegría que el saberme de regreso al hogar me había inyectado. La noticia en cuestión rezaba así:

«Madrid, 14. — A primeras horas de la mañana de hoy apareció asesinado en un hotel de esta ciudad un individuo que se registró con el nombre de Pilarín Cañete y que, según fuentes oficiales, se había evadido la noche anterior de un sanatorio mental próximo a Barcelona. Aunque al cadáver le faltaba el brazo derecho, no había en el aposento signos de violencia. Tampoco se le encontraron documentos, dinero ni objetos de valor, por lo que no cabe descartar la hipótesis del robo. Roguemos porque su muerte sirva de escarmiento a los que, lejos de aceptar su condición con cristiano desenfado, etcétera, etcétera.»

—¿Le pasa algo, joven? —me preguntó mi compañero de asiento, quizá porque yo, algo incontrolado de nervios, le estaba propinando rodillazos en la ingle.

—La altura —dije—, que no me sienta bien.

Sonrió con la suficiencia de quien lleva muchas horas de vuelo y me contó que aquello no era nada comparado con la tormenta que había tenido que atravesar un avión en el que él viajaba de Alicante a Ponferrada, allá por los años cincuenta.

—¡Ah, amigo mío, qué tiempos heroicos! Cada vez que el avión se precipitaba en el vacío y parecía que se iba a estrellar contra las montañas, los pasajeros nos desprendíamos el cinturón de seguridad, nos poníamos en pie y gritábamos al unísono: ¡Viva Cristo Rey! Cuando aterrizamos en Ponferrada, el alcalde pronunció un discurso que nunca olvidaré.

Yo le escuchaba diciendo a todo que sí, y aproveché su enardecimiento para sustraerle un par de billetes de mil que llevaba en el bolsillo izquierdo del pantalón.

Aunque estaba decidido a darle el esquinazo, me extrañó no ver al comisario Flores esperándome en el bar Punto de Encuentro, tal y como le había ordenado el señor Ministro. Ponderé lo que su ausencia podía implicar y llegué a la conclusión de que debía de haber leído la noticia de mi muerte y pensado, muy correctamente, que no valía la pena pegarse un plantón innecesario. Salí, pues, del aeropuerto del Prat, cuyo espléndido recinto recorrí ocultándome tras el periódico, subí a un taxi y le dije al taxista que me llevara a Barcelona.

—¿A qué parte de Barcelona? —quiso saber.

—No sea insolente y tire palante, que ya le diré.

La verdad es que no sabía adónde ir. Pensé en aquel instante, aunque no ciertamente por vez primera, que me habría gustado tener una casa confortable, con cuarto de baño propio, y una familia que me estuviese esperando en torno a una mesa en cuyo centro humease una paella con sus trocitos de conejo y alguna que otra gamba para darle buen sabor. Estaba, en cambio, solo, no tenía dónde caerme muerto, no había comido nada en las últimas veinticuatro horas y acababa de leer la reseña de mi asesinato. Porque no me cabía la menor duda de que era a mí y no al pobre manco a quien habían tratado de hacer albóndigas y, en un rapto de sentimentalismo, lamenté haberlo dejado al pobre donde lo dejé, disfrazado de mí, inerme y desprevenido; que no en vano nos habíamos trincado a medias una botella de Pepsi-Cola. Pero casi más que su deplorable defunción lamentaba yo que ésta hubiera sido inútil, ya que, o andaba yo muy errado, o los que lo habían muerto no tardarían en darse cuenta de su equivocación y en tratar por todos los medios de corregirla, perspectiva esta que, como es de suponer, no me producía el menor regocijo.

—Oiga, señor —oí que me decía el taxista—, ya veo que viene usted muy absorto en su diario, pero ya estamos en Plaza España y no sé si tirar hacia Calvo Sotelo o hacia Centro Ciudad.

Tomé una rápida decisión y le dije que me llevara al hotel donde me había entrevistado con el señor Ministro, a quien pensaba pedir, con el debido respeto, algunas explicaciones. Llegado que hubimos a nuestro destino, pagué la carrera con el dinero que le había mangado al viajero locuaz, esperé a que desapareciera por el chaflán el taxi y me colé de rondón por la portezuela de hierro que la noche antes habíamos utilizado el comisario Flores y un servidor y que a la sazón, como entonces, seguía conduciendo a las cocinas del hotel, embriagadoras, dicho sea de pasada, y al montacargas. En este último subí hasta el cuarto piso, salí al suntuoso corredor alfombrado, localicé la puerta de la habitación del señor Ministro y sin más toqué.

Me abrió un señor muy distinguido envuelto en un batín de seda. Como el individuo en cuestión no era el señor Ministro, salvo que se hubiera producido en el ínterin otra crisis gubernamental, ni era dable suponer que fuera un visitante ataviado de tal guisa y mucho menos un ligue del señor Ministro, saludé con sequedad y dije:

—Servicio de lavandería.

—Yo no he pedido que me lavaran nada —me respondió el señor con altanería.

—Orden de la gerencia —dije yo bajando la voz—. Hemos tenido quejas de otros clientes.

Sin atreverse a rechistar, que bien negra debía de tener la conciencia, se metió el desaprensivo en la habitación y se puso a rebuscar en una maleta que tenía abierta en el suelo. La mesa de despacho y el resto del mobiliario ocupaban idéntico lugar que la víspera, lo que no me chocó, porque no había esperado advertir cambio alguno en la decoración. Más inexplicable se me hizo el que el sofá que el señor Ministro había despanzurrado para sacar de sus entrañas el maletín apareciera ahora intacto. Me asaltaba ya el temor de haberme equivocado de habitación cuando percibí en la alfombra un punto blanco que se me antojó significativo y que, sometido a más atento examen visual, resultó ser una pluma blanca. No había error: estaba en la habitación correcta, pese a ocuparla ahora otro individuo que, con aire consternado, me tendía unas camisas y otras prendas interiores que, apenas desaparecido de su vista, arrojé por el hueco de la escalera. Hecho esto y persuadido de que el señor Ministro había volado, abandoné el hotel vía las cocinas y salí a la calle, siempre protegido por el periódico, que, si por un lado cumplía el cometido de preservar mi incógnito, por el otro me hacía tropezar con los viandantes y meter los pies en los alcorques, entorpeciendo, en suma, mi marcha.

Que no fue larga, porque llegado a la primera cabina telefónica en uso, y con las monedas que el taxista me había devuelto, llamé al comisario Flores a su despacho. Una voz me dijo que el comisario estaba ocupado.

—Dígale que le llama Pilarín Cañete —dije yo.

—De las locas se ocupa el teniente Lentejuelas —dijo la voz con evidente sorna.

—Usted no se pase de listo y déle el recado al comisario Flores, si no quiere que se le caiga el pelo, monosabio.

Algo en mi tono debió de impresionarle, porque se produjo un silencio al otro extremo del hilo, que interrumpió la voz del comisario Flores.

—¡Coño! ¿Eres tú?

—Ya ve usted que sí, señor comisario.

—Yo te hacía muerto, carajo. Me llamaron de Madrid para decir... Pero, bueno, tú sabrás mejor que nadie si estás vivo o muerto. ¿Qué has hecho con el dinero?

—Está a buen recaudo —mentí para ganar tiempo—. Pero me temo que hay algo un poco oscuro en todo este asunto.

—Si quieres que te sea sincero, yo también. Y, dime una cosa: si el muerto no eres tú, ¿quién es?

—Un pobre camarero manco que no había hecho mal a nadie, que yo sepa, y que a lo mejor tenía una familia y un hogar...

—Anda, anda, no te me pongas sensiblero. ¿No estás vivo? Pues no te quejes, hombre.

—Señor comisario, alguien ha intentado asesinarme y tengo fundadas sospechas de que esto no se ha terminado aún. He ido a ver al señor Ministro y ya no se hospeda en el hotel.

—Estará de gira.

—¿Está usted seguro de que efectivamente se trataba de un Ministro?

—Hombre, no sé qué decirte. A mí me llama un fulano diciendo que es un Ministro y que quiere verme en un hotel y qué coño voy a hacer yo: no puedo pedirle el carnet de identidad, hazte cargo. Comprendo que estés molesto por lo del asesinato y todo lo demás, pero tampoco hay que sacar las cosas de quicio. Es posible que alguien nos haya estado tomando el pelo. Hay mucho excéntrico suelto últimamente. Yo no le daría más importancia de la que tiene ¿eh? Hazme caso y vuélvete al manicomio. Le dices al doctor Sugrañes que te escapaste para ir al cine y aquí paz y después gloria.

Hice como que reflexionaba y dije luego:

—Señor comisario, después de rumiar sus ponderadas palabras, estoy convencido de que tiene toda la razón. Ahora mismo emprendo el regreso al manicomio. Que usted lo pase bien.

Le oí gritar algo, quizá porque dudaba de mi sinceridad, pero no le hice el menor caso. Colgué el teléfono, desplegué el periódico de par en par y me sumergí de nuevo en el tráfago bullanguero de la ciudad. La misteriosa desaparición del señor Ministro y las dudas que sobre su identidad empezaba a abrigar no hicieron sino reforzar mi convicción de que el asunto en que me veía envuelto no carecía de entretelas y de que los que ya una vez habían tratado de liquidarme no iban a cejar así como así. Pero también creía que quienes me querían mal no osarían atentar contra mi integridad a plena luz y en lugar concurrido, sino que tratarían de atraerme adonde pudieran llevar a cabo sus nocivos propósitos con toda discreción. Tenía, por lo tanto, que evitar la soledad y la noche. Lo primero me había de resultar relativamente fácil y lo segundo absolutamente imposible, de no mediar un milagro celestial que ni mis creencias ni mi conducta pasada me autorizaba a impetrar.

Con tan sombrías perspectivas y sin saber muy bien qué hacer ni a quién recurrir, deambulé por las avenidas más populosas, mirando de refilón, porque el periódico me obstaculizaba la visión frontal, los elegantes escaparates de las tiendas, las provocativas cristaleras de los restaurantes y los vistosos anuncios de los cines. Y en esa triste actividad andaba, a saber, la de fantasear sobre lo bueno que ha de ser tener dinero y salud para gastarlo, cuando una imagen apareció con toda nitidez en la pantalla interior de la memoria: la imagen del señor Ministro haciéndonos señas al comisario Flores y a mí para que nos acercásemos sin miedo a su mesa. Ya he dicho en su momento que ese gesto y la expresión benévola que lo acompañaba me habían resultado familiares. ¿Por qué ahora...? Y en ese instante se hizo la luz en mi cerebro al tiempo que, paradójicamente, se apagaban sobre las azoteas colindantes los últimos resplandores del astro rey.

CAPÍTULO QUINTO

DE PELÍCULA

Amarilleaban las hojas del periódico y era ya noche cerrada cuando localicé a mi hermana. Estaba apostada junto a una farola a la espera de que cayera algún cliente, cosa que no parecía de inminente acontecer, pues hasta los más encallecidos puteros cambiaban prudentemente de acera para evitar sus envites. Un perro vagabundo acudió a olisquearle los pantis y se alejó ululando calle abajo. Siempre al socaire de mi periódico, me aproximé a ella por detrás y le susurré al oído:

—No te vuelvas ni des muestras de sorpresa, Cándida. Soy yo.

Pegó un salto, lanzó un alarido y dejó caer el bolso en mitad de un charco. Por fortuna, este comportamiento, en lugar de atraer la atención de los transeúntes, les hizo avivar el paso y dejar desierto el pútrido callejón. Cándida recuperó la compostura, bien que con cierta rigidez.

—Me habían dicho que te habían matado —masculló torciendo mucho la boca en un intento estéril de dirigirla hacia mí sin mover la cara—; que te habían encontrado en un hotel de Madrid, y sin brazo. Me pareció un poco raro, pero conociéndote... Esta misma tarde le decía yo a Luisa la Cebollona, ya sabes quién te digo, le decía yo...

—Cándida, no tengo tiempo que perder. Me buscan para matarme y tú me tienes que ayudar.

—Ahora no puedo, que estoy faenando —dijo con sequedad, dándome a entender que se había terminado el flujo de sentimientos fraternales al que hasta entonces había dado curso.

—¿Tú te acuerdas, Cándida —proseguí yo haciéndome el que no entiende las indirectas—, de una película española muy bonita que vimos juntos hace siglos, cuando éramos pequeños, y que pasaba en las selvas del Japón?

—*¡Tarzán y los hotentotes!* —respondió Cándida, que siempre había sido muy aficionada a los concursos radiofónicos y no podía oír una pregunta sin aventurar de inmediato una respuesta.

—¿Por qué no piensas antes de hablar? —le reconvine—. ¿No te estoy diciendo que era una película española? Mira, te voy a dar más datos: era la vida de un santo misionero que renunciaba a todo y dejaba plantada a una chica de buena familia para irse a convertir a los infieles. Al final había un terremoto y todo el poblado se venía al suelo, menos la capilla que había construido el misionero con ayuda de una pecadora...

—*¿Piélago de almas?*

—¡Exactamente! ¡Qué memoria la tuya, Cándida! —aplaudí y mi pobre hermana esbozó una sonrisa de íntima satisfacción—. Ahora concéntrate y trata de recordar a un actor muy guapo que hacía de aborigen.

—Antonio Vilar.

—No, burra; ése era el misionero. Yo digo el que hacía de hijo del cacique. El que abrazaba la verdadera fe y veía a la Virgen...

—¿Y recibía el martirio de manos de su propio padre?

—¡Muy bien, Cándida! Ese actor, ¿cómo se llamaba?

—Ay, chico, no sé. Me acuerdo de quién dices, pero el nombre se me ha borrado. ¿No era el mismo que hacía de novio de la hija en *Una suegra con pelendengues*?

—Cándida, eres una enciclopedia. Pero no te me duermas en los laureles y presta atención a lo que te voy a decir. Busco a un individuo y estoy seguro de que ese individuo y el actor a que me acabo de referir son la misma persona. Al principio no lo reconocí por los años transcurridos, pero ahora no me cabe la menor duda. Todo me hace suponer que vive en Barcelona, que sigue conectado de algún modo al mundillo del espectáculo y que está sin empleo, o no habría aceptado un trabajo tan comprometido como el de suplantar a todo un Ministro. Es preciso que lo localice sin tardanza, pero ni sabría cómo hacerlo ni conviene que ande por ahí haciéndome ver. De lo cual se desprende, lógicamente, que me tienes que ayudar.

—No veo muy bien de dónde sacas tú esta conclusión —dijo Cándida.

—En primer lugar, del hecho indiscutible de que tienes muchos conocidos y admiradores en la farándula...

—Calla, por Dios.

Cándida no gustaba de hablar de la época en que trató de triunfar como cantante. A través de su cabellera, ya rala, se vislumbraban aún las abolladuras y costurones que le habían dejado los botellazos de un público que si no contaba entre sus virtudes la de la caridad, tampoco contaba entre sus defectos el del mal oído. De pequeña ensayaba hora tras hora usando la cadena del váter a modo de micrófono, insensible a los zurriagazos con que mi padre trataba, bien de disuadirla de sus sueños de gloria, bien de dormir la siesta en paz. A los treinta años, y sabe Dios a qué precio, consiguió Cándida su primer contrato. Su efímera carrera fue un continuo ir y venir de las tablas al dispensario. Nada le entristecía tanto como evocar aquellos tiempos de entusiasmo y desengaño. Se puso a lloriquear y le palmeé con cariño las hombreras.

—Hazlo por mí, Cándida —le dije melifluo.

—Está bien, está bien —rezongó—, pero me has de prometer que será la última...

—Mientras tú haces las averiguaciones del caso, yo me iré a tu casa, porque no es prudente que siga a la intemperie. ¿Aún vives en aquel pisito de ensueño?

Me dio la llave a regañadientes y yo, después de explicarle que al regreso diera en la puerta dos golpes seguidos y otros tres tras una pausa para que supiera yo que era ella quien llamaba, y sin muchas esperanzas de que me hubiera entendido, me largué pitando y presa de angustias sin cuento, porque las calles se habían quedado casi desiertas y el barrio por el que me adentraba no podía calificarse precisamente de residencial.

La fosa común del Cementerio Viejo debía de ser más acogedora que el edificio en ruinas donde moraba mi hermana. En el zaguán me vi obligado a vadear un charco oleaginoso que borboteaba, aunque no me atreví a investigar por qué. La pieza de que constaba la vivienda propiamente dicha sólo daba cabida a un jergón y a otro mueble. Con su sentido práctico, Cándida había decidido que ese otro mueble fuera un tocador. Cerré la puerta con llave, hice del tocador barricada y, como el cuarto no tenía ventana ni orificio alguno de ventilación, me sentí bastante seguro. Busqué algo de comer sin resultado y acabé tendiéndome en el jergón y conciliando un sueño reparador del que me sacaron unos golpes en la puerta. Muy alarmado eché mano de la única arma que encontré y que resultó ser un corsé erizado de ballenas y pregunté quién iba.

—Soy yo —dijo Cándida que, a todas luces, había olvidado la contraseña—. Abre.

Arrastré el tocador y le abrí la puerta. Cuando hubo entrado volví a cerrar y a colocar el mueble a modo de parapeto.

—¿Qué has estado haciendo con mi *boudoir*? —preguntó la muy boba.

—Gimnasia. ¿Has averiguado algo?

—Me parece que sí —se sacó del escote una bola de papel que alisó sobre la tabla del tocador, repasó con suma lentitud las notas que había tomado y recitó—: Toribio Pisuerga. Lugar y fecha de nacimiento desconocidos. Actor de profesión. Debutó en el 48 en *Llagas* en un pequeño papel de leproso sin frase. Siguió en el cine hasta el 57, siempre como secundario. Desapareció de la circulación hasta el 62 por razones que se ignoran. En diciembre del 62 lo contrataron para que hiciera de Rey Melchor en la puerta de los almacenes El Águila. Al año siguiente lo tuvieron que echar por un asunto de drogas.

—¿Se pinchaba?

—Delante de los niños, figúrate tú —dijo mi hermana mostrando una vertiente puritana muy propia de mi familia.

—¿Qué más?

—Ahí se le pierde otra vez la pista hasta el 70, año en que reapareció con el seudónimo de Muscle Power. Probó fortuna sin éxito en los estudios de Esplugues y anduvo pegando sablazos. Alguien lo metió en publicidad y rodó un *filmlet* que no llegó a estrenarse por falta de calidad. En el 75 hizo un *spot* de televisión. Eso le dio algún dinero y se le vio a menudo en compañía de una mujer bastante más joven que él. Cuando se le acabaron los cuartos volvió a esfumarse. Y hasta ahora.

—¿Seguía en lo de la droga?

—No lo sé. Pero seguramente lo había dejado, porque estas cosas se saben, salvo que se tenga mucho dinero para taparlas.

—¿Y la chica que andaba con él?

—Nadie me ha sabido decir quién era. Una fan descocada, digo yo. ¿Es importante?

—Puede serlo. ¿Qué más?

—Nada más. ¿No tienes bastante?

—Me falta un dato fundamental: dónde localizarlo.

—Ah, claro, qué despistada soy —exclamó Cándida palmeándose la frente y metiéndose el meñique en un ojo al hacerlo—. Aquí tengo su dirección: calle del Gaseoducto, 15.

—Cándida, eres un sol de guapa y de inteligente.

—¿Qué piensas hacer?

—De momento, visitar al caballero. Luego, ya veremos.

—¿No tienes hambre? Te he comprado algo de comer en el bar de la esquina. Son unos ladrones, pero a estas horas...

—No tenías que haber hecho gasto, mujer.

—La verdad es que acabo de pasar por la parroquia y me han devuelto parte de lo que les di.

—¿Desde cuándo das a la parroquia?

—Te había encargado unas misas... Como me dijeron aquello...

Para evitar que la atmósfera se cargara de emotividad, me puse a revolver en su bolso hasta encontrar un envoltorio que rezumaba grasa y una botella de Pepsi-Cola. Di cuenta del yantar y el néctar en un abrir y cerrar de ojos y consulté el reloj. Era la una y media.

—Más vale que me ponga en movimiento. Préstame tus cosas de maquillaje, Cándida, que quiero cambiar un poco mi apariencia.

Abrió un cajón del tocador y me tendió un frasquito.

—No están los tiempos para afeites —me dijo—. Sólo uso pintalabios.

—¿Mercromina? —dije yo después de leer la etiqueta del frasquito.

—Dura más, sale mejor de precio y si tienes una pupita, te la cura.

Me apliqué a los labios el líquido carmesí y con las pestañas postizas que llevaba puestas Cándida me confeccioné un primoroso bigotito. Luego me engominé el pelo con la grasa del bocadillo que me había quedado en las manos.

—¿Qué tal? —pregunté.

—No te sienta bien el uniforme de camarero.

—Peor me sentaría salir a la calle desnudo, idiota. Yo te preguntaba por el camuflaje.

—Ah, eso muy bien. ¿Cuándo me devolverás las pestañas? Las necesito para el trabajo.

—Cuando ya no me hagan falta. Mientras tanto, quédate en casa, que no son horas estas de que ande por ahí una chica decente.

Mientras sosteníamos este diálogo me había hecho yo una ganzúa con una de las ballenas del corsé. No habría desdeñado una pistola, porque no sabía con qué ni quién habría de enfrentarme en breve, pero tal cosa, como es de suponer, estaba fuera de mi alcance. Me eché la ganzúa al bolsillo, me despedí de Cándida, retiré de nuevo el tocador, abrí la puerta, salí y bajé hasta el tétrico callejón. No pululaban los taxis por aquellos andurriales.

La calle del Gaseoducto no se llamaba así por un capricho de las autoridades municipales o de quienquiera que bautice las calles, que a este respecto nunca he tenido las ideas muy claras. En las tapias había unas letras de molde que decían: PROHIBIDO FUMAR. Ratas muertas festoneaban la calzada. Encontré sin dificultad el número quince y leyendo los buzones de la portería me enteré de que el ex Ministro vivía en el 2.º 2.ª. Con sorpresa descubrí que la casa tenía ascensor, pero mis esperanzas se disiparon al ver que los cables colgaban de la caja como fideos exánimes. Subí las escaleras y pulsé el timbre. Al no recibir respuesta me vi obligado a echar mano de la ganzúa. Rechinó la puerta en sus goznes y me colé en el piso del peliculero.

Consistía éste en una pieza rectangular al fondo de la cual había una cama deshecha. Las paredes estaban cubiertas de fotografías del actor en las que reconocí inmediatamente al sedicente Ministro. En la más grande de las fotos aparecía él muy bien trajeado, mirando con veneración un tubito de pomada. Al pie de la foto unas letras enormes decían:

CON HEMORROIDAL PANTICOSA...
¡ES OTRA COSA!

En las fotografías más pequeñas se repetía el personaje en distintas edades y caracterizaciones: legionario, baturro, apóstol y otros personajes que no pude situar. La vocación era evidente, porque mientras el suelo estaba alfombrado de porquerías, en las fotos no se advertía una mácula de polvo. Sólo el tiempo había ennegrecido y cuarteado las más antiguas. Me puse a meditar sobre la vanidad y otros rasgos inextricables de la naturaleza humana y a buen seguro habría llegado a interesantes conclusiones si no me hubiera sobresaltado un tenue gemir que provenía del otro extremo de la estancia. Me aproximé con sigilo y vi que la pared tenía una cerradura y que lo que yo había tomado por una grieta era la juntura de una puertecilla construida por un maestro de obras poco escrupuloso. Apliqué el oído y percibí un murmullo. Poco me costó abrir la puertecilla y averiguar que encubría un armario empotrado repleto de trastos y polvo. Como de entre aquéllos seguía saliendo la cantilena, los aparté a manotazos hasta dar con el actor, que estaba en el suelo en posición de ensaimada.

—¡Don Muscle! —no pude por menos de exclamar—. ¿Qué hace usted aquí?

Como no contestaba, lo así por un tobillo y lo saqué a rastras del armario. Era corpulento y pesaba lo suyo. Vi que estaba muy pálido y que respiraba débilmente. En el brazo izquierdo se le apreciaba una puntura reciente rodeada de otras más antiguas, ya cicatrizadas. Deduje que con lo que le habían pagado por hacer de Ministro había vuelto a las andadas y le había sentado mal. Ahora bien, ¿por qué se había encerrado en el armario para pincharse? ¿Acaso por un oscuro sentimiento de culpa impropio de su edad, idiosincrasia y pasado? Lo ignoraba, pero no era aquélla ocasión idónea para despejar arcanos, porque el pobre actor se moría. Busqué un teléfono y lo encontré, aunque no pude hacer uso de él, habida cuenta de que alguien se había entretenido en arrancar los cables de cuajo. No me pasó, empero, desapercibido un número garrapateado en la pared, cerca del teléfono, del que tomé nota mental antes de regresar junto al moribundo, que había entreabierto los ojos y me miraba con más interés que sorpresa.

—¿Don Muscle, me recuerda? —le pregunté.

Movió los párpados como diciendo que sí o cualquier otra cosa.

—¿Quién ha sido, don Muscle? —volví a preguntar.

Con esfuerzo logró articular unos sonidos que no pude descifrar. Apliqué la oreja a sus labios.

—El Caballero Rosa... —me pareció entender— busque al Caballero Rosa y dígale... dígale que es un cabrón. De mi parte se lo dice... Y si ve a la Emilia, dígale... que me perdone. No confunda los recados, ¿eh?

—Descuide usted. ¿Dónde vive la Emilia?

—Yo tenía talento, ¿sabe? Pude haber sido una estrella de la pantalla, tener dinero, casas, coches, yates, piscinas... No sé qué pasó.

—Es la vida, don Muscle, no se haga mala sangre.

—Sueña el rey que es rey... y tan alta vida espero... Me parece que esta vez va en serio —dijo cerrando los ojos.

Le propiné varias bofetadas, pero no reaccionó, de modo que lo dejé acostado, abandoné el apartamento, bajé las escaleras de puntillas y salí a la calle tras asegurarme de que no había nadie al acecho. Pegadito a los muros llegué a una avenida que amenizaba el constante paso de camiones y en la que encontré una cabina telefónica. Llamé a la policía y le dije que acudiera sin pérdida de tiempo a casa del actor, cuya dirección y señas personales le proporcioné. Cuando me dijeron que me identificara respondí que no tenía la menor intención de hacerlo y que llamaba desde una cabina, pero que eso no restaba ni veracidad a mis palabras ni urgencia al asunto y que se dejaran de historias y cumplieran con su deber, qué diablos. Colgué, descolgué y marqué el número que había visto en la pared de la casa que acababa de abandonar. La suerte me sonrió por una vez, y una grabación respondió a mi llamada.

—Gracias por llamar a la agencia teatral La Prótasis. En estos momentos no hay nadie que pueda atenderle. Cuando oiga la señal, deje su nombre y su teléfono y nos pondremos en contacto con usted... Pipiripí tu-tu.

En Información, una señorita que quizá, por lo intempestivo de la hora, quizá por motivos personales que no tuve ocasión de discutir con ella, no parecía muy dulce de carácter, me dio la dirección de la agencia teatral, sita, para más detalles, en la calle Pelayo. Antes de dirigir mis pasos a esta populosa arteria, sin embargo, deshice lo andado y me asomé a la calle del Gaseoducto, para verificar si la policía había atendido a mi desesperado llamamiento. Debo decir, en descargo de mi conciencia y honor a la verdad, que allí estaba, mal aparcado, un coche-patrulla. No me quedaba más que hacer en aquel lóbrego paraje. Caminé por la avenida hasta que pasó un taxi libre que me condujo a la esquina de Balmes-Pelayo. Clareaba ya el firmamento y se evaporaba el agua con que había sido regada la calzada; piaban los pajarillos en las Ramblas y circulaban los primeros autobuses. En el balcón de uno de los edificios que tenía enfrente se leía el siguiente rótulo:

AGENCIA TEATRAL. LA PRÓTASIS
CLASES DE DICCIÓN, DECLAMACIÓN Y CANTO
CURSOS POR CORRESPONDENCIA

La portería estaba cerrada a cal y canto, pero la fachada del inmueble estaba cubierta de relieves y adornos que permitían una escalada relativamente fácil. Inicié el ascenso sin que los escasos viandantes que a la sazón circulaban dieran muestras de extrañeza al ver al hombre-mosca en acción a tan temprana hora. Seguramente pensarían que se trataba de un limpiacristales idiota, de un marido a la caza de pruebas o de cualquier otro personaje marginal que bien poco había de interesar a quienes se veían obligados a pegarse semejante madrugón.

Dicen que quien contempla el mundo desde las alturas ve a sus congéneres cual si fueran hormigas y que esta ilusión óptica hace sentirse omnipotente al que la experimenta, en vez de sentirse, como manda la lógica, horrorizado al descubrir que es el último ser normal en un universo de insectos repulsivos. Bien ajeno, sin embargo, estaba yo a tan gratificadoras y contradictorias sensaciones cuando conseguí aferrar el borde del balcón de la agencia. Me icé a pulso, salvé la barandilla, expelí un suspiro y restañé el sudor que perlaba mi frente y otras partes menos nobles de mi anatomía. La suciedad que empañaba los cristales no era tanta que no me permitiera comprobar que la agencia estaba vacía y que constaba de una sola pieza bastante espaciosa, amueblada austeramente con dos mesas de despacho, algunas sillas, un banco adosado a la pared y tres archivadores metálicos. Forcé el balcón y entré en el local. Desdeñando las mesas, me aboqué a los archivadores, que contenían, como era de suponer, dossiers de los representados. Su número apenas si pasaba de cincuenta, y las fotos que acompañaban a cada dossier daban una idea harto cabal de su estatura artística. Pasé revista acelerada a sus respectivos historiales: Abdul-al-Cañiz, fakir, cantante de jotas, domicilio actual Hogares Mundet, llamar entre 3 y 5 tardes; Profesor Mariposa, hipnotizador, precios especiales, dejar recados mercería La Esperanza; Tontín el rey de la alegría y el buen humor, temporalmente Departamento Urología Hospital San Pablo; Pulguita y sus cachorros amaestrados, prisión menor, fecha salida 1984; Óscar y Aníbal equilibristas, ahora Óscar equilibrista, Aníbal falleció 1975; Carmen Cueros, humor para adultos, sólo fines de semana, costurera días laborables; Leonor Cabrera, ópera, habla francés, dispuesta a desnudarse precio extra; Monsieur Tonerre, telépata, descuento con merienda, y así hasta llegar al final.

Entraba el sol a raudales en la agencia cuando acabé con aquel catálogo de triunfadores sin haber encontrado nada que por el momento me pareciera relevante. Había que apurarse si no quería que me sorprendieran. Empecé a registrar las dos mesas. La primera, situada estratégicamente junto a la puerta, era con toda certeza la de la secretaria, pues los cajones encerraban papel de carta con el membrete de la agencia, sobres, sellos, libretas de taquigrafía, lapiceros mordisqueados y una novela muy manoseada que se titulaba *Esclava del visir*. La otra mesa, que por ser ligeramente más grande y estar colocada cerca del balcón tenía que ser la del jefe, me deparó un hallazgo mucho más provechoso, a saber, un álbum de fotos en cuyas tapas de plástico rojo una etiqueta enunciaba: NUEVOS VALORES, y por cuyas páginas desfilaba una titilante colección de fotos de agraciados jovencitos y suculentas jovencitas. Posaban estas últimas en divanes, alfombras o parterres, cubiertas de translúcidas prendas cuando no de nada, como sorprendidas en el acto de ofrendar sus encantos al daguerrotipo. Los varones vestían sucintos calzoncillos y su actitud, expresión y postura indicaban bien que estaban efectuando un extenuante ejercicio muscular, bien que se hallaban afligidos por un irreductible estreñimiento. Siendo como soy algo simple en materia erótica, me desentendí de la sección masculina y fui a concentrarme en la recua de tetas que me había llovido del cielo. De haber sido un poco más temprano me habría recreado en la suerte y quién sabe si hasta entregado a melancólicas ensoñaciones, pero la hora no permitía esparcimientos, por lo que acabé de pasar las láminas mecánicamente, y había cerrado ya las tapas y dicho adiós a aquel estimulante vergel, cuando esa vocecilla interior que a veces nos advierte y el resto del tiempo nos increpa, zahiere y maldice, me hizo reconsiderar mis actos, abrir de nuevo el álbum y retrotraerme a una de las últimas páginas, en la que una manceba sonreía desde un pajar a quien probablemente acababa de robarle las bragas. Pese al maquillaje y la peluca rojiza que calzaba, no me costó reconocer a la chica de alterne a la que con tantos sinsabores había entregado esa misma mañana el maletín infausto en las calles de Madrid. Al pie de la foto una tira de papel mecanografiado hacía constar: SUZANNA TRASH, Dama de Elche, 12, ático 1.ª, nociones de inglés e italiano, rudimentos de danza, equitación y kárate, cine, teatro, televisión, mimo, 25% comisión.

Me sobresaltó el ruido del ascensor en el rellano. Cerré el álbum, lo metí en el cajón, cerré el cajón, corrí al balcón, lo abrí, salí y cerré en el momento en que se abría la puerta de la agencia. Temblequeando salté la barandilla y me agarré a un cable que discurría por la fachada del edificio. Temí que fuera el cable del pararrayos y escudriñé el cielo en pos de negros nubarrones, pero sólo vi ese manto azul que en las mañanas claras recubre nuestra bienamada ciudad y el mar contiguo. La calle estaba bastante concurrida y no era cosa de llamar la atención, así que me introduje por el balcón del principal en lo que resultó ser una academia de corte y confección. Una señora obesa recortaba patrones en un tablero sustentado por dos caballetes y tres chicas la miraban hacer con evidente hastío. Las cuatro se volvieron hacia el balcón cuando me vieron entrar por tan poco convencional pasaje y la señora obesa esbozó un gesto de alarma.

—Estoy colocando la antena de la tele —me apresuré a decir—. ¿Dónde está la toma?

La señora obesa me indicó un orificio en el zócalo en el que estuve metiendo el dedo hasta que juzgué prudente emprender la retirada.

—Voy por los alicates —dije—. No toquen nada, que se podrían picar.

Bajé como un señor por las escaleras, salí a la calle y me perdí entre la barahúnda.

Capítulo sexto

DEMASIADA HIGIENE

El autobús rebufó como si le hubieran desinflado todas las ruedas, que eran muchas, al mismo tiempo. El cobrador me despertó con zarandeos y la noticia de que habíamos llegado al final del trayecto. Éramos los únicos ocupantes del vehículo.

—Usted perdone —me disculpé—. He dado una cabezada sin proponérmelo.

—Mucho mendigo es lo que hay —sentenció el cobrador guardándose el mondadientes detrás de la oreja.

Me apeé en una plazoleta arbolada en cuyos bancos de piedra tomaban el sol varios jubilados. Uno de ellos me explicó que para llegar a Dama de Elche tenía que subir un buen trecho por una de las calles sinuosas que partían de la plazuela. Un desayuno, siquiera frugal, me habría caído que ni pintado, pero eran cerca de las doce y, aunque tengo entendido que la gente de teatro no suele levantarse al alba, no quería correr el riesgo de que se me escapara Suzanna Trash. Me lavé la cara en una fuente pública y emprendí la caminata. No recordaba haber estado nunca en aquel barrio que, por su configuración, debía de haber sido otrora un pueblo aledaño a la ciudad. Quedaban en pie algunas casas bajitas y recoletas, pero las más habían sido sustituidas por bloques de viviendas o estaban en proceso de derribo. Por doquier se alzaban cartelones que aconsejaban:

INVIERTA EN EL FUTURO
PISOS DE SUPER-LUJO A PRECIOS DE SUPER-RISA

A medida que iba coronando la cima del promontorio se desplegaban a mis pies otras partes del área metropolitana, que una neblina pardusca iba cubriendo. Resoplando llegué a un desmonte baldío en cuyo centro había una garita que tomé al pronto por un puesto de castañas asadas. Al acercarme a preguntar si estaba tan perdido como me temía, leí en la pared de la garita esta inscripción:

VISITE AHORA NUESTRO PISO MODELO

Un anciano sentado en un taburete y tocado con una boina levantó del suelo una caja al percatarse de mi presencia. La caja estaba abierta por uno de los lados y en su interior se veían figuritas. Al principio creí que me mostraba un pesebre, no obstante lo avanzado de la estación.

—Aquí está el comedor-living —dijo el anciano—, aquí el cuarto del servicio, con su propio aseo. Y mire qué cocina más espaciosa: lavaplatos, lavadora, centrifugadora, horno empotrado. ¿Y armarios? Cuéntelos usted mismo. A su señora... o a su prometida, si aún no se ha consumado el feliz acontecimiento, le encantará la distribución.

Dejó la caja en el suelo y me mostró otra mucho más pequeña y completamente vacía.

—La plaza de parking. Exclusiva. ¿Ha pensado ya en la financiación?

Antes de que pudiera desengañarlo respecto de mis intenciones tuvo un violento acceso de tos y se cubrió la boca con un pañuelo embadurnado de coágulos.

—Silicosis —comentó arrojando un espumarajo dentro de la maqueta—. Mala cosa. No creo que pase de este invierno.

—Yo sólo quería saber —dije aprovechando la pausa— si voy bien para Dama de Elche.

—Siga recto hasta que encuentre un bar. Luego es la segunda a la izquierda. ¿No tendrá un pitillo que me dé? Los médicos me han prohibido fumar, por eso no llevo tabaco encima. Nunca me prohibieron bajar a la mina, pero ahora me han prohibido fumar. ¿Qué le parece?

—No les haga caso —dije por decir algo—; la salud es lo primero.

Sin más contratiempos localicé calle y número, y hallando la puerta de cristal cerrada y no vislumbrando portero, pulsé al azar uno de los timbres que en una extraña panoplia adyacente se alineaban. De un diminuto pero voluntarioso altavoz salió un ronquido ininteligible.

—¿Señorita Trash? —dije yo sin demasiadas esperanzas.

—No es aquí —rugió el improvisado locutor—. Pique al ático.

—¿Y cómo se hace tal cosa, si tiene la bondad?

—El botón de arriba, el de la izquierda.

—Muchas gracias y disculpe las molestias.

Cumplí rigurosamente las instrucciones recibidas y esperé sus buenos dos minutos, transcurridos los cuales se dejó oír un desabrido carrasquear y chascó la cerradura. Empujé la puerta y entré en un zaguán que olía a desinfectante. En ascensor subí al ático. En el rellano no me aguardaba nadie, pero una de las puertas estaba entornada. Aprensivo, toqué con los nudillos y una voz femenina y distante respondió así:

—¡Pasa, estoy en la ducha!

Pasé, convencido de haber entendido mal, y me encontré en un diminuto recibidor. Cerré la puerta a mis espaldas y me quedé sin saber qué hacer. En algún lugar de la casa corría el agua. En previsión de que hubiera algún villano munido de hacha, guadaña o destral tras cualquier mueble, cortina o retranqueo, establecí, no sin pesar y ternura, un orden de prelación entre las distintas partes que me integran y empecé a recorrer la morada llevando siempre por delante el pie izquierdo. De este pusilánime modo me adentré en un saloncito por cuyos ventanales entraba un alegre sol de mediodía. La decoración era sobria, pero agradable al visitante y sin duda confortable al usuario. Al otro extremo del salón había dos puertas. Me asomé a la primera y vi que daba a un dormitorio ocupado en su casi totalidad por una cama muy grande, deshecha. El edredón en el suelo. En la mesilla de noche, colocada a la derecha de la cama, un cenicero repleto de colillas. Todas correspondían a la misma marca de cigarrillos y habían sido reducidas a su presente estado por una sola persona, a juzgar por lo que los filtros indicaban. Volví al saloncito y probé la otra puerta. La misma voz femenina de antes repitió:

—Pasa, hombre, no te quedes ahí.

Obedecí, hallándome de resultas de ello en un cuarto de baño. El vaho que flotaba en el aire me enturbió la visión, aunque no tanto que no percibiera, tras una cortina de plástico semitransparente, un cuerpo de mujer desnudo. Desconcertado ante aquella inesperada muestra de familiaridad, de la que, dicho sea de paso, era objeto por primera vez en mi vida, siendo lo habitual el no alcanzar esta etapa sino con esfuerzos titánicos y un considerable dispendio, opté por reprimir mis naturales impulsos y decir en tono de deferente pregunta:

—¿La señorita Trash?

Al conjuro de estas educadas palabras se descorrió ligeramente la cortina de plástico y, sin que mediara aviso, recibí en los ojos un chorro de champú que me dejó ciego. Retrocedí, tropecé con un utensilio sanitario no identificado y me caí de espaldas. Antes de que pudiera levantarme, una rodilla me aplastó el pecho y una mano mojada me atenazó la garganta. Braceando en las tinieblas conseguí asir un pedazo indiferenciado de carne resbaladiza, pero asaz dura.

—Las manos quietas —me conminó mi atacante—. Te estoy apuntando con un spray de laca. No sé si será tóxica, pero si te rocío la cara te vas a quedar como una estatua para el resto de tus días.

—Me rindo —dije.

—¿Quién eres?

—Un amigo. Y, por favor, no me rompa las costillas y déjeme que me quite el jabón de los ojos, que me escuecen una cosa mala.

—¿A qué has venido?

—A tener un civilizado cambio de impresiones con usted. Me manda don Muscle Power.

—¿Por qué no ha venido él?

Ponderé la conveniencia de inventar una bola y la rechacé.

—Ha muerto —dije—. Lo han matado.

Hubo un largo silencio.

—No puedo demostrar —añadí— que lo que digo es cierto. Pero sopese mis palabras y concluirá en que más le vale creerme. Esta situación no puede prolongarse *ad infinitum* y su vida corre peligro. Piense, por último, que si mis intenciones fueran dañinas no habría llamado por tres veces a la puerta ni habría venido a ponerme tontamente a merced de sus cosméticos.

Cedió la presión y pude respirar a mis anchas. Me levanté y noté que me ponía en la mano una toalla seca que me llevé a los ojos.

—Sal —me ordenó ella— y espera a que me seque.

A tientas di con la puerta, gané el saloncito y me refregué hasta quitarme el champú, que no el escozor, de los órganos visuales. Recién concluida la operación se reunió conmigo Suzanna Trash. Se cubría con un albornoz blanco y se frotaba el pelo con una toalla. Recién salida de la ducha, me costó reconocer en ella a la chica del álbum, que no a la de la cafetería de Madrid. Y es que así suele suceder en la vida, que unas personas salen favorecidas en los retratos y otras todo lo contrario, perteneciendo yo, por desgracia, a esta última categoría: en las múltiples ocasiones en que he tenido que posar de frente y de perfil he salido siempre hocicudo, ceñudo, cenceño y mucho menos simpático de lo que soy al natural. Suzanna Trash, en la vida real, tenía unas facciones tan regulares que parecía carecer de ellas. Aun descalza era tan alta como yo, cuadrada de hombros y un tanto rectilínea, al menos para mi gusto, de formas. Sus gestos eran rápidos, nerviosos y en general innecesarios, y su mirada tenía esa mezcla de movilidad y concentración propia de los boxeadores que aún no han recibido demasiadas tundas. Pero no había llegado yo hasta allí para hacer el inventario de las innegables dotes que a la chica adornaban, sino a tratar de sacar el agua clara del enigmático pozo al que las circunstancias me habían precipitado, por lo que dejé en suspenso mi perspicaz repaso y me aboqué a un hábil interrogatorio que prolongué de esta suerte:

—Lamento el malentendido de la ducha al que, por lo demás, no he dado pie, así como el haber tenido que ser portador de la fúnebre nueva...

—¿Qué le ha pasado a Toribio? —me interrumpió.

—Anoche fui a su casa y lo encontré agonizante. Sobredosis. No creo que él mismo se la inyectara, aunque no excluyo tal hipótesis por mor del rigor conceptual. El cable del teléfono había sido arrancado.

Se quedó pensando, pero no en lo que yo le decía.

—¿No nos hemos visto antes en alguna parte, tú y yo? —me preguntó.

—Sí, ayer mismo, en Madrid —dije.

Dejó de secarse el pelo para esbozar un gesto de resignada aquiescencia que, pese a vérselo por primera vez, se me antojó usual.

—Claro —dijo acompañando con la voz al gesto a que me acabo de referir—. Tú eres el chiflado del maletín. Pero ayer no ibas disfrazado de marica. ¿Cómo has dado conmigo?

—A través de la agencia teatral La Prótasis. Pero quizá fuera más práctico que le pusiera un poco en antecedentes de lo ocurrido.

Convino ella y procedí yo a referirle en términos sencillos y limpia sintaxis cómo había sido conducido a presencia de quien, fraudulento, se arrogara atribuciones ministeriales; cómo éste, prevaliéndose de mi noble disposición, me había encomendado una misión consistente en llevar a Madrid un maletín que de Creso la envidia concitara; cómo en la citada urbe otro por mí había sido víctima de un asesinato tanto más incalificable cuanto que estar aquélla en los brazos de Morfeo; cómo le había entregado a ella, Suzanna Trash, el maletín en la cafetería, regresado a Barcelona, rastreado la pista y encontrado merced a mi ingenio al malogrado Muscle Power y asistido, piadoso, a su triste tránsito; cómo había establecido inteligentemente la conexión entre el llorado difunto y la agencia teatral y entre esta última y ella, Suzanna Trash, y cómo, a costa de narrar lo ya sabido, pero a modo de epílogo necesario, había acudido a visitarla y sido muy mal recibido sin que por mi parte hubiera provocación ni culpa. Y pronuncié toda esta parrafada en un tono de irrecusable sinceridad, procurando aparecer yo bajo la más favorable luz y crear en torno a mí un halo de confianza, llaneza y accesibilidad. Y sin ánimo de vanagloria diré que el efecto perseguido conseguí, porque ella, Suzanna Trash, fue gradualmente relajando su tensa fisonomía, con lo que se puso más guapa, abandonando la forzada postura de karateka que para escucharme había adoptado y dejándome a mitad de relato plantado en el salón para irse a la cocina a preparar un café y unas tostadas. Al lector avisado no habrá pasado por alto que de mi crónica oral omití el hecho de que el dinero del maletín me había sido robado, porque todo me inducía a creer que en el robo del hotel ella no tenía nada que ver, pues, de haberlo tenido, no habría acudido a la cafetería; y cabía incluso la posibilidad, que su conducta y palabras ulteriores confirmaron, de que no hubiera abierto el maletín, en cuyo caso y a los fines que me había marcado, esto es, obtener su cooperación, prefería que siguiera creyendo que andaba en juego una pingüe suma y no un triste rollo de papel tan socorrido a veces cuanto prosaico siempre.

De vuelta ella de la cocina con una bandeja en la que había dos tazas de café con leche y un plato de tostadas, lo que indicaba que se proponía hacerme partícipe del desayuno y, por inferencia, de su confianza, encendió un cigarrillo y me dijo que empezara a comer mientras se vestía. Desapareció en el dormitorio y, mientras daba yo cuenta voraz de mi parte alícuota, se puso, como pude comprobar cuando emergió, un sencillo vestidito primaveral de azulados tonos y unas medias y zapatos de tacón que con aquél a las mil maravillas conjuntaban. Se sentó a la mesa y al tiempo que revolvía el azúcar y desparramaba el contenido de la taza en un radio de medio metro pasó a contarme que, como yo había ya supuesto, Toribio Pisuerga, más conocido de la afición como Muscle Power, sabedor de que una crecida cantidad iba a cambiar de manos, de dónde y de cómo, había planeado la sustracción con su complicidad, la de Suzanna Trash, a efectos de lo cual la había enviado a Madrid hacía dos días con instrucciones de personarse en la cafetería, pronunciar la contraseña, recibir el maletín y salir arreando.

—Aunque a la hora de la verdad —dijo— me asaltó el miedo y abandoné la empresa. De no haber sido por tu tozudez, no estaríamos metidos ahora en este lío.

—Eso —repliqué—, ahora voy a ser yo el responsable de lo que pasa por su mala cabeza. ¿No se da cuenta de que probablemente son los destinatarios del maletín los que, furibundos, trataron de asesinarme a mí y dieron el pasaporte al Power, que en paz descanse? ¿Y de que esos malvados no pararán hasta dar con nosotros y recuperar lo que a su juicio les pertenece por cualesquiera medio o medios?

Encendió otro cigarrillo, le dio dos rencorosas caladas, lo arrojó al café con leche, donde se extinguió, anegó, tiñó de sepia y quedó flotando, y me observó con una mirada rara.

—¿Quieres decir que Toribio ha muerto por culpa mía? —dijo.

—No, no, de ningún modo. Él aceptó un trabajo arriesgado al suplantar a todo un señor Ministro y, no contento con eso, fraguó un plan temerario movido por la codicia. No digo, que no soy quién para emitir fallos morales, que se mereciera el fin que tuvo, pero sí digo que a sabiendas se lo buscó. Sea como fuere, la cosa ya no tiene remedio. Sí que la tiene, o así lo espero, nuestra resbaladiza situación. A la vista salta que tenemos que localizar bien a quienes por conducto del falso Ministro me confiaron el dinero, bien a aquellos a los que éste iba destinado, y devolvérselo con nuestras excusas. Y ya que hablamos del tema, ¿dónde está ahora el maletín?

—En El Prat, en la consigna del aeropuerto. Lo deposité allí conforme a las instrucciones que me dio Toribio. Pensábamos ir a recogerlo dentro de unos días. Yo tengo el resguardo. Toribio quedó en pasar por él esta mañana, de ahí que te confundiera.

—¿Qué relación había entre don Toribio y usted, si no es indiscreción?

—Para ahorrarnos tiempo te diré que hubo hace años un tormentoso idilio y que subsistía ahora una buena y algo tediosa amistad. Nos buscábamos cuando estábamos en apuros o necesitados de compañía, es decir, con cierta frecuencia. ¿Algo más?

—Sí. ¿Qué es o quién es el Caballero Rosa?

—No tengo la menor idea. ¿Por qué lo preguntas?

—Don Toribio mencionó ese nombre antes de morir. Y la Emilia, ¿quién es?

—Esto es más fácil de contestar. Yo soy la Emilia. Emilia Corrales. Lo de Suzanna Trash es un seudónimo que adopté por consejo de Toribio, para la cosa de las coproducciones. Y ahora, si no tienes ninguna pregunta más que hacerme y habiéndote terminado el desayuno, te ruego que te vayas, porque tengo mucho que hacer.

Me quedé perplejo, porque hasta ese momento yo había pensado que nuestra entente se afianzaba y que íbamos a entrar en un período de fructífera colaboración. Ella leyó en mi rostro la decepción y añadió refugiándose de nuevo en el tonillo de impaciencia que había presidido nuestros primeros escarceos:

—No quiero parecer descortés; te agradezco mucho el que hayas venido a informarme de cómo están las cosas y a prevenirme de los peligros que me acechan. Pero a partir de aquí, es mejor que cada cual siga su camino. No sé quién eres, ni de dónde sales, ni qué andas buscando. De lo que me has contado no he entendido casi nada, aunque no soy tan ingenua que no haya visto que te has guardado en la manga la mitad de lo que sabes. Es posible que estés en apuros, como dices, pero ni puedo ni tengo la menor intención de entramparme para ayudarte. Déjame seguir, que aún no he terminado. Considérame egoísta, si quieres. Soy una aspirante a actriz y no porque la suerte no haya venido a llamar a mi puerta hasta el día de hoy he perdido las esperanzas en el futuro: soy disciplinada y voluntariosa, no tengo un pelo de tonta y cuando me arreglo un poco no estoy de mal ver. Es cierto que cometí un error al aceptar la propuesta de Toribio y todo parece indicar que me he metido en un berenjenal a cambio de nada. Estoy necesitada de dinero y me dejé vencer por la promesa de un golpe fácil. Pero sea como sea, me niego a aceptar que la situación no tenga remedio. De modo que esto es lo que me propongo hacer: voy a recoger ahora mismo el maletín, voy a meterme en la primera comisaría que encuentre y voy a contarle a la policía todo lo que ha pasado. ¿Tienes algo que objetar?

—No, salvo que si vas a la policía con una historia de ministros inexistentes, actores fracasados y drogadictos manifiestos y, para postre, les entregas el maletín con lo que contiene, acabarás en el calabozo o, peor aún, en un centro siquiátrico que, de buena fuente me consta, no te va a gustar ni pizca.

—Te agradezco el consejo, pero mi decisión ya está tomada. Y ahora, si no te importa...

Se levantó de la mesa, derribando las dos tazas, e hizo ademán de acompañarme a la puerta. No tenía más argumentos que esgrimir, por lo que decidí acatar su voluntad y reanudar mis pesquisas por mi cuenta. Le di las gracias por el espléndido desayuno con que me había obsequiado y emprendí una discreta retirada. Ya había llegado al recibidor cuando sonó perentorio el teléfono. La Emilia dio un respingo y dirigió miradas amedrentadas y dubitativas ora al aparato ora a mi persona.

—¿Qué pasa? —pregunté.

—Nada. Que me han puesto el teléfono hace sólo un par de días y sólo le había dado mi número a Toribio —dijo la Emilia.

—Contesta —dije yo volviendo sobre mis pasos.

—¿Y si son ellos?

—Por teléfono no te harán nada. Actúa con naturalidad. Que no se den cuenta de que estoy aquí y de que estás sobre aviso.

Cruzó la Emilia el saloncito, llegó hasta el teléfono, que seguía sonando indiferente a nuestro precipitado diálogo, y descolgó.

—¿Diga? Oh, oui, oui, sono io —tapó la bocina con la palma de la mano y susurró para mi información—: Dice ser un productor italiano.

—Dale cuerda —aconsejé sotto voce.

—¿Come dice? Sí, sí, tutto bene. Attendez un minuti.

En un nuevo aparte:

—Dice que quiere verme en su hotel, que tiene una oferta interesante. Dice también que ha visto todas mis películas y que cree que tengo madera de gran actriz. La verdad es que todavía no he conseguido intervenir en ninguna película. ¿Qué le digo?

—Que no puedes ir, que venga él aquí. En cuanto entre le caigo encima, lo torturamos y le sacamos lo que sepa.

—¿Y si es un productor de verdad?

—Pues ve a su hotel.

—¿Y si es un asesino?

—¿Tú qué quieres?, ¿que me coja el toro?

—Lo voy a citar en un sitio neutral y lo sondeamos, ¿vale?

—Sí, mujer, lo que tú digas —acepté por agotamiento.

—¿Senti? Questa sera, oui. Dans un ristorante, ¿vale? No, no, elija você. Oui, oui, lo conodgo bene. ¿A dos cuartos de dieci? Va bene. Oui, ¡arrivederci! —colgó, resopló y me dijo—: Y ahora, ¿qué cosa faciamo?

—Por de pronto, hablar como las personas. Luego, seguir perfeccionando mi plan. Lo del productor puede arrojarnos alguna luz, si efectivamente es un asesino; pero no podemos dejar que sean ellos quienes tomen todas las iniciativas. No hay que olvidar que el dinero que me dieron iba destinado a pagar el rescate de una personalidad. Me gustaría saber si verdaderamente ha habido algún secuestro últimamente o si también esto es una patraña. Tú tendrás algún amigo periodista.

—Varios.

—Pues escoge al que más te guste, llámale y dile que tienes que verle urgentemente. Queda con él en un lugar abierto y concurrido: un bar céntrico, por ejemplo.

Capítulo séptimo

POCA

El bar céntrico aludido al término del capítulo que acabamos de dejar atrás tenía por envidiable ubicación la Rambla de Catalunya y, para contentamiento de su clientela y viacrucis de sus empleados, mesas repartidas por el bulevar. En una de las cuales nos aposentamos la Emilia y yo tras haber depositado el coche que aquélla resultó poseer en un parking. Por entre las mesas pululaban mendigos de muy variada laya. Apenas nos hubimos sentado nos abordó uno vestido de dril.

—Si quieren les echo la buenaventura —dijo con cierto desenfado—. No me tomen por un camándulas: hasta ayer, como quien dice, era yo consejero del Banco Industrial del Ebro, BIDESA. Tengo a mi mujer en cama y dos hijos en edad universitaria.

Le dimos un duro y nos dijo que nuestra piedra era el topacio, nuestro día afortunado el jueves y que no compráramos telefónicas por nada del mundo.

—No sabía que la coyuntura fuera tan sombría —comenté cuando se hubo ido.

—¿Dónde has estado metido últimamente? —preguntó la Emilia.

Estimé que no reforzaría nuestra embrionaria alianza si le decía que acababa de salir del manicomio, de modo que mascullé algo y miré hacia otro lado. Al hacerlo advertí que se nos aproximaba una especie de legionario de sexo femenino, cuyo rostro no me permitieron apreciar unas greñas oleaginosas que a la frente y pómulos llevaba adheridas. Sorteaba las mesas con más decisión que puntería y con el hatillo que le colgaba del hombro izquierdo, y que por su forma y volumen bien podía haber contenido un churumbel, iba repartiendo coscorrones entre los desprevenidos parroquianos y derribando botellas y vasos. Al llegar ante nuestra mesa se detuvo en seco, en lugar de venirse de bruces sobre ella, como temí que hiciera, abrazó, besó y zarandeó a la Emilia con más vehemencia de lo que las normas de urbanidad prescriben.

—Hostia, coño —exclamó despatarrándose en una silla y colgando al churumbel del respaldo—, perdonad el retraso. Vengo de entrevistar al director de la Filarmónica de Dresden. ¡Menudo muermo! ¿Sabíais que a Rubinstein no le dejaron tocar en Estados Unidos hasta hace poco porque es mulato? ¡Puta madre, el *establishment* no perdona! ¿Para qué me queríais ver, hostia?

Sin dejarse apabullar, la Emilia me presentó al energúmeno que resultó responder al dulce nombre de María Pandora y que me dio un apretón de manos al que estuve tentado de responder con un rodillazo en el hígado. Cumplido este violento trámite, dijo la Emilia:

—Estamos en un apuro y necesitamos cierta información que tú nos puedes dar, María.

—Por ti hago lo que sea, cariño —respondió la pazpuerca—. Ya me he enterado de que la espichó el Toribio de una sobredosis. Lo siento, de veras. Era un gilipollas. ¿Te ha dejado algún pufo?

—No se trata de eso, al menos directamente. Por ahora no te puedo contar más. Dinos sólo si han secuestrado a alguien importante en los últimos días.

Extrañada por aquella pregunta, que a todas luces no esperaba, la periodista se rascó la cabeza e hizo que se cayera un piojo en la cerveza que había pedido la Emilia.

—¿Sería posible —intervine yo— que se hubiera producido el secuestro y que las autoridades, por razones de orden público o de otra índole, lo hubieran silenciado?

Acudió el camarero y María Pandora le pidió un bocadillo de sardinas y un coñac doble, hecho lo cual sacó del fardel un paquete de cigarrillos, un mechero, una agenda, un bolígrafo y unas gafas cuyas patas sujetaban sendos alambres retorcidos. Se caló este último adminículo, consultó la agenda, encendió un cigarrillo, se quitó las gafas y dijo así:

—Desde luego, podrían haber obligado a los periódicos a no dar la noticia. Lo hacen constantemente, hostia. Si la gente supiera la situación en que se encuentra todo, no sé yo lo que pasaría. El país se está yendo al carajo, coño. Pero volviendo a lo del secuestro, yo creo que nos habríamos enterado en la redacción. Los secuestros son aparatosos, leche; nadie se deja secuestrar alegremente. La gente va protegida de puta madre. Y luego viene el problema de la desaparición. Hay que ser muy desgraciado, con perdón de los presentes, para esfumarse sin que nadie se dé cuenta. Está la familia, el trabajo, los amigos... Y si se trata de alguien importante... No, no, de secuestro nada. A menos que... a menos que no sea una persona... Que sea un objeto, quiero decir: una obra de arte, un sello valioso, una cosa difícil de vender por la que el propietario estuviera dispuesto a pagar un rescate. No sería el primer caso. Claro que si fuera eso no habría motivo alguno para ocultar el robo a la opinión pública. Salvo que se tratara... qué sé yo... de la Pilarica, pongamos por caso... No, no me convence. ¿Y un secreto militar? Esto ya me gusta más: espionaje. Ya, ya sé lo que estáis pensando: que en este país no hay nada que espiar, ¿eh? Yo pienso lo mismo, pero si los turistas compran los souvenirs que compran, Dios sabe lo que comprarán los gobiernos. ¿Qué te parece esta posibilidad, cariño?

—Con su permiso —intercalé—, y aunque es patente que no es mi opinión la requerida, le diré que lo que usted dice me parece una interesantísima hipótesis. Pero, para ser del todo franco, agregaré que nosotros andábamos buscando una información más concreta.

—Pues esto es todo lo que os puedo decir, hostia —replicó María Pandora mostrando al hablar el bolo alimenticio—. Y la verdad es que vosotros tampoco habéis estado muy explícitos —se bebió el coñac de un trago—. Si sabéis algo interesante, os agradecería que me lo contaseis. Necesito malamente un buen reportaje, coño. En el periódico están reduciendo la plantilla a la cuarta parte y para el mes que viene me veo en la puta calle. ¿Qué es eso del secuestro? Ser buenos, hostia.

Observé de reojo que la Emilia se enternecía y antes de que empezara a irse de la lengua y a pormenorizar la ya para entonces manida historia del maletín, me apresuré a añadir:

—Hay motivos poderosos que nos imponen una escrupulosa discreción. Con todo, no hay óbice para que, una vez resuelta nuestra engorrosa papeleta, no pongamos en sus manos de usted una suculenta exclusiva. Para lo cual, claro está, precisamos esos datos que usted, a buen seguro, nos proporcionará a más tardar...

—Esta misma tarde. A eso de las cinco el que no está pluriempleado está borracho y la redacción del periódico se queda vacía. El portero tiene llave y me dejará entrar. ¿Quién paga esta consumición?

—Nosotros —dije.

—Venid a mi casa entre siete y siete y media. Algo habré averiguado.

Se echó el costal al hombro, volvió a prensarme la mano, besó a la Emilia en lo que entre la maraña de pelos me pareció que era la boca, aunque no lo podría asegurar, y se fue sembrando la desolación. Cuando hubo partido, la Emilia agitó la cabeza con tristeza y exclamó:

—Pobre María; está muy deprimida.

—No es ésa la impresión que me ha causado —aventuré.

—Nunca entenderéis a las mujeres —dijo la Emilia—. María es una persona extremadamente sensible. Algo le pasa.

—¿Problemas laborales? —apunté.

—Y algo más —concluyó la Emilia—. Ya me lo contará cuando estemos a solas. ¿Adónde vamos?

El reloj de pulsera que el desventurado camarero manco me había legado indicaba ser las dos pasadas. Hasta las siete no teníamos nada que hacer, los peligros inmediatos parecían temporalmente conjurados y nuestra investigación, salvo que algún imponderable la torciera, llevaba trazas de ir bien encaminada. Recordé que llevaba dos noches sin dormir y me invadió una invencible sensación de bienestar y fatiga.

—Tú haz lo que quieras —le dije, pues, a la Emilia—. Yo me voy a la estación de metro más cercana a ver si encuentro un banco libre y puedo descabezar un sueñecito.

Me preguntó si no tenía otro lugar adonde ir y le confesé que tal era, en puridad, mi situación, a lo que replicó ella que en su casa había un sofá de regulares dimensiones y que me lo ofrecía de mil amores. Acepté el ofrecimiento, como cabía esperar, con tanta prontitud como reconocimiento y sin más trámite satisficimos la cuenta, fuimos a buscar el coche de la Emilia al parking en que lo habíamos dejado y emprendimos el regreso, concentrados ella en la ingrata tarea de abrirse paso entre el tráfago y yo en las imaginarias delicias que la perspectiva de un mullido lecho me pintaba. Poco sospechábamos que al término de nuestro viaje nos aguardaba una descorazonadora sorpresa.

Que consistía, lisa y llanamente, en que el piso había sido allanado y cuanto contenía puesto patas arriba en la más bárbara y en muchos casos irreparable de las formas, a la vista de lo cual nos quedamos ambos mudos primero, furiosos luego y acongojados siempre.

—Y lo peor de todo —dijo la Emilia tras haber prorrumpido en una cascada de juramentos, vituperios y blasfemias más propia de un cafre iletrado como yo que de una señorita proclive a las artes— es que esta hecatombe no ha servido para nada, porque ni estaba aquí el maletín ni el resguardo de la consigna, que en mala hora me metí en el bolso.

—No quisiera —dije yo mientras trataba de reintroducir el orden entre la confusión, más por mostrar mi solidaridad que por confiar en que tuviera arreglo el desaguisado— esbozar un panorama exageradamente sombrío, pero mucho me temo que aunque hubieran encontrado lo que buscaban no nos habrían dejado en paz.

—¿Pues qué coño —dijo la Emilia derribando de una patada la silla que yo acababa de enderezar— hemos de hacer para terminar con esta puñetera pesadilla?

—Llegar hasta el fondo del asunto y derrotar a nuestros enemigos en su propio terreno. Se te antojará esto una proposición temeraria, infantil y presuntuosa, pero no hay, que yo sepa, otra salida. Otrosí digo que lo mejor que podemos hacer es proseguir esta amena plática en otro lugar, porque mientras sigamos aquí nuestras vidas corren serio peligro.

Apenas pronunciadas estas palabras admonitorias sonó el timbre de la puerta con una insistencia que no auguraba nada bueno.

—¡Ya están aquí! —exclamó la Emilia.

Me acerqué de puntillas a la puerta y atisbé por la mirilla.

—En el rellano no hay nadie —manifesté.

—Llaman desde la calle —dijo ella.

—Entonces no deben de ser los asesinos, porque no creo que cometan el error de anunciar su visita —dije yo.

Y como sea que un peligro incierto sobrecoge más que uno real y que no hay ruido más inarmónico que un timbrazo, opté por responder a la llamada y, a tal efecto, pulsé un botón que había a mi derecha, pegué los labios a la rejilla del micrófono, introduje la lengua por las estrechas hendiduras y pregunté:

—¿Quién va?

—Un amigo de la señorita Trash —respondió altisonante el aparato—. Sólo quiero ayudarles. Comprendo sus recelos y para disiparlos me voy a poner en mitad de la calle. Véanme y comprueben que mi aspecto no puede ser más inofensivo.

Con cautela, por si alguien pretendía echarnos un tiro desde una de las terrazas del edificio de enfrente, me asomé a la ventana. En mitad de la calzada vi a un vejete en pijama que saludaba con la mano en dirección a mí mientras recibía impávido los improperios y bocinazos de los automovilistas que se veían obligados a sortearlo. Cuando se hubo cerciorado de que lo habíamos contemplado a placer, se refugió el vejete en la acera y desapareció de nuestro campo visual. La Emilia me interrogó con la mirada.

—Vamos a dejarle entrar —dije yo—. No parece peligroso y más vale saber qué quiere.

Abrimos el portal y salí a esperarlo al rellano. No tardó en llegar el ascensor y de él emergió el vejete. Tenía cuatro pelitos blancos en la cabeza y un bigote desigual teñido de nicotina. Me miró entornando los ojos, hizo una reverencia y se puso a decir:

—Disculpen que les visite con este atuendo poco formal. Tengo el traje en la tintorería y los zapatos en el rápido. No calculé que fuera a necesitarlos hoy. Llevo una vida social bastante apagada últimamente. En realidad, sólo salgo los jueves para ir a la biblioteca y los domingos por la tarde, si hay sardanas. El resto del tiempo lo paso encerrado entre mis libros. Me hago enviar vituallas de la Bilbaína. Sé que me hacen las cuentas del Gran Capitán, pero es cómodo, ¿no le parece?

Mientras peroraba había entrado en el recibidor. Comprobé que efectivamente venía solo, entré tras él y cerré la puerta. En mitad de la sala nos aguardaba la Emilia blandiendo un cuchillo de cocina.

—Deponga su actitud, señorita Trash —dijo el vejete—. Le aseguro que sólo deseo su bien. Y sean mis primeras palabras para expresar la satisfacción que me produce conocerla personalmente. Soy un gran admirador de usted. Aunque tal vez convendría que empezara por presentarme. Me llamo Plutarquete Pajarell y soy historiador de profesión. Vivo al otro lado de la calle. ¿Ve usted esa terraza con un toldito azul y un ciprés medio seco? Quizá haya reparado en un gato negro que tomaba el sol en la balaustrada, ¿no? Es igual, no importa. Hace dos meses que se me murió, el pobre gato. Pero esto a usted le traerá sin cuidado, ¿verdad? La soledad me ha vuelto un poco errático. Antes no era así. ¿Les he dicho ya que soy historiador?

—Sí, señor —dije yo.

—Ya, ya. Me hago cargo de su impaciencia. Será mejor que vaya directamente al grano. No es fácil, ¿sabe usted? El caso es... el caso es que aquí la señorita Trash, a la que tanto admiro, como ya he dicho, tiene la costumbre, que Dios la bendiga, de pasearse por su casa algo ligerita de ropa. Y bien que hace, ¿no cree usted? Al fin y al cabo, cada uno en su casa hace lo que mejor...

—Y usted la espía desde la terraza —medié yo adivinando lo que le costaba tanto confesar al vejete.

Se puso rojo como una amapola y en un gesto diversivo se aseguró de que los botones de la bragueta estaban bien cerrados.

—Es usted muy perspicaz —susurró al fin—. ¿Pariente de la señorita?

—Amigo. ¿Por qué no nos dice a qué ha venido, don Plutarquete?

—Es verdad, les estoy haciendo perder el tiempo. Pero creí que tenía que empezar aligerando mi conciencia. No crean que no me avergüenzo de mi mezquindad. Quizá mi insignificancia minimice a sus ojos la fechoría... no sé. Yo, por supuesto, no puedo aducirme a mí mismo esta atenuante. De todos modos, no he venido a confesar mis devaneos, sino a contarles que hace unas horas, cuando estaba yo enfocando mi catalejo hasta aquí, como tengo por costumbre hacer, vi a dos individuos que revolvían la casa. Al principio me dio un vuelco el corazón, porque creí que la señorita Trash se estaba mudando y sabe Dios qué virago la podía reemplazar. Luego me di cuenta de que no se trataba de una mudanza y temí un robo. Ya saben ustedes las cosas que se oyen en estos tiempos. Por último llegué a la conclusión de que los individuos estaban buscando algo afanosamente.

—¿No se le ocurrió avisar a la policía? —preguntó la Emilia.

—Mientras creí que se trataba de un robo, sí. Cuando vi que era un registro, me asaltaron las dudas. A veces prefiere uno dejar a la policía al margen de ciertas cosas... No estoy insinuando nada, señorita Trash, no me malinterprete.

—Se portó usted con gran cordura, don Plutarquete —tercié yo—. Descríbanos lo que vio.

—Poca cosa. Dos individuos jóvenes. Uno de ellos llevaba barba, quizá postiza. No soy muy bueno describiendo.

—¿Los reconocería si los volviera a ver?

—Con toda certeza.

—¿Observó algún detalle significativo? ¿Vio si venían en coche? ¿Anotó la matrícula?

El vejete se rascó las tres canas y acabó mirando a la Emilia con expresión desconsolada.

—La verdad es que no puedo decirles más. Yo

quería ayudarles y ya veo que no les he servido para nada. Lo único que he logrado es ponerme en evidencia y ya no volverá usted a pasearse por la casa como solía. Y aunque lo hiciera, ya no sería lo mismo. En fin, así es la vida. Si se les ofrece algo, ya saben dónde localizarme. Buenas tardes y disculpen las molestias.

Repitió las reverencias, hizo aspavientos para indicar que no hacía falta que le acompañáramos a la puerta y antes de que se nos ocurriera qué hacer o qué decir ya se había ausentado. Salí al rellano y le oí bajar las escaleras a toda velocidad, acompañado del castañeteo de sus zapatillas. Volví a entrar en la casa.

—Quién me iba a decir que tenía un admirador tan leal —exclamó la Emilia.

—No te dejes engatusar por las zalamerías —le aconsejé—. A mí ese anciano rijoso no me inspira la menor confianza.

—Tú estás celoso —dijo la Emilia echándose a reír.

Me quedé un tanto perplejo ante semejante acusación, pero decidí postergar hasta un momento más propicio la consideración de si estaba o no fundada.

—¿A qué hora cierra —pregunté en cambio— la agencia teatral La Prótasis?

—Al público a las cinco. A veces se queda alguien trabajando hasta más tarde. ¿Por qué?

—¿No hay clases de declamación?

—Sí, pero no en el piso de la calle Pelayo, sino en un almacén de la calle Ramalleras. Un antiguo almacén, habilitado como teatro.

Consulté el reloj: eran las cinco y cuarto.

—Creo que voy a hacer otra visita a la agencia. Déjame en la esquina de Balmes-Pelayo y espérame en casa de tu amiga la periodista sabelotodo. Yo no tardaré mucho.

Capítulo octavo

IMPOSTURAS

Al portero malencarado le dije que iba a llevar unos recibos a la academia de corte y confección y, por si se quedaba vigilando, subí en ascensor hasta el segundo piso y a pata el resto. Abrir la puerta de la agencia me llevó un decir Jesús e idéntico lapso comprobar que no había nadie, colarme y cerrar a mis espaldas. Sabiendo a lo que iba y habiendo inspeccionado el local esa misma mañana, no tardé ni un minuto en apoderarme del álbum de fotos y salir con él oculto bajo la americana. Bajé por las escaleras y antes de enfilar el último tramo me detuve y asomé la jeta por si había moros en la costa. Esta precaución me salvó de un mal encuentro, porque en el zaguán conversaba el portero con dos individuos fornidos cuyos rostros no pude distinguir en la penumbra reinante, pero cuya catadura no pudo menos de darme mala espina.

—¿Unos recibos a la academia de corte? —mascullaba uno de los individuos—. ¡Pero si la academia está cerrada a estas horas, hombre!

—Yo no quiero saber nada de este asunto —se

disculpaba el portero—. A un vecino mío, por pasarse de listo, le dieron de palos, le robaron todo lo que tenía y le hicieron apostatar de la religión católica.

—¿Qué pinta tenía? —preguntó el otro individuo.

—Asquerosa —dijo el portero asestando un puyazo a mi vanidad—. Como de esta estatura, poco más o menos, esmirriado, con cara de nabo... yo qué sé.

—Tú quédate aquí por si sale —le dijo uno de los individuos al otro—. Yo voy a echar un vistazo.

Salí corriendo escaleras arriba cuando el que acababa de hablar ponía el pie en el primer peldaño y al llegar al segundo piso me metí en la academia de corte y confección y me acurruqué entre las ropas que colgaban de una barra. En el cristal esmerilado de la puerta se perfiló la silueta del individuo. Me armé de una percha de madera y contuve el aliento. El individuo forcejeó con el pomo y comprobó que la puerta estaba cerrada y el local a oscuras. Eso debió de tranquilizarle, porque siguió camino. No por eso dejaba de ser apurada mi situación, porque probablemente no le pasaría inadvertida la desaparición del álbum de fotos y tarde o temprano acabaría por dar conmigo. Sin pensarlo dos veces me desnudé, hice un rebuño con mi ropa y la escondí entre un montón de retales. Luego me puse el primer vestido que me vino a mano. Era una bata de percal floreada con escote en pico y volantes en los puños; la falda me llegaba un poco por debajo de la rodilla. Con unas madejas de lana blanca me confeccioné una peluca que sujeté con pedazo de tela anudado a modo de pañoleta y rellené con unos trapos el escote hasta formar un busto generoso. En un cuartito recubierto de azulejos y a cuya ventana faltaba un pedazo de cristal encontré una escoba, un cubo de plástico amarillo y un bote vacío de Ajax. Me apoderé de todo ello y así disfrazado salí de la academia y volví a bajar las escaleras entonando una coplilla y confiando en que la escasa iluminación del zaguán camuflase mis mejillas hirsutas y mis pilosas pantorrillas. Por suerte, el portero y el individuo se habían enzarzado en una acalorada discusión, en la que ambos parecían estar de acuerdo, sobre lo cara que se había puesto la vida, sobre la inminente subida de la gasolina y sobre lo mal que se comía por el doble de lo que años atrás costaba un festín y apenas si me dirigieron una mirada desdeñosa. Me deslicé modosa entre ellos y musité con voz de falsete:

—Que ustedes lo pasen bien.

Me respondieron con sendos gruñidos y continuaron con sus jeremiadas. Una vez en la calle y ya lejos del edificio arrojé a una papelera los distintivos de mi humilde oficio, al igual que la peluca, la pañoleta y los postizos y seguí caminando a buen paso. Tuve que sufrir los comentarios chuscos de algunos viandantes por mor de mi atavío, pero estaba a salvo y bastante satisfecho de mí mismo, porque pese a todas las tribulaciones por las que había pasado, no había soltado el álbum de fotos que ahora llevaba bajo el brazo muy orondo.

De un bar cercano al domicilio de la periodista salió la Emilia desaforada en cuanto me vio llegar. Le pregunté que qué hacía allí y contestó:

—María Pandora no está en su casa. He llamado a la puerta cuarenta veces y nada. Me temo que le haya pasado algo. ¿Qué haces vestido de mujer?

—Ya te lo contaré luego. ¿Has llamado a la redacción del periódico? Quizá está aún allí.

—Sí, he llamado y tampoco contesta nadie.

—Vamos a echar una ojeada —dije—, pero antes me gustaría tomarme una Pepsi-Cola. Con el miedo que he pasado se me ha quedado la garganta hecha un estropajo.

—Deja los vicios para mejor ocasión —me reconvino la Emilia—, que igual peligra la vida de la pobre María.

—La pobre María, la pobre María... —repetí algo molesto ante tanta solicitud para con aquella estantigua y tan poca deferencia para conmigo.

Atravesamos el lóbrego vestíbulo sin que la portera, absorta en sus quehaceres, a juzgar por las fumaradas de fritanga que emanaban de su cubículo, nos diera el alto y subimos a pie al último piso. Llamamos a la puerta y esperamos un tiempo prudencial, transcurrido el cual abrí con la ganzúa. La vivienda era minúscula y nos sobró un segundo para cerciorarnos de su vacuidad. Una de las ventanas estaba abierta y al asomarme vi que daba directamente a la azotea, porque el piso había sido añadido en época reciente al edificio.

—Tengo la sospecha —dije yo arremangándome las faldas y poniéndome a horcajadas en el alféizar— de que la pobre María se ha largado siguiendo la misma vía que voy a utilizar ahora.

Salí a una azotea erizada de antenas de televisión y alfombrada de un manto excrementicio depositado por las aves que anualmente cruzan nuestro firmamento en busca de otros climas.

—No vendría mal un baldeo —comentó la Emilia reuniéndose conmigo—. ¿Tú crees que María se ha ido saltando por las azoteas?

—Hasta un tullido podría hacerlo —dije yo señalando con gesto marinero un horizonte gris y desangelado que sólo interrumpía un enorme anuncio de pastillas contra el catarro.

—Siempre que tuviera algún motivo.

—Sí, y un motivo poderoso para dejar la ventana abierta, si de veras proliferan, como dicen, las infracciones contra la propiedad.

—Mira que si la han secuestrado...

—No he advertido signos de violencia en la casa —dije yo—, pero volvamos a entrar y procedamos a un metódico examen.

Reinaba en los dos míseros aposentos que integraban la vivienda, amén de un cuarto de baño y una cocina para pigmeos, el relativo caos de quien vive a solas y no siente una especial compulsión por el orden, pero por más que buscamos no hallamos rastro de sangre, vísceras, miembros cercenados u otro indicio de que allí hubiera pasado nada malo. Tampoco cabía inferir una marcha premeditada, porque descubrimos unas bragas limpias en el armario del dormitorio y otras sucias en el suelo, el cepillo de dientes y otros aperos higiénicos en el cuarto de baño y algo de dinero en uno de los cajones del escritorio. Toqué las bombillas y comprobé que estaban frías, cosa, por lo demás, poco reveladora puesto que aún entraban por la ventana los últimos rayos del sol. Abrí los grifos y salió el agua tibia y pardusca. La cama estaba revuelta pero no conservaba olor a humanidad. En la mesilla de noche había una revista de tías en cueros. Me puse a hojearla con avidez mientras una sospecha me revoloteaba por el magín. Luego me dije que siendo María Pandora periodista era natural que colocase sus artículos en revistas de muy diverso espectro, y que lo que estaba pensando sería, con toda seguridad, un infundio. Desde la pieza contigua la Emilia, que estaba revisando los papeles apilados en el escritorio, me preguntó si había encontrado algo digno de mención. Avergonzado de haber perdido el tiempo en mórbidas delectaciones, respondí apresuradamente que no y volví a meter en el cajón de la mesilla de noche la revista. Mas he aquí que, al tratar de ocultarla, vi que de debajo de unos pañuelos asomaba el pico de un marco plateado. Lo saqué imaginando que contendría el retrato de un familiar ausente o de un novio evasivo respecto de cuyo recuerdo se mostraba María Pandora ambivalente. Cuál no sería, pues, mi sorpresa al encontrarme con la foto del malogrado Muscle Power, inmovilizado de tres cuartos para la posteridad, con una media sonrisa, una ceja arqueada y la otra fruncida, la camisa desabrochada hasta su entronque con el pantalón y una fusta flexionada entre ambas manos. En el ángulo inferior derecho de la foto aparecía garrapateada esta dedicatoria: «Al gran amor de mi vida, con ardiente pasión. M.P.»

Si la revista lúbrica me había lanzado por el sendero de las más atrevidas fantasías, ¿qué no pensar de este inesperado hallazgo? Nada de particular tenía, en principio, el que una chica atesorase la foto dedicada de su ídolo, pero, ¿por qué enmarcada?, ¿por qué celosamente escondida en la mesilla de noche? Y ¿qué significado había que dar a una dedicatoria tan inusual como comprometedora?

Ruido de pasos me alertó de que la Emilia se acercaba. Metí de nuevo el retrato en el cajón y lo cerré antes de que la Emilia hiciera su entrada en el dormitorio.

—Aquí —dije con voz atropellada y sintiendo que el rubor me teñía las mejillas— no hay nada que nos pueda interesar. Y tú, ¿has encontrado algo?

Respondió que no, añadiendo luego:

—Haría falta un mes para poner orden en este maremágnum de papeles. Y me pregunto si al permanecer aquí no estaremos corriendo un riesgo innecesario. Es posible, por lo demás, que la ausencia de María se deba pura y simplemente a un malentendido. Yo creo que lo mejor sería irnos con la música a otra parte. ¿Tú qué dices?

—Que estoy en todo de acuerdo —asentí acuciado por un deseo irrefrenable de salir de allí—. Vámonos.

Estábamos por hacerlo cuando oímos el chasquido de una llave en la cerradura, se abrió la puerta del piso e hizo su entrada una mujer de edad indeterminada, alta y en extremo flaca, con brazos y piernas de cigala, que al verme lanzó un chillido y se persignó con gestos de mosquetero.

—Ay, Jezú —dijo señalándome—, un pervertío.

—¿Quién es usted? —preguntó la Emilia con esa

voz de pito que se saca después de recibir un susto.

—Azucena Remojos, fregona pedánea, para lo que tengan a bien los señores disponer.

—Yo creía que las compañeras de la limpieza sólo trabajaban por las mañanas —dijo inquisitorial la Emilia.

—Eso, y por las tardes nos reunimos todas para jugar al bridge —replicó la fámula—. Bien se echa de ver que no se gana usted el puchero currando.

—¿Cómo es que tiene usted la llave de la casa? —pregunté yo.

—Porque me la dio la señorita. Ella no está casi nunca y servidora es de toda confianza.

—No lo dudo. ¿Desde cuándo trabaja usted en esta casa?

—Van ya para los dos años. Y ustedes, ¿quiénes son y cómo han entrado, si se me permite la intromisión?

—Somos amigos de la señorita María; pero no se preocupe, que ya nos vamos y la dejamos que trabaje en paz.

Al salir, y como quien no quiere la cosa, cogí una gabardina que colgaba de un perchero y me la eché por los hombros, no porque el tiempo no estuviera de lo más benigno, sino para ocultar la indignidad de mi atuendo. Cuando bajábamos las escaleras me dijo la Emilia con aires de gran misterio:

—Es una impostora. La fregona es una impostora.

—¿Cómo lo sabes?

—María Pandora y yo compartimos este piso el año pasado, antes de que encontrara yo el mío. Nunca ha tenido asistenta ni dada su idiosincrasia creo que la tenga jamás. ¿Qué hacemos con ella?

—Esperar a que salga y seguirla subrepticiamente.

Dejé a la Emilia de vigía en un portal y me metí en el bar. Iba ya mediada la botella de Pepsi-Cola y estaba sintiendo la embriaguez que siempre me produce la ingestión de tan exquisito néctar cuando entró la Emilia a avisarme de que la fregona acababa de salir. Apuré el resto de la botella, pagué y eché a correr en pos de la Emilia. Mientras tanto la falsa fregona había llegado a la esquina y describía molinetes con el bolso. No tardó en aparecer un coche negro al que se subió la fregona, dejándonos con un palmo de narices.

—Vaya —exclamé—, teníamos que haber previsto esta contingencia. ¿Dónde tienes el coche?

—Aquí mismo, ven.

El hado en sus impredecibles caprichos o un funcionario municipal en el más estricto cumplimiento de su deber le había puesto un cepo al coche. Mientras la Emilia se daba a los demonios me afané con la ganzúa. Como nunca me había enfrentado a un cepo, invento para mí novedoso, me llevó más de media hora desmontarlo. Al concluir la operación, el corrillo de ociosos que se había formado prorrumpió en aplausos y varias personas me pidieron la dirección y el teléfono. Para entonces, claro está, no quedaba ni rastro de la fregona.

—Hemos perdido una magnífica oportunidad —me lamenté.

—No te descorazones, Pedrín —dijo la Emilia—. He memorizado la matrícula del coche negro.

—¿Y eso de qué nos va a servir?

—Tengo un amigo en Tráfico. ¿Qué hacemos ahora?

Miré la hora y le recordé la cita que había concertado con el presunto productor italiano. La idea, como cabía esperar, no le hizo ninguna gracia y tuve que prometerle que la acompañaría para que no se rajase. Preguntado que le hube dónde habían quedado, dijo:

—En el restaurante chino Dos Gardenias, por la zona de Mitre-Muntaner, ¿lo conoces?

—No, pero espero que las raciones sean abundantes, porque estoy que desfallezco —dije yo.

Capítulo nono

ÑAM ÑAM

Nada más entrar en el restaurante nos abordó un chino tan untuoso de modales como pérfido de catadura, que insistió, como primera providencia, en que me despojara de la gabardina que traía abotonada hasta la nuez y la depositara en el guardarropa. Yo me resistí pretextando ser friolero de natural.

—Restaurante ser un horno —perseveró el chino—. Servidor tener camisa pegada a cuerpo.

Se quitó la chaquetilla y nos mostró los húmedos rodetes que circundaban sus axilas. Por no empezar mal la velada me quité la gabardina y la dejé sobre el mostrador del guardarropa. El rostro del chino permaneció inescrutable a la vista de mi atuendo, pero no me pasó por alto el disimulado codazo que le dio a otro chino que por allí pasaba. La Emilia se puso a contemplar la abigarrada decoración del establecimiento como si no me conociera. Mientras el chino me entregaba el resguardo de la gabardina, le pregunté si había llegado un señor italiano, a lo que contestó deshaciéndose en zalamerías:

—Famoso productor estar esperando en reservado. Larga espera. Subirse por paredes.

Nos hizo recorrer un pasillo oscuro que desembocaba en el salón comedor donde había unos pocos comensales con aspecto desvalido, atravesar éste y pasar a un reservado situado al fondo, junto a las cocinas, y separado del resto por unas mamparas como de papel cebolla. Era el reservado una especie de toril con una mesita en el centro a la que alguien, quién sabe con qué intenciones, había serrado las cuatro patas. En la estera que cubría el suelo se sentaba un individuo cincuentón, de aspecto aristocrático, escrupulosamente vestido y agraciado con una perilla blanca que contrastaba con su cabellera color de azafrán. Al vernos entrar hizo el productor, pues de él sin duda se trataba, ademán de levantarse, pero llevaba mucho rato en aquella forzada postura y sólo consiguió soltar una prolongada pedorrera y volver a caer en la misma posición.

—Mi excusi —dijo a la Emilia señalándose la entrepierna—: le gambe tumefacte. Ah, vedo que la signorina vieni colla sua tieta, mi piace, mi piace.

Pasé por alto el sarcasmo y me presenté.

—Soy el agente de la señorita Trash. ¿Habla usted nuestro idioma?

—A fe que lo hablo, y con notable fluidez —dijo el italiano—. Me llaman il poliglota di Cinecittà. ¿Qué les parece si pedimos? Tengo el estómago en los pies. ¡Eh, tú, Fumanchú, ven acá!

El chino, que se había quedado junto a la puerta, asomó la cabeza, más siniestro que nunca.

—Mira —le dijo el productor—, nos traes un

poco de esto y un poco de aquello, que así probaremos de todo. Para beber yo quiero una botella de tinto de la casa; a la señorita me le traes un agua mineral sin gas, y a la carabina, una Pepsi-Cola.

Se retiró sigiloso el chino deslizando una puerta corredera y dejándonos a los tres encerrados en el reservado y sin saber qué decir. Fue la Emilia la que rompió el silencio y lo hizo de un modo harto sorprendente.

—Mire usted, señor —le dijo al productor—, yo no sé quién es usted ni qué quiere de mí, pero puedo asegurarle que esta farsa es innecesaria, porque yo soy ajena a todo este maremágnum. Me he visto involucrada en él a mi pesar y por mi mala cabeza. Lo único que deseo es vivir en paz y no pasar más sobresaltos. Lo que usted busca, según creo, es un maletín que yo robé en Madrid. El maletín está en la consigna del aeropuerto. Puede usted pasar a retirarlo cuando guste y que buen provecho le haga. En cuanto a mi discreción, puede contar con ella: ni sé nada ni aunque lo supiera iría con el soplo a la policía. Lo único que le pido a cambio es que no se vuelva a interponer en mi vida y, de paso, que tampoco le haga nada a este camarada a quien no voy a dejar en la estacada. No creo que después de esto tengamos nada más que hablar. Aquí tiene usted, señor, el resguardo de la consigna.

Rebuscó en su bolso, sacó un ticket arrugado y se lo dio al productor, que se lo guardó en el bolsillo superior de la americana. Yo no sabía qué cara poner.

—Carissima signorina —dijo el productor en tono paternal—, no sé a qué se refiere usted, pero sus palabras me han llegado al corazón. Estoy seguro de que voy a hacer de usted una estrella. Pero antes de hablar de negocios, si ustedes me lo permiten, me voy a lavar las manos. De seguida vuelvo.

Con grandes aspavientos y chascar de articulaciones se levantó el productor y salió del reservado cerrando la puertecilla. Cuando nos quedamos solos di salida a mi justificada indignación con estas duras palabras:

—¿Qué has hecho, bruta?

—Lo que me ha dictado el sentido común. Mi vida es mi vida y hago con ella lo que me da la gana. ¿No quieren el maletín? Pues que se queden con él, caramba.

—Mira tú qué espabilada. ¿Y quién te dice que ahora que han recuperado el maletín no tratarán de eliminarnos para borrar toda huella de sus maldades? ¿No te das cuenta de que mientras teníamos el maletín estábamos a salvo, porque matarnos les representaba darlo por perdido? ¿O te crees que si te hubieran querido apiolar no lo habrían hecho ya sin más trámite? El maletín era nuestra única salvaguardia, pedazo de animal.

Se quedó anonadada ante la contundencia de mis argumentos.

—Tengo la impresión de haber metido la pata —admitió.

—Por supuesto que la has metido. Y ahora salgamos de aquí antes de que los chinos, que deben de ser unos malandrines de mucho cuidado, nos echen el guante.

Enredándome con la falda, a cuyo uso no lograba habituarme, me levanté y la Emilia me imitó. Si en la mesa hubiera habido tenedores y cuchillos me habría armado con ellos, pero sólo había unos palitroques que no servían ni para hurgarse la nariz. Con grandes precauciones descorrí la mampara de papel y me tropecé con el chino de siempre, al que esta vez acompañaban dos de sus congéneres. Pensé que iban a practicar conmigo las vistosas artes marciales que tanto realce han dado a su cinematografía y me cubrí la cabeza y otras partes sensibles como buenamente pude al tiempo que gritaba pidiendo socorro. Habló el chino.

—Perdone que les interrumpa, ¿eh? —advertí que había depuesto su meliflua cadencia y que empleaba un prosaico acento de Sants—, pero el señor aquel que estaba con ustedes, ya saben el que digo, pues que lo hemos encontrado en los servicios, indispuesto.

—¿Indispuesto? —dije yo.

—Todo despatarrado por tierra —aclaró el chino—. Si tendrían la bondad de venir. Yo, es que no quiero líos.

Corrimos en pos del chino y llegamos ante una puerta que decía: CABALLEROS. El chino entró y le seguimos. En el suelo estaba tendido el productor. Me abalancé sobre él y comprobé que respiraba normalmente.

—Sólo está sin sentido. Vamos a echarle un poco de agua.

Lo arrastramos hasta el inodoro, le metimos la cabeza en la taza y tiramos de la cadena. El agua arrastró consigo el peluquín rubio dejando al descubierto una calva lironda.

—Ya reacciona —murmuró el chino—, gracias a Dios.

Entre toses, arcadas y palabrotas volvió en sí el sedicente productor.

—¡Cago en la puta! —fueron sus primeras palabras—. ¿Quién se ha atrevido a ponerme la mano encima?

Dio un bofetón al chino que tenía más cerca y lo envió rodando debajo de los lavabos. Con eso se aplacó un poco su ira y me atreví a acercármele.

—Lo tiene usted bien merecido —le reconvine amablemente mientras le ayudaba a quitarse la perilla postiza de las fosas nasales— por no confiar en mí y por permitirse estos trucos de baja estofa, señor comisario.

—¿Y tú qué coño pintas en todo esto? —bramó el comisario Flores—. ¿No te mandé de vuelta al manicomio?

—Creo que todos nos debemos largas explicaciones, señor comisario. Y ya que hemos encargado una suculenta cena, ¿qué le parece si departimos mientras llenamos la andorga?

En vez de escucharme y quizá para introducir una novedad en su vida, el comisario se registraba sus propios bolsillos.

—Me han robado el resguardo de la consigna —gruñó—. Supongo que por eso venían. ¿Dónde hay un teléfono?

—Aquí mismo, delante de los servicios —respondió el chino sacándose del bolsillo tres monedas para que el comisario no tuviera que efectuar gasto alguno.

El comisario se comunicó con la policía del aeropuerto y dispuso que se mantuviera la consigna bajo estrecha y constante vigilancia. Al que fuese a buscar el maletín, que lo detuvieran *in situ*. Cuando colgó parecía satisfecho de su eficacia.

—No tardarán en caer en el garlito —manifestó. Y dirigiéndose al chino que lo miraba embelesado—: Me han dado un trompazo de muerte; tráeme algo para el dolor de cabeza y di que nos vayan sirviendo la cena.

Regresamos al reservado el comisario, la Emilia y yo, y a los pocos instantes apareció el chino solícito con dos píldoras, un frasquito de linimento Sloan y un paño de cocina. Mientras el comisario se tragaba las píldoras, el chino, con proverbial exquisitez, le hizo unas friegas en la calva. Luego se sentó con nosotros y presionándose la nariz con el pulgar y el índice imitó a la perfección el sonido de un gong, a lo cual entraron en el reservado dos camareros y cubrieron la mesa de variados y exóticos manjares, sobre los que nos arrojamos el comisario, el chino y yo propinándonos capones y codazos para coger los trozos más grandes. Cuando las fuentes hubieron quedado relucientes, el comisario exhaló un hondo suspiro, sacó un puro del bolsillo interior de la americana, lo encendió con parsimonia, aspiró unas bocanadas y procedió a ilustrarnos en los siguientes términos:

—Después de la conversación telefónica que sostuve con aquí el travestí —empezó el comisario señalándome a mí y dirigiéndose a todos en general y a ninguno en particular, aunque no apartaba los ojos de los rotundos atributos de la Emilia—, me apresuré a verificar si el señor Ministro con el que nos habíamos entrevistado era genuino, comprobando de inmediato que no y llegando por ende a la conclusión de que habíamos sido víctimas de una engañifa. Supe, no obstante, anteponer a mi lógica furia el frío cálculo que siempre me ha distinguido y empecé a preguntarme qué habría detrás de tan vil ardid. De inmediato acudió a mi mente la imagen del maletín lleno de dinero, imagen que, por lo demás, no me resultó difícil evocar, pues había estado deleitándome con ella en mis horas de insomnio, que con los años y los problemas van siendo cada vez más frecuentes y prolongadas. Ahora bien, y sin que esto deba interpretarse como una visión derrotista de nuestra economía, es mi opinión ponderada que hoy por hoy una cosa que se paga a tocateja y en efectivo tiene que ser por fuerza ilegal. Hirvió mi sangre de sabueso y dirigí sin mayor demora mis pesquisas hacia el cabrón que se había hecho pasar por Ministro. Nuestros omnívoros archivos me revelaron que se trataba de un tal Toribio no sé qué, alias Muscle Power, fichado por drogadicto y por pederasta, cosa de la que informo a esta señorita tan guapa para ver si aprende a escoger mejor sus amistades.

Hice como que no me daba por aludido. El comisario se pasó la mano por la cara como si le venciera el sueño, bostezó, dio dos chupadas al puro y prosiguió así:

—A media mañana la investigación estaba a punto de caramelo y este servidor de ustedes, desoyendo el llamado del bocata, el carajillo y la brisca, se personó en el domicilio del interfecto con ánimo de interrogarle. No me fue posible, empero, llevar a término mi propósito, porque el susodicho había estirado la pata unas horas antes. Con el producto de su fechoría se había procurado una ración doble de heroína y se la había atizado sin empacho. Carpetazo a Muscle Power y vuelta a los archivos. Y como no en vano dicen que cuando Dios cierra una puerta abre una ventana y que no hay mal que por bien no venga, di en mis prospecciones con la descripción detallada de esta sustanciosa señorita, cuyos datos figuraban de refilón en la biografía del difunto, junto con ciertas acotaciones subjetivas que había añadido para su solaz el guarro que la redactó. Fue entonces cuando concebí el plan magistral de hacerme pasar por productor cinematográfico, en parte para sonsacar lo que pudiera sin levantar la liebre, en parte porque siempre he tenido esta secreta fantasía y en parte también porque he oído muchas historias de productores y estarlets y no está ya uno para dejar escapar las ocasiones así como así. Cuál no sería mi deleite y, ¿por qué negarlo?, mi frustración, al ver que ella espontáneamente confesaba su delito y me entregaba la prueba palpable, con perdón, e incriminadora. Salí precipitadamente, como recordarán ustedes, a dar las órdenes del caso a los agentes que tengo apostados en la acera y al cruzar este pasillo deliberadamente oscuro y fantasmagórico, no sé si para dar ambiente al local o para ocultar las ratas y cucarachas que deben de pulular por este antro, fui asaltado y golpeado y el resto ya lo saben.

El comisario apagó la colilla del puro en la estera, el chino se deshizo en disculpas y yo me puse a meditar sobre lo que acababa de oír. Concluido este breve entreacto me atreví a preguntarle al comisario si por un casual había dispuesto él un registro en casa de la Emilia.

—¿Un registro? —dijo él aparentemente sorprendido—. No, ¿por qué? ¿Han registrado tu casita, bombón?

—No, no, señor comisario, nada de eso —me apresuré a decir—. Era sólo mi natural afición a las cuestiones procesales.

—Tu natural afición a estar donde nadie te llama es lo que me tiene a mí muy consumido —dijo el comisario mirándome con ojos no tanto iracundos como extraviados—. Ahora mismo te llevo al manicomio y te aseguro... y te aseguro... y te aseguro...

Dio un par de cabezadas y se cayó de bruces sobre la mesa. Me alarmé un poco hasta que comprobé que roncaba apaciblemente. El chino sonreía complacido.

—¿Qué le ha dado? —le pregunté.

—Un par de somníferos —dijo el chino—. En cuanto lo vi entrar me di cuenta de que era un hombre agobiado por las responsabilidades y el ritmo frenético de la vida moderna. Necesita descanso y paz espiritual. El jilguero prudente no hace su nido en el junco de la ribera. Cuando se despierte me lo agradecerá.

Me cuidé mucho de contradecirle, porque en su insensatez me había resuelto una buena papeleta. Le pregunté si no podría prestarme alguna ropa con que sustituir la bata de percal con la que no podía ir por el mundo sin exponerme a un contratiempo y el chino, tras una profunda meditación, me dijo que iba a ver qué encontraba. Cuando nos quedamos solos, dijo la Emilia:

—¿Tú crees que ya se ha terminado todo este follón?

—No —fue mi desalentadora respuesta—. La policía, como acabamos de averiguar, no sabe nada.

—Pero van a detener a los que pretendan recobrar el maletín, ¿no?

—No creo que se presente nadie a reclamar el maletín.

—¿Por qué no? Tienen el resguardo de la consigna.

—Sólo tienen el resguardo de mi gabardina. Cuando vi que te desfondabas te di el cambiazo. Comprende que es mejor…

Sin dejarme terminar me arrojó a la cabeza la tetera, que pude esquivar por un pelo y que fue a hacerse añicos contra la mampara.

—Cálmate, mujer. La policía no va a ayudarnos. Para empezar, el comisario Flores cree que Toribio murió de una sobredosis autoadministrada. Nosotros sabemos que fue asesinado, pero no es el comisario de los que se apean del burro con facilidad. En segundo lugar, está la desaparición de tu amiga María Pandora. ¿Cómo informarle de ella sin meternos y quizá meterle a ella en un buen lío? En tercer lugar… Ah, aquí está el chino.

En efecto, el así designado acababa de entrar y trituraba inadvertidamente los fragmentos de la tetera mientras me mostraba un extraño atavío.

—Es un quimono de mandarín que me pongo las noches de reveillón —nos explicó mientras yo me lo probaba—. El original es de seda carmesí, pero yo preferí un tergal azul marino más sufrido y más fácil de planchar. Fíjese usted, señorita, qué bordados más primorosos en la espalda y las mangas. Lástima que al caballero le quede un poco pequeño.

Insistió en que me pusiera una coleta rematada por un lacito y tuve que acceder para no ofenderle. Era un chino de lo más simpático. Nos contó que su padre era cantonés y su madre de La Bisbal. Se llamaba Aureli Ching Gratacós y era socio del Barça desde 1952. El restaurante le iba bastante bien, aunque notaba la crisis, como todo el mundo. No sabía adónde íbamos a parar, pero no se quejaba, porque los había que estaban peor.

—A mí un socialismo tipo europeo ya me viene bien —nos dijo al despedirse.

CAPÍTULO DÉCIMO

Y OTRAS ARGUCIAS

Aparcamos el coche en la plazoleta donde esa misma mañana me había dejado el autobús y de la cual partían las callejuelas que zigzagueando y bifurcándose monte arriba configuraban el barrio en que vivía la Emilia. No abundaba en él la iluminación y en el firmamento despejado rutilaban las estrellas; las calles estaban desiertas, en los solares en construcción dormían las excavadoras y la brisa primaveral traía de un parque cercano olor a tierra. Una noche, como se ve, perfecta para que se entregara a lúbricos desmanes quien no llevara, como yo, cuarenta y ocho horas sin pegar ojo y dos bandas de contumaces asesinos pisándole los talones.

Resplandecía en la cúspide de la loma un letrero amarillo que cual faro en arrecife o ángel de la buena nueva pregonaba las excelencias de los refrescos Kas e indicaba al caminante haber allí mismo un bar. En el cual entramos la Emilia y yo hallando por toda concurrencia a un señor canoso y tripudo que restregaba una bayeta húmeda por el mostrador. No guiaba nuestros pasos otro fin que el de hacer una llamada telefónica, pero el señor de la bayeta, que resultó ser el dueño del bar, insistió en que probásemos los callos a la madrileña.

—Se los dejo a mitad de precio —propuso señalando una pizarra colgada de la pared en la que se enumeraba el menú del día—, porque se me están poniendo verdes y los voy a tener que tirar.

—Acabamos de cenar —le dije—, pero me bebería con gusto una Pepsi-Cola bien fresquita, si la tiene.

Se colgó del hombro la bayeta, metió medio cuerpo en la nevera y acabó informándonos de que se le habían agotado las existencias. Parecía a punto de echarse a llorar y la Emilia, en un rapto de ternura, accedió a tomarse un vermouth blanco. Cuando el dueño del bar lo hubo servido se amorró a la botella y embauló buena parte de su contenido.

—Cuando abrí el bar —nos contó entre hipos— no vivía un alma en estos andurriales; y ahora que está casi todo habitado, la gente no se atreve a salir de noche por lo de los atracos y las violaciones. Total, la ruina —se pasó por la cara la bayeta húmeda como si quisiera borrar de su mente la negra perspectiva que el futuro parecía reservarle—. Metí en el negocio los ahorros de toda mi vida y no sé qué voy a hacer si se me los lleva la trampa. ¿De veras no quieren una ración de callos?

—Sólo telefonear —le dijimos.

—En realidad, yo lo que tenía pensado era abrir un bar de camarutas y ponerme burro de despachar whiskies. El año pasado contraté un putón para que animara la cosa, pero acabé casándome con ella y ahora no me quiere hacer la barra. Así no iremos a ninguna parte.

De la trastienda llegó una voz femenina de subido diapasón.

—Mauricio, ¿qué haces?

—Nada, mi vida, estoy de palique con la clientela —respondió deshaciéndose en mieles el dueño del bar.

—Pues diles que se vayan, que no son horas.

—Se me ha vuelto de lo más carca —nos dijo en voz baja el dueño del bar exhalando un suspiro de resignación—. El teléfono está allí, junto al meódromo.

Busqué en la guía el número de don Plutarquete Pajarell y llamé. No tardó en contestar la voz cascada y afable del erudito avizor.

—¿Don Plutarquete?

—Yo mismo, ¿quién es?

—No sé si me recordará; soy el amigo de la señorita Trash. Perdone que le importune a estas horas.

—Le recuerdo perfectamente y no tiene por qué disculparse: nunca me acuesto pronto. ¿En qué puedo servirle?

—La señorita Trash, que está aquí conmigo, y yo desearíamos hablar con usted unos instantes; algo relacionado con el registro que usted presenció esta mañana. Tengo en mi poder unas fotos y me gustaría que les echara un vistazo.

—Lo haré de mil amores, pero le prevengo de que hay un coche parado en la puerta de mi casa desde hace un montón de horas con dos tipos dentro que no me dan buena espina.

—¿Cree que le están vigilando?

—A mí no; creo que están vigilando la casa de la señorita Trash.

—Menuda contrariedad. Tendremos que dejarlo todo para mejor ocasión.

—No, no, espere. ¿Desde dónde me llama?

—Desde un bar, a la vuelta de la esquina.

—Ya sé cuál dice. Si el dueño les ofrece callos a la madrileña, rechácenlos. Y sigan mis instrucciones al pie de la letra: esperen cinco minutos, luego acérquense a mi casa sigilosamente, cuando vean desaparecer el coche, corran y métanse en el portal. Yo les abriré desde arriba. ¿Lo ha entendido bien?

—Don Plutarquete, tenga mucho cuidado: es gente peligrosa.

—Ya lo sé. Cinco minutos.

Transcurrido el plazo prescrito por el anciano, nos despedimos del dueño del bar deseándole grandes éxitos comerciales y felicitándole por su boda, y fuimos a apostarnos en un quicio desde el que podíamos espiar los movimientos de los ocupantes del coche sin ser vistos. A pesar de la distancia, de la oscuridad y de no tener mi vista la agudeza de antaño, pude percatarme de que eran aquellos dos hombres de fornida complexión y de que no debían de ser profesionales, porque tenían las ventanillas bajadas y la radio a todo meter. Le pregunté a la Emilia si podía leer la matrícula del coche y, en caso afirmativo, si correspondía ésta a la que ella había memorizado esa tarde y me respondió a lo primero que sí y a lo segundo que no. Y en eso estábamos cuando advertimos, no sin sorpresa, que el coche se ponía en marcha y se perdía calle abajo. Agarré a la Emilia por la muñeca y corrimos hacia el portal donde nos esperaba ufano y resollante el astuto vejestorio. Entramos, cerró con doble vuelta de llave y nos dijo:

—Deprisa, al ascensor, que no tardarán en volver.

Al llegar a su vivienda ejecutó unas reverencias cortesanas y nos invitó a pasar disculpándose de antemano por el desorden. Era el suyo un piso pequeño, no muy distinto del de la Emilia, escuetamente amueblado. Las paredes estaban cubiertas de libros y había libros sobre las sillas y en el suelo. Una capa de polvo lo cubría todo.

—Déme su gabardina —dijo el vejete.

Se la di y lanzó un silbido al ver mi disfraz de chino. Él llevaba el mismo pijama de la mañana. Le pregunté cómo había logrado desembarazarse del coche y puso cara de pillo.

—Tengo una manguera para regar las plantas de la terraza. La he dejado colgar hasta la ventanilla del coche y la he conectado a la espita del gas. ¿No han notado el olor al pasar?

—Sí —dije yo—, pero he pensado que había un escape.

—Eso mismo debieron pensar ellos y se fueron a buscar otro observatorio. Yo quería que encendieran un pitillo y volaran en pedazos. ¡Bum! ¡Bum! Pero los ha alertado ese aroma de pedo rancio con que la compañía del gas ameniza sus suministros. Mala suerte. Ah, miren, ahí vuelven. Voy a quitar la manguera antes de que se den cuenta y a cerrar el gas, que luego hay que ver cómo vienen las facturas. Y ya que estoy en la cocina, ¿qué les puedo ofrecer? Mis provisiones son escasas y sólo bebo agua del grifo, pero si traen hambre...

—Muchas gracias, don Plutarquete, acabamos

de cenar opíparamente; bastantes molestias le estamos causando ya al venir a estas horas.

—De ningún modo. Siempre aprovecho las noches para estudiar. De día hay mucho ruido, con tanta construcción y tanto coche... Precisamente estaba enfrascado en estos mamotretos que acabo de recibir —señaló unos volúmenes enormes que coronaban la pirámide de libros que se alzaba en su escritorio—. ¿Sabían ustedes que Felipe II tenía un primo que también se llamaba Felipe y con el que se carteaba semanalmente? Una universidad americana acaba de publicar la edición facsímil de las cartas. ¡Extraordinaria correspondencia! Pero ustedes traían unas fotos, si no entendí mal.

—Así es. Si tiene la bondad... —dije yo sacando de la faltriquera de la gabardina el álbum de fotos que había pispado en la agencia teatral y entregándoselo al anciano, que hizo sitio como pudo en el escritorio, se caló las gafas y empezó a estudiarlo con gran detenimiento.

—¡Vaya colección de niñas! —exclamó al ver las fotos de las aspirantes—. ¿Esto es lo que querían que yo viera?

—No. Concéntrese en la sección de hombres —le dije—. Luego, si gusta, se puede quedar con el álbum y disfrutarlo a nuestra salud.

Puso morritos, pero hizo lo que yo le decía y a poco gritó:

—¡Éste es uno! ¡Éste es uno de los que vandalizaron la casa de la señorita Trash!

—¿Está seguro? —dije yo mirando con recelo el grosor de sus gafas.

—No creerá usted —dijo él adivinando mi pensamiento— que espío a la señorita con mis pobres ojos cansados —sacó de un cajón del escritorio unos prismáticos enormes y me los tendió—: Alemanes, de la guerra. Con esto no se pierde detalle, se lo digo yo.

Miré por la ventana con los prismáticos y vi una señora lavando los platos. La Emilia, mientras tanto, se había acercado al escritorio y contemplaba la foto del presunto vándalo.

—Enrique —dijo—, Enrique Rodríguez, alias Boborowsky. Lo conozco de la agencia. Creo que se dedica al teatro infantil, género para el que la naturaleza no me ha dotado, siendo mi público más bien pospuberal.

—¿Teatro infantil? —dije yo—. El comisario Flores nos ha dicho que Toribio era pederasta.

—¿No te parece que eso es llevar las cosas un poco lejos? —dijo la Emilia, que siempre se encocoraba cuando alguien hablaba mal de su ex difunto amigo.

—¿Y no les parece asimismo que me podrían poner un poco al corriente de lo que se traen entre manos, jovencitos? —terció el vejete.

—Es verdad —reconoció la Emilia—; le hemos metido a usted en este fregado sin comerlo ni beberlo.

—Y lo peor —añadí yo— es que no vamos a poder explicarle gran cosa, porque andamos tan despistados como al principio. Por eso estamos aquí, para ver si con su valiosa ayuda sacamos el agua clara. De momento siga mirando el álbum, don Plutarquete, que estoy seguro de que va a dar con el otro truhán.

Mi profecía se cumplió a las tres páginas. La Emilia dijo no conocer al fulano, pero al pie de la foto figuraba su nombre, Hans Fórceps, y una dirección en Cornellà.

—¿Tú crees que Enrique y Hans fueron los que secuestraron a María Pandora? —me preguntó la Emilia.

—Tal vez —dije yo—, aunque lo dudo. En primer lugar, nada nos asegura que tu amiga haya sido secuestrada. En segundo lugar, yo me inclino más bien a creer que estas dos joyas son las que me han sorprendido a mí esta misma tarde al salir de la agencia teatral, en cuyo caso no pueden haber tenido nada que ver con la desaparición a que nos estamos refiriendo. Si quieren que les diga la verdad, empiezo a vislumbrar entre cendales lo que está pasando aquí, aunque todavía queda un sinfín de cabos sueltos.

El veterano erudito me instó entonces a que le pusiera de una vez en antecedentes del caso, lo cual hice de mil amores, porque el pobre hombre se lo tenía bien ganado, mas cuando hube terminado el relato de nuestras peripecias, no obstante mi natural y legendaria capacidad de síntesis, nos habían dado las tantas y los tres nos caíamos de sueño. Me asomé a la ventana y vi que el coche seguía parado junto a la acera, vigilando el terreno.

—Vamos a tener que ingeniárnoslas de algún modo para salir de aquí —anuncié.

—¿Y adónde vamos a ir? —preguntó la Emilia con los ojos entrecerrados y la voz lastimera.

—A ninguna parte —exclamó con súbita energía

el vetusto historiador—. Ustedes se quedan a pasar la noche aquí. Nadie les ha visto entrar y no creo que sospechen de mí. En esta casa estarán seguros. No puedo ofrecerles grandes comodidades, pero la señorita Trash puede dormir en mi cama y el mandarín y yo ya nos las arreglaremos. Y no me vengan con cumplidos —agregó atajando con decidido ademán nuestras protestas—. Soy yo quien les queda agradecido por su compañía. Lo cierto es que cada día me da más miedo irme a la cama sin tener a nadie cerca a quien recurrir si me... En fin, manías de la vejez. La soledad nunca es buen aderezo de la vida, pero a mis años todo lo que toca lo transmuta en hiel. Perdonen que me ponga sensiblero y, sobre todo, que eche mano de unas figuras literarias tan rancias: vivo inmerso en mis lecturas y ya no recuerdo cómo hablan las personas.

—¿No tiene usted familia, don Plutarquete? —le preguntó la Emilia.

—No... —respondió el anciano con cierta sequedad.

Intuimos que había en su pasado una historia sentimental que el gárrulo estudioso se pirraba por contarnos, pero sea porque el cansancio nos tenía molidos, sea por timidez, sea por otra causa, ni la Emilia ni yo atinamos a hacerle la pregunta que hubiera desencadenado su discurso. De modo que nos limitamos a aceptar con grandes muestras de alborozo y reconocimiento la hospitalidad que nos brindaba, si bien la Emilia se rehusó a quitarle la cama al amable profesor, a lo que siguió un cortés y tedioso toma y daca del que resultó que el anciano dormiría en su cama, la Emilia en la sala, en dos butaquitas yuxtapuestas, y yo, para variar, en el duro suelo. Pasamos por turno al cuarto de baño y ocupamos luego el lugar que cada uno tenía asignado. Recliné la cabeza en un macizo volumen de historia medieval y estaba a punto de caer en un profundo sueño cuando oí la voz de la Emilia que pretendía darme conversación desde sus mullidos sillones.

—¿Duermes?

—Lo intento, ¿qué quieres? —gruñí desabrido.

—Estaba pensando que no entiendo a los hombres —dijo ella.

—Si te sirve de consuelo, yo tampoco.

—No es eso —repuso— a lo que me refería. Y no te hagas el tonto, que ya me entiendes.

No la entendía, pero me abstuve de decírselo y traté de descifrar por mi cuenta el jeroglífico. Antes de llegar a ninguna conclusión, sin embargo, me quedé como un leño. Y tuve un sueño en el contexto del cual me vi paseando por el jardín del manicomio en una clara mañana de invierno. Y he aquí que al doblar un recodo del sendero que en la realidad no conduce a ninguna parte, sino que bordea la tapia y muere en la entrada trasera, la que se usa para descarga de materiales y evacuación discreta de catatónicos, reparé no sin estupor en que el sendero se bifurcaba y que tomando el ramal de la derecha se llegaba a un recoleto paraje aislado del resto del jardín por un seto de cipreses recortados. En el centro del paraje había un estanque de aguas oscuras y transparentes, en el fondo de las cuales se percibía distorsionada la forma de lo que aparentaba ser un maletín. Y cuando me arremangaba para tratar de sacarlo del agua, don Plutarquete, que se había materializado allí sin que mediara explicación alguna, me dijo así: «Nunca conseguirás sacar el maletín si no resuelves antes el misterio de la muchacha que se ahogó en este estanque hace dos años.» Del sueño recuerdo esto y que al despertar me invadía una incómoda desazón.

A pesar de los problemas comunes y de los que a cada uno en particular por razones de sexo, condición o circunstancias afligían, la noche nos brindó un sueño reparador y la aurora nos alumbró descansados, animosos y bien dispuestos. Con una pella negruzca que conseguimos despegar del fondo de un tarro y agua caliente nos hicimos café y don Plutarquete desenterró de un armario lleno de libros un segmento de tortell que, puesto en remojo, resultó comestible, aunque no gustoso. Consumido el desayuno, el instruido octogenario, que parecía haber regresado a la edad del pavo, empezó a relatarnos una historia incoherente que, a juzgar por las risitas y morisquetas con que la salpimentaba, debía de ser algo subida de tono y que, según creí entender, se desarrollaba en un burdel de Vic en los albores del siglo. Hube de interrumpirle para recordar a la Emilia que otros menesteres nos apremiaban y fui por ello objeto de miradas rencorosas. Habíamos observado ya, no sin alivio, que el coche había desaparecido, pero no estimamos prudente que la Emilia, no obstante su insistencia, fuese a su casa por ropa limpia. Celebramos, pues, capítulo y les expuse en sucintos términos castrenses el plan que para el día había trazado, plan que si bien no suscitó en la concurrencia la admiración a la que me consideraba acreedor, fue aprobado por unanimidad y sin enmiendas.

Andábamos un poco escasos de dinero y el coche de la Emilia necesitaba gasolina. El magnánimo vejete nos prestó lo que tenía a mano. Me volví a colocar la coleta que había dejado colgada de un perchero para dormir, nos echamos a la calle sin más trámite y, siguiendo mis instrucciones, la Emilia condujo hasta el aeropuerto. Una vez en la terminal, pasé revista a la parroquia que por el recinto pululaba y no tardé en singularizar a dos individuos que ostentaban en la solapa escudos del Real Club Deportivo Español y simulaban leer sendos periódicos en alemán. Como fuera que los susodichos no le quitaban el ojo a la consigna, le pregunté a la Emilia si los había visto alguna vez en la agencia teatral y ante su negativa inferí que serían los policías que el comisario Flores había apostado la noche precedente o quienes los hubiesen relevado. Convencido de que sólo las fuerzas del orden y no las del mal rondaban por allá, me metí en el lavabo de caballeros y, con gran perplejidad por parte de quienes en aquel lugar aliviaban sus metabolismos, saqué de la manga del quimono tres huevos que habíamos comprado de camino y me los estrellé en la cara con miras a dar a mi cetrina tez un tinte más acorde con mi vestimenta. Concluida la operación, me dirigí muy decidido a la consigna, exhibí el resguardo y esperé a que me dieran el maletín. No me pasó desapercibida la seña que el encargado de la consigna dirigió a los dos vigías ni el hecho de que éstos canjearan sus dos periódicos por otras tantas pistolas. El de la consigna, a todo esto, había colocado el maletín sobre el mostrador y procedía a ocultarse entre unos bultos, no fuese a organizarse una ensalada de tiros. Con el rabillo del ojo vi que los dos policías se me acercaban y en mis costillas noté el duro contacto de lo que supuse serían sus armas. Simulé enojo y desconcierto y emití unos sonidos guturales que pretendían ser trasunto del idioma chino.

—Queda usted detenido y confiscado su maletín —me dijo uno de los policías—. Tiene usted derecho a llamar a su abogado y, si lo precisa, a un intérprete, en el bien entendido de que el Estado español no se hace cargo de los gastos en que por todo ello se pudiere incurrir. Y ahora tira palante, mamarracho.

Me condujeron a un cuartito, me hicieron sentar en un taburete y dirigieron a mi rostro impávido un potente reflector que no tardó ni tres segundos en hacer saltar los fusibles de todo el aeropuerto.

—Nombre, apellidos, domicilio y profesión —me espetó uno de los policías.

—Pío Clip, calle de la Merced, 27, China, importación y exportación —recité sin vacilar.

—¿Motivos del viaje?

—Bisnes.

—Este maletín, ¿es suyo?

—Sí, señor.

—¿Qué contiene?

—Muestras comerciales.

—Ábralo.

—Me he dejado la llave en la China. Pueden descerrajarlo, si gustan.

No se hicieron repetir la invitación. Abierto el maletín, se miraron el uno al otro con extrañeza. Era evidente que esperaban encontrar otra cosa.

—¿Qué es esto?

—Papel de arroz —dije yo.

—Pues parece papel de váter.

—Tóquenlo y advertirán su fina textura. Muy apreciado por artistas de todo el mundo.

—¿No será papel para liar porros?

—Líbrenos Dios.

Los dos policías se fueron a un rincón y deliberaron en voz baja. Al cabo de un ratito volvieron y me dijeron que me largase y que no volviese a alterar el orden público si no quería saber lo que era bueno.

—¿Puedo llevarme mi mercadería? —les pregunté.

Asintieron y salí muy satisfecho con el maletín. Fuera de la terminal me esperaba la Emilia con el coche en marcha.

—Todo ha salido a pedir de boca —le dije—. Sal zumbando.

El astuto profesor, que oteaba el horizonte desde su terraza, nos hizo una señal que significaba: sin novedad en el frente y/o adelante con los faroles. Ya en la casa, y mientras yo me enjabonaba la cara pugnando por librarme del huevo, que se había solidificado y adherido a mi pellejo con oficiosa lealtad, la Emilia refirió el episodio del aeropuerto a nuestro anfitrión, quien, por todo comentario, se encogió de hombros, frunció los labios y exhaló un resoplido como si la proeza que yo acababa de realizar careciera de todo mérito.

Tentado estuve, al sorprender su reacción cuando salía del cuarto de baño con las facciones desolladas, de propinarle un merecido puntapié en las gafas, pero me abstuve de hacerlo porque, no obstante la patente animadversión que hacia mí sentía, el pobre anciano se estaba portando de manera encomiable e, igualmente, porque no podíamos permitir que las pequeñas desavenencias que la cohabitación engendra nos desviaran de nuestro camino. De modo que me hice el sueco moral y le dije a la Emilia que se pusiera al habla con su amigo de Tráfico por ver si podíamos averiguar algo del coche negro en el que había escapado a nuestro seguimiento la mal llamada fregona. El funcionario en cuestión se mostró reticente en un principio, bien por estar pasando una crisis de conciencia, bien temeroso del rigor con que las nuevas autoridades municipales abordaban su gestión, bien por otras razones de idéntico peso, hasta que la Emilia le recordó cierto fin de semana en Baqueira-Beret, al conjuro de lo cual depuso su probidad el chupatintas y prometió telefonear en cuanto hubiera consultado los archivos pertinentes.

Lo que hizo en menos que canta un gallo para informarnos de que el coche negro estaba registrado a nombre de la empresa Aceitunas Rellenas El Fandanguillo, de la que no podía darnos referencia alguna por no caer esta entidad dentro de su jurisdicción. Le agradeció mucho la Emilia su gentileza, toreó como pudo las proposiciones que desde el otro extremo de la línea le llovían, colgó y nos transmitió lo que acabo de detallar. Por supuesto, poco, por no decir nada, aportaba el dato a nuestro caso.

—Aunque no estaría de más —dije yo— ir a meter la nariz en esa empresa una vez llevado a cabo lo que a continuación me propongo hacer.

Me preguntaron que qué cosa era ésa y respondí:

—En primer lugar, conseguirme un traje menos llamativo. Y en segundo, visitar por tercera y espero que última vez la agencia teatral. Con el maletín.

—¿No será peligroso? —dijo solícita la Emilia.

—Seguro que sí —dije yo—, pero hay que arriesgarse. Además, pienso tomar toda suerte de providencias. Por ahora, concentrémonos en la búsqueda de un traje.

—Esta mañana —intervino don Plutarquete— he ido al tinte a buscar el mío. No sé si le vendrá muy bien, pero si le queda, se lo presto con muchísimo gusto.

—De ningún modo, profesor —dije yo conmovido—, no puedo consentir...

—Déjese de finezas, hombre de Dios. A mí ese traje no me hace ningún servicio, sobre todo ahora que vamos de cara al verano, y estoy seguro de que me lo va a cuidar como si fuera suyo. Déjeme ver dónde lo he metido.

Apareció el traje en un armario abarrotado de libros y me lo entregó muy orgulloso. Era un traje de lana gris perla con brillos en los codos y el culo y flecos en las bocamangas y perneras, pero, aun así, el mejor, con mucho, que he tenido en mi vida y, al paso que van las cosas, que nunca tendré. Me lo puse con extremado miramiento para no arrugarlo y corrí a mirarme en el espejo del cuarto de baño. Era don Plutarquete bastante más bajo que yo y de perímetro muy superior, pero, en líneas generales y habida cuenta de que no tengo, valga la inmodestia, mala percha, me sentaba francamente bien, no obstante carecer de camisa, corbata y otros detalles que, sin ser imprescindibles, habrían realzado mi apostura. Volví a la sala sintiéndome otro hombre.

—¿Qué tal? —pregunté ruborizándome.

—De primera —alabó el dadivoso erudito—, pero súbase usted los pantalones, que ya los lleva por la rodilla.

La Emilia, haciendo gala del sentido práctico que adorna a las mujeres, encontró un cordel e improvisó un cinturón. Don Plutarquete me brindó sus zapatos, pero no me entraron. Como de todos modos los calcetines eran negros, di por hecho que nadie se percataría de la ausencia de calzado. Cogí el maletín y dediqué unos segundos a soñar despierto que era un ejecutivo que zarpaba de su hogar rumbo al banco para contribuir al bienestar de la nación. ¡Qué lástima, dije para mis entretelas, que las circunstancias me hayan sido tan adversas, porque hay que admitir que tengo estampa!

Capítulo decimoprimero

SUEÑO Y RAZÓN

En la esquina de Balmes-Pelayo di a la Emilia las últimas instrucciones:

—Recuerda bien lo que te he dicho: cuando me veas salir, me sigues sin que te vean. Cuando deje caer al suelo este pañuelo blanco que he encontrado en el bolsillo del pantalón y que, por cierto, no debieron ver los de la tintorería, porque está que resbala, te vas al primer teléfono que encuentres y avisas al comisario Flores. Pero sólo si dejo caer el pañuelo. Antes, no. ¿Estamos?

—Que sí, hombre, que sí.

La dejé en el coche, soportando el aguacero de injurias que los demás automovilistas le dirigían por bloquear media calzada, y no sin cierto canguelo entré en el edificio, saludé al portero, que no me reconoció, y subí a la agencia. La puerta estaba cerrada, pero se apreciaba actividad en su interior a través del cristal esmerilado. Abrí la puerta y me colé en el local. En el escritorio del fondo había un individuo de rostro enjuto y pelo ensortijado, vestido con una americana de cuadros negros y blancos, a quien un mocetón casi acostado sobre la mesa estaba dando explicaciones. Iba el otro a replicarle cuando sus ojos se posaron en mi distinguida persona.

—¡Chitón! —exclamó.

Yo me hice el desentendido, perfilándome ora de un lado ora del otro y dando chicuelinas con el maletín para que todo el que pudiera estar interesado en él lo percibiera. Una secretaria muy joven, de pelo grasiento y rasgos poco agraciados me preguntó que qué deseaba. Adopté una actitud que juzgué pizpireta y le respondí que quería ser estrella del séptimo arte, que me habían recomendado aquella agencia y que me condujera a presencia del director. La secretaria me rogó que aguardara un instante y me señaló el banquillo adosado a la pared, en el que mataban el tiempo una señora de mediana edad profusamente maquillada y un enano. El enano se entretenía jugueteando con una caña y la señora haciendo pucheros. Por iniciar la conversación pregunté quién era el último. La señora se señaló a sí misma y luego señaló al enano.

—Venimos juntos —dijo sin dejar de sollozar.

El enano le arreó un mandoble con la caña. Venía ya la secretaria diciendo que el señor director me recibiría de inmediato. Saludé con una inclinación a la pareja y me encaminé a la mesa del de la americana escaqueada. El mocetón había cruzado la pieza y montaba guardia junto a la salida. Me puse de puntillas para tratar de ver a través del balcón si todavía estaba el coche de la Emilia frente al edificio, pero no lo pude encontrar entre aquel magma de vehículos que circulaba a ritmo de sepelio. El señor director me tendió una mano gelatinosa y fría que estreché jovialmente.

—¿En qué puedo servirle? —me preguntó.

Esbocé mi mejor sonrisa y coloqué, como a lo tonto, el maletín sobre la mesa.

—Quiero triunfar en las tablas —dije.

—¿Tiene experiencia?

—No, señor, pero soy muy voluntarioso.

Me miró con expresión dubitativa. No parecía haber reparado en el maletín o, si lo había hecho, lo disimulaba bien.

—¿Qué sabe hacer?

—Cantar y recitar.

—¿Solfeo?

—Eso no.

—Mira, chico... ¿Me permites que te tutee? —le dije que sería para mí un honor y prosiguió diciendo—: Mira, chico, te voy a hablar con toda sinceridad, como le hablaría a un hijo mío si lo tuviera y me dijera lo que me acabas de decir tú: esta profesión es muy dura. Unos pocos triunfan, pero los más se quedan por el camino. Podría contarte casos estremecedores. No lo voy a hacer, porque sé que sería inútil. Cuando os entra el veneno de la farándula no hay razonamiento que os haga desistir. Lo sé por experiencia: estuve casado con una cupletista. Nuestro matrimonio fue un infierno. Suerte que no tuvimos niños. Ahora me dicen que anda medio liada con un ebanista de la calle del Pino. Yo ya no le guardo rencor, pero me pasé ocho años en terapia. Una fortuna me acabó costando y para nada: las heridas del alma no cicatrizan nunca. ¿Estarías dispuesto a actuar en provincias?

Le dije que estaba dispuesto a todo. Hizo ademán de impotencia y se levantó. Vi que tenía una pierna más corta que la otra y usaba una bota ortopédica.

—Sígueme —dijo sin mirarme—. Te voy a hacer una prueba. No te pongas nervioso. En esta profesión no se pueden tener nervios. Como dicen los americanos: *le choux must go on.*

Cruzamos la agencia, él renqueando y yo también, porque no consigo evitar el mimetismo cuando voy con un cojo, y el mocetón que montaba guardia nos abrió la puerta. Hasta ese momento no había tenido ocasión de fijarme en su cara, pero cuando la tuve caí en la cuenta de que no era otro que Hans Fórceps, a quien don Plutarquete había identificado como uno de los transgresores del piso de la Emilia. Antes de salir, el señor director se dirigió a la secretaria del pelo graso.

—Nena, salgo un momento. Si llaman, que ahora vuelvo —al mocetón—: Hans, ven conmigo, que me ayudarás con la luminotecnia —y a mí—: tenemos un teatrito aquí cerca, para los ensayos y las clases nocturnas. Siempre prefiero hacer las pruebas en el teatro y no aquí mismo, delante de todo el mundo. A mí me gusta trabajar con seriedad. Habrás oído contar muchas historias de la gente del espectáculo: historias de catre, ya sabes a lo que me refiero. Yo no soy de ésos. Yo, desde que empecé este negocio, hace quince años, no he pegado un polvo. Para que veas si soy serio. ¡Hans, puñeta, llama al ascensor!

Llegó el ascensor y entramos los tres en lo que según un letrero se llamaba el camarín, aunque yo lo habría llamado simplemente el ascensor, e iniciamos el descenso. Al llegar abajo estuve a punto de caerme al suelo de la alegría, porque vi frente al edificio el coche de la Emilia, quien sin duda había dado la vuelta a la manzana y se había vuelto a estacionar en doble fila, provocando el consiguiente embotellamiento. Pero bien poco iba a durarme la euforia, porque apenas hube dado el primer paso en dirección a la calle, sentí en el brazo la mano de Hans y oí la voz del cojo que me decía:

—Por aquí no, caballerete. Tomaremos un atajo: más corto y más discreto.

Nos adentramos en las cavernosas profundidades de la portería y a través de una abertura, por la que había que pasar casi a gatas, desembocamos en una suerte de recinto oscuro cuyo techo estaba surcado de tuberías agrietadas y en cuyas paredes se alineaban contadores de agua, gas y electricidad; había también allí unas turbinas que supuse serían el motor del ascensor, multitud de enseres inservibles y bolsas negras de basura. Subimos luego por unas escaleras resbaladizas y angostas y salimos por una puertecita a un patio poblado por una legión de gatos que huyeron maullando ante nuestra presencia y donde debían de desaguar los lavaderos de la vecindad, porque tuvimos que vadear charcos de espuma ocre que despedían un grato olor a detergente en descomposición. Abrió a continuación el cojo una puerta de hierro oxidado y entramos en un garaje donde había un camión sin ruedas y varias motos en diverso grado de mutilación. Y al otro extremo de este emporio tecnológico había otra puertecita, por la que salimos a la calle Tallers y, en ella, a la luz del día.

Una vez en la calle, Hans me aferró con más firmeza el brazo y el cojo se me colgó del otro, con lo que tuve que descartar cualquier proyecto de fuga que pudiera haber concebido. Así llegamos a la calle Ramalleras y nos detuvimos ante lo que era sin duda la puerta de un almacén, a la que llamó el cojo con la puntera de la bota. Se abrió una mirilla por la que asomó una cara. Porfié por librarme de las cuatro manos que me atenazaban diciendo así:

—No malgasten su tiempo conmigo. Creo que no tengo ni vocación ni talento.

Pero, claro está, no me hacían ningún caso. El que había efectuado el escrutinio por la mirilla nos dejó el paso franco y cerró a nuestras espaldas. Ya no había razón alguna para continuar la comedia y los tres rufianes prorrumpieron en vesánicas risotadas. Yo trataba de darle una patada al cojo en la pierna sana, por ver si se caía, pero me tenían sujeto en forma tal que no podía causarles otro mal que la mella de mis insultos pudieran hacer en sus sicologías, que no debía ser mucha, a juzgar por el júbilo con que los encajaban. De pronto la voz imperiosa del director de la agencia dominó la general algazara.

—Enrique —ordenó sin transición—, pínchalo.

Pensé que iba a sentir una hoja de frío acero en la tripería y grité a pleno pulmón. El cojo se limitó a decir:

—Grita, grita, que nadie te va a hacer caso. Tendrías que ver las obras de teatro que ensayamos aquí: puro berrido. A mí, sinceramente, esto del teatro moderno me parece una tomadura de pelo. Pero, ¿qué le vamos a hacer? Es lo que pide el público joven. A mí, donde esté Benavente, que se quiten los demás. ¡Aquello eran situaciones! Enrique, puñeta, ¿qué haces que no lo pinchas?

Enrique sacó una navaja de como palmo y medio y se me acercó por la espalda. Cerré los ojos y me vinieron a la memoria, como es costumbre en estos casos, recuerdos fragmentarios de mi infancia. Ni aun con eso se me hizo agradable la idea de irme al otro barrio. Volví a gritar. Enrique cortó el cordel que sujetaba los pantalones del traje que me había prestado don Plutarquete y cayeron aquéllos exangües a mis pies. ¿Estaría escrito que sufriera yo antes de morir algún vejamen? Sentí un pinchazo en la nalga izquierda. No el pinchazo de una navaja, sino el de una aguja. Me invadió una invencible sensación de sueño y bienestar. Oí dentro del cráneo el arrullo de las olas y perdí el conocimiento.

De buena fe creí estar muerto y haber ido a dar con mi esqueleto, todavía rebozado de materia orgánica, a un vergel de silvestres flores aliñado y recorrido por cristalinos arroyuelos de sinuoso trazo. Recuerdo vagamente haberme preguntado si aquel trasunto de paraíso no contendría amenidades de otra índole, siendo como soy algo cerril para la estética visual, y haber percibido, a modo de respuesta, un burrito blanco que se aproximaba triscando y a cuyos lomos suaves cabalgaban tres mocitas que no habían de sumar entre todas la treintena. Este detalle me hizo sospechar que no debía de haber traspuesto aún los umbrales del más allá, porque no dudo de que quien allí me aguarde conozca mis más secretos desvaríos, pero mucho me extrañaría que estuviera tan dispuesto a complacerlos. Hice, pues, un denodado esfuerzo por alejar lo que a todas luces era una alucinación y regresar, no sin renuencia, al mundo tangible, por el que, con todo y haberme sido siempre ingrato, siento un apego rayano en lo obsesivo. Cuál no sería mi desencanto cuando al entreabrir los párpados vi a menos de medio palmo de mi nariz un rostro de mujer que se me antojó hermoso y que me observaba con expresión anhelante.

—Esta vez —murmuré—, sí que no hay vuelta de hoja: muerto estoy.

Mas apenas hube acabado de pronunciar esta amarga frase, la propietaria del agraciado rostro me arreó una sonora bofetada en toda la cara, con lo cual renació mi esperanza de estar vivo. Dos lagrimones de dicha resbalaron por mis mejillas hasta remansarse en el acerico de mi mentón barbado, mientras una voz conocida me decía:

—No te vuelvas a dormir, coño.

Gradualmente fui entreviendo las facciones de la Emilia, la parte superior de su cuerpo y una mano gentil que se aprestaba a darme otra vez de cachetadas.

—No me sigas pegando —acerté a decir—, que ya estoy de vuelta.

—Menudo susto me has dado —dijo ella—. Llevo una hora atizándote.

—He tenido un sueño muy extraño.

—No hace falta que me lo cuentes, que bastante vergüenza ajena me has hecho pasar con las cosas que decías. ¿De verdad eres así de degenerado?

—No, mujer —repliqué para ver si colaba—, es que me han suministrado una droga. ¿Dónde estoy?

—En el teatro de la calle Ramalleras. Te estuve esperando a la puerta de la agencia, como tú me habías dicho, pero al ver que pasaba el tiempo y no salías decidí asomarme por aquí. La puerta estaba cerrada y tuve que llamar a un cerrajero e inventar una sarta de mentiras para que me abriera. Me imagino que no se creyó nada de lo que le decía, porque me cobró un fortunón por una chapuza de cinco minutos. Y a ti, ¿qué te ha pasado?

Se lo conté y puso cara de perplejidad.

—No lo entiendo —dijo.

—¿Qué es lo que no entiendes?

—Que cometieran esta tropelía y no te robaran el maletín.

Y al decir esto señaló la butaca contigua a la que yo ocupaba y en la que, efectivamente, estaba el maletín.

—No te extrañe —dije yo cogiendo el maletín y poniéndomelo sobre las rodillas—. Los de la agencia nunca pretendieron apoderarse del maletín. Como es habitual, mis deducciones eran certeras y, si tienes un poco de paciencia, te aclararé todo lo que ha pasado. De momento, déjame hacer una comprobación.

Abrí el maletín. De acuerdo con mis previsiones, lo encontré lleno a rebosar de billetes de curso legal, tal y como me lo diera el otrora flamante Ministro, hoy macilento cadáver. Encima de los fajos de dinero había un sobre sin dirección ni sello en cuyo ángulo superior izquierdo se leía el membrete de la agencia teatral. Lo abrí y saqué de él una carta que decía lo siguiente:

Apreciable amigo:

Al recibo de la presente espero que esté usted bien de salud. Yo también. Adiós. Gracias. Adjunto a ésta encontrará el dinero. Cuéntelo y verá que no falta una calandria nunca tuvimos la más remota intención de quedarnos con él. Lo que pasa es que estábamos atravesando un período un poco malo y quién no ¿verdad? y nos atrevimos a abusar de su confianza tomando dicha suma a préstamo para cubrir un vencimiento que se nos echaba encima. Nuestro común amigo Muscle Power a quien usted tuvo el gusto de conocer y asesinar nos indicó que a usted no le importaría fue un malentendido y toda la culpa la tiene Muscle Power. Nos alegramos de lo que le pasó hizo usted muy bien con el dinero ajeno no se juega. Confiamos en que ahora que se ha aclarado todo no siga usted enfadado con nosotros piense que lo hicimos no por interés personal sino por el arte escénico siempre tan maltratado y tan necesitado de protección oficial. Bueno nos tenemos que ir disculpe las molestias causadas y no nos guarde rencor. Un saludo muy afectuoso firmado

La directiva y el personal
de la agencia teatral La Prótasis

Le pasé la carta a la Emilia y, una vez la hubo ella leído, la doblé, la metí en el sobre y me guardé el sobre en el bolsillo. Del maletín saqué un billete de mil y también me lo eché al bolsillo. Luego cerré el maletín.

—Sigo sin entender nada —dijo la Emilia.

—Luego te lo explicaré todo. Ayúdame a levantar y salgamos de aquí cuanto antes.

Alumbraban las farolas y el cielo estaba negro cuando emergimos del siniestro teatrillo entre cuyas bambalinas dejé varadas mis infamantes ensoñaciones. El aire relativamente puro y los ruidos de la ciudad me reintegraron en parte al magro balance de mis energías. En una fuente pública me remojé la cabeza y bebí hasta saciar la sed que el somnífero me había dejado.

—Ya estoy bien —dije.

—Que te crees tú eso —me contradijo la Emilia—. Siéntate en el bordillo y espera a que traiga el coche. Te voy a llevar a casa.

—No, no. Estoy bien y todavía nos queda una última cosa que hacer. Acompáñame.

—¿Adónde?

—A la agencia. Y no te preocupes: lo peor ya ha pasado.

Sin manifestar el menor agrado, pero sin cuestionar lo atinado de mi propuesta me siguió la Emilia y regresamos a la calle Pelayo y en ella al edificio de la agencia teatral. El portero, que no obstante mis reiteradas visitas parecía verme por primera vez, nos preguntó que adónde íbamos.

—Nos han dicho que ha quedado un piso por alquilar en este magnífico inmueble —le dije llevándome la mano al bolsillo como si me dispusiera a darle una propina.

—Las noticias vuelan —dijo el portero, amansado—. Apenas hace una hora que lo han desalojado los anteriores inquilinos. ¿Quieren verlo?

—Sí —dije—, pero no hace falta que se moleste en acompañarnos.

Cogí a la Emilia del brazo y nos metimos en el ascensor.

—Ya me contarás qué lío es éste —dijo ella cuando estuvimos fuera del alcance de los oídos del portero.

—Ten paciencia —contesté.

La puerta de la agencia teatral estaba abierta de par en par. En el cristal esmerilado, en el que aún se leía el nombre de la empresa, alguien había pegado una holandesa y en ella escrito con rotulador:

SE TRASPASA LOCAL.
RAZÓN EN LA PORTERÍA

Entramos. La pieza estaba desierta y de los archivadores donde tantas ilusiones artísticas habían encontrado su eterno reposo sólo quedaba el fantasma de una pálida silueta en el papel de la pared. Las mesas, las sillas y el banquillo también habían desaparecido sin dejar otro rastro que la suciedad acumulada a su socaire tras años de limpieza espaciada y negligente.

—Ya nos podemos ir —le dije a la Emilia.

Al pasar de nuevo frente al portero le di el billete de mil que previamente me había guardado en el bolsillo.

—Si viene alguien preguntando por el piso —le dije—, no diga usted que hemos estado aquí.

Asintió gravemente el portero mientras se guardaba el billete en el calcetín y abandonamos la Emilia y yo el edificio con el vivo deseo compartido de no tenerlo que volver a visitar jamás. Cuando por fin nos vimos en el coche y éste empezó a rodar, juzgué llegado el momento de darle a la Emilia las aclaraciones que el desarrollo de los últimos acontecimientos exigía. Y lo hice en estos términos:

—Debo ante todo confesar que, como tú muy bien adivinaste, la historia que te conté cuando nos conocimos y he mantenido hasta el presente, si bien no puede tacharse de ficticia, era incompleta. La verdad es que en Madrid y con ardides me robaron el dinero del maletín. Por desgracia, hasta hace poco no vi claramente el *quid* de la cuestión, esto es, que los destinatarios del dinero no fueron los autores del hurto, cosa, por lo demás, que habría sido absurda por su parte, sabiendo, como sabían, que había yo de efectuar la entrega a la mañana siguiente. En realidad, fueron los de la agencia teatral quienes robaron el dinero. Muscle Power, que en gloria esté, enterado de que se iba a realizar la transacción y por qué conducto, puso sobre aviso al cojo y éste envió a sus esbirros a Madrid. Por supuesto, ni a Muscle Power ni a sus cómplices, que son unos maleantes de andar por casa, se les pasó por la cabeza asesinarme, aunque sí se percataron de la necesidad de impedir que yo, descubierta la sustracción, acudiera a la cafetería Roncesvalles e informara a los destinatarios del dinero de su desaparición. Y con tal objeto concibieron una treta consistente...

—En enviarme a mí a la cafetería —apuntó la Emilia aprovechando un semáforo.

—Exactamente. Confiaban, supongo, en que con tu intervención yo regresaría a Barcelona convencido de haber cumplido con el encargo. Al mismo tiempo, tu silencio quedaba garantizado, en parte por la ley que siempre le has tenido a Muscle Power, a quien Dios acoja en su seno, y en parte porque no eres tan tonta como para denunciar un delito del que habías sido coautora.

—De modo que el calzonazos de Toribio me estuvo tomando el pelo, ¿no es eso? —masculló Emilia apretando el acelerador y el freno al mismo tiempo.

—De acuerdo con mis conjeturas, así es. Los destinatarios del maletín o, por darles algún nombre genérico, el Caballero Rosa, pues no me cabe duda de que de él se trata, acudió o acudieron al hotel de Madrid, bien porque desconfiaran de la rectitud de mis intenciones, bien por otros motivos que desconozco, encontraron al camarero manco roncando a pierna suelta y descubrieron haberse evaporado maletín y dinero. Pensando que el camarero era yo y atribuyéndole la apropiación de lo que creían suyo, se tomaron la justicia por sus manos y asesinaron al pobre manco. Vinieron o vino luego a Barcelona y fue en busca de Muscle Power, que la tierra le sea leve, a quien probablemente sometió a interrogatorio y con certeza eliminó, alevoso. Me malicio que fue entonces cuando el cojo de la agencia teatral se dio cuenta de que se enfrentaba a un enemigo cuya peligrosidad superaba con mucho sus expectativas y, con loable cordura, decidió restituir el dinero y desaparecer del mapa.

Habíamos dejado las calles populosas y enfilábamos la desierta cuesta que conducía a casa de la Emilia. No era allí donde quería yo ir, pero tampoco tenía pensado otro destino, por lo que no me esforcé en hacerle cambiar de ruta. Sí, en cambio, seguí diciendo:

—Para lo cual te sometió a una estrecha vigilancia, advirtió la prontitud y asiduidad con que yo te rondaba y se barruntó ser yo un agente del Caballero Rosa. Aprovechando nuestra ausencia hizo que sus secuaces, apodados Hans y Enrique, registraran tu piso en busca del maletín, atacaran al comisario Flores en el restaurante chino y pusieran sitio a tu casa. Todo ello, como ya sabemos, en vano. Hasta que, por fin, cuando debían de estar ya al borde de la desesperación, comparecí en la agencia con el tantas veces citado maletín. Ni cortos ni perezosos me echaron el guante, me inyectaron un somnífero para ganar tiempo, repusieron el dinero y abandonaron para siempre jamás, confío, la agencia teatral y sus locas fantasías de hacerse ricos con poco trabajo y riesgo nulo.

—Lo que no entiendo —dijo la Emilia— es por qué no devolvieron el dinero sin el maletín. ¿O pensaban que el Caballero Rosa no se iba a consolar de la pérdida de una Samsonite de imitación que podía comprar por cuatro duros en el Corte Inglés?

—Supongo que querían dejar bien claro que estaban devolviendo el dinero robado en Madrid. Ni sabían quién era el Caballero Rosa ni tenían la seguridad de que yo fuera su agente. El único medio de poner de manifiesto sus intenciones y su arrepentimiento era reintegrar el dinero a su lugar de procedencia, es decir, al maletín. O, al menos, así es como yo lo veo.

Habíamos coronado la calle Dama de Elche y la Emilia aparcó el coche frente a su casa. Más por hábito que por necesidad oteamos el horizonte por si algún coche sospechoso montaba guardia. Sólo el coro de los televisores alteraba la quietud del vecindario. La Emilia apagó el motor, aferró con ambas manos el volante atrancado y recorrió con la mirada la distancia que había entre mis ojos adormilados y el maletín que sostenía sobre las rodillas.

—Y ahora, ¿qué? —preguntó.

—Ahora te quedas con el maletín y mañana sin falta llamas al comisario Flores, le repites lo que te acabo de referir y le haces entrega del maletín y del dinero. Con esto, si mis cálculos no fallan, habrás puesto punto final a este desafortunado incidente.

—¿Y el Caballero Rosa?

—El Caballero Rosa no sospecha de ti, así que no tienes nada que temer. Por lo demás, lo que a él le interesa es el dinero. En cuanto se lo entregues al comisario Flores quedarás completamente al margen del asunto.

—Y tú, ¿qué vas a hacer? —me preguntó.

Había sonado la hora de las despedidas. Me aclaré la garganta y dije:

—De momento, buscar un sitio donde dormir; y mañana, ya veremos.

—Te recuerdo —dijo la Emilia mirando hacia otro lado, como si hablara con un tercero— que en mi casa sigue habiendo un sofá.

—Y yo te agradezco tu hospitalidad, pero no puedo aceptarla. Durante todo este tiempo no sólo te oculté la verdad con respecto al dinero, sino también con respecto a mi persona y circunstancias particulares. Mi pasado remoto dista mucho de ser ejemplar y mi pasado reciente ha transcurrido entre los muros de un manicomio. No tengas miedo: ni estoy loco ni, aunque lo estuviera, te haría ningún mal. Llevo años tratando de demostrar a las autoridades competentes que me he rehabilitado, pero hasta el momento no he tenido suerte, pese al empeño que en ello llevo puesto. Esto, de todas formas, no viene al caso. Sí viene el hecho de que a estas horas el comisario Flores y un crecido porcentaje de las fuerzas del orden me deben de andar buscando para volverme a encerrar. Es muy posible que habiéndome visto contigo en el restaurante chino te vengan a hacer una visita antes de la madrugada. Esto, que sería ventajoso para ti, porque podrías entregar el maletín y te ahorrarías un desplazamiento engorroso, para mí sería fatal.

—¿Y dónde te vas a esconder?

—Aún no tengo muy perfilados los planes, pero es probable que me enrole en un barco y me marche a América. Allí puedo emprender una nueva vida e incluso adquirir, si los hados me son propicios, un cierto barniz de respetabilidad.

Quiero dejar aquí bien sentado que la indiscreta garrulería a que me estaba entregando no era en modo alguno fruto de la imprevisión; antes al contrario, pues, o no conocía yo al comisario Flores o éste había de sonsacar a la Emilia, con subterfugios de eficacia probada en pieles harto más duras, lo que yo en la intimidad le hubiera confiado acerca de mis proyectos, y pensé que más valdría que la pobre tuviera algo que confesar. Por lo demás, no me importaba demasiado que el comisario Flores supiera de mi derrota, porque no creía que le faltara tanto para la jubilación como para ponerse a seguir mi rastro a todo lo largo y ancho de un continente que tengo por vasto y remoto. Tras lo cual no restaba sino dar las buenas noches y emprender la Emilia y yo nuestros respectivos y divergentes rumbos. Y como siempre he sido de natural sensible y con el decurso de los años este rasgo de mi carácter está adquiriendo ya ribetes de gazmoñería, opté por un adiós perfunctorio, esbocé un gesto escueto y una media sonrisa jacarandosa, abrí la portezuela, salí del coche y sin volver la vista atrás emprendí el descenso por la empinada calle. A mis espaldas oí cómo la Emilia cerraba el coche con innecesaria violencia y cómo sus pasos decididos se perdían calle arriba, en dirección a su hogar.

CAPÍTULO DECIMOSEGUNDO

DE LA VELEIDAD, O EL DESTINO

Caminaba yo muy concentrado en lo que hacía, en parte para alejar de mi mente la tristeza de que la separación la iba impregnando y en parte para no tropezar con los cubos de basura que salpimentaban la acera, cuando recordé que todavía llevaba puesto el traje que don Plutarquete Pajarell me había prestado. Me detuve en seco y me senté en el repecho de una ventana a debatirme en la duda. Por un lado me urgía llegar pronto a un lugar donde pudiera descabezar un sueño, porque la fatiga me vencía y las secuelas de la droga que me habían administrado apenas si me permitían mantener la verticalidad. Por otro, ni siquiera el alma de canalla con que el azar me ha agraciado podía soportar la idea de privar de su única prenda de vestir a un anciano que me había tratado con tanto desprendimiento. Y como sea que al fin entre la llamada del deber y las instigaciones de la conveniencia hiciera mi conciencia que el fiel de la balanza se inclinase a favor de la primera, aspiré a fondo para insuflarme en los pulmones la brisa oxigenada de la noche, me levanté y deshice lo andado hasta coronar la cuesta. No siendo cosa, por lo avanzado de la hora, de despertar al decrépito erudito ni deseando yo tener que repetir unas explicaciones que en nada realzaban mi ya de por sí penosa imagen, forcé la cerradura, me introduje en el portal y a la débil luz que de la calle entraba localicé el buzón de don Plutarquete, lo abrí, me quedé en calzoncillos y no sin trabajos conseguí embutir el elegante terno en tan reducido espacio. Me habría gustado adjuntar una nota de agradecimiento, pero no tenía conmigo recado de escribir ni quería correr el albur de que un vecino trasnochador me sorprendiera garrapateando un billete en paños menores, de modo que cerré el buzón y abandoné el inmueble sintiendo en mis maceradas carnes el relente. Por suerte, el paraje no estaba concurrido y no era probable que se produjera un embarazoso encuentro hasta que, llegado a una calle más céntrica, diera con una boutique mal protegida en cuyo escaparate pudiera pertrecharme. Así que una vez más me disponía a iniciar el descenso cuando advertí que se abría la puerta de la casa de la Emilia y de aquélla salía ésta a la carrera con muestras de gran espanto pintadas en el semblante.

—¡Emilia! —le grité desde la otra acera—. ¿Qué haces aquí?

Reparó en mi presencia, lanzó un grito de sorpresa, corrió hasta donde yo estaba y sin que mediara explicación se echó en mis brazos. A pesar del desconcierto que esta efusión me produjo, no dejé de notar que temblaba de los pies a la cabeza.

—Aún estás aquí —sollozó—. Gracias a Dios, gracias a Dios.

—He vuelto —aclaré— a hacer un recado. ¿Adónde ibas?

—A buscar ayuda. Ha pasado una cosa terrible. Ven.

Me cogió con fuerza de la mano y me arrastró hacia su casa. Quise decirle que no podía entretenerme más, que a buen seguro la policía estaba al caer y que me estaba jugando la libertad si no escurría el bulto sin tardanza, mas era tan patente su desesperación y de tal cuantía que no tuve valor para rehusarme a acompañarla. Y de esta guisa, ella presa de la zozobra y yo en braslip, entramos en el zaguán y subimos en el ascensor hasta el ático, aprovechando yo el trayecto para preguntarle que qué sucedía y tratar de infundirle ánimos con palmadas afectuosas, bien que por toda respuesta a mis palabras y gestos sólo recibí entrecortados plañidos. Me bastó, pese a todo, trasponer el umbral de la vivienda para hacerme cargo de cuál era el origen de su congoja, pues en el suelo del saloncito, que por cierto seguía tan patas arriba como la última vez que lo viera, estaba un cuerpo exánime que de inmediato reconocí pertenecer a María Pandora, la inmunda periodista. A través de las greñas sus ojos vacuos miraban fijamente el techo y de la comisura de sus labios resbalaba hasta el suelo un reguerillo de baba espumosa. Un tufillo de almendras amargas flotaba en el aire y como para acentuar el patetismo de la escena la Emilia lloraba con la cabeza reclinada contra la jamba de la puerta abierta. Le dije que la cerrara para no atraer la atención de los vecinos y le pregunté, de paso, si al llegar había encontrado la puerta abierta o cerrada, a lo que me respondió que entornada y quiso saber que qué diferencia había en ello.

—Ya te lo diré luego —dije—. De momento vamos a cerciorarnos del estado de salud de esta infeliz.

Busqué por entre la zahúrda de sus ropas alguna superficie anatómica que me permitiera auscultarla y habiendo dado con un pedazo de piel en extremo fría y pegajosa apliqué a él mi oreja y contuve el aliento en la esperanza de percibir un leve signo de vida. No viéndose mis esperanzas colmadas, le dije a la Emilia que trajera un espejito que, una vez en mi poder, apreté contra las fosas nasales de la pobre chica. Transcurridos unos segundos me pareció observar una media luna de vaho en la superficie del espejo. Lo limpié con la falda de la periodista y repetí la operación con idéntico resultado.

—No quisiera aventurar juicios —dije—, pero es posible que aún no esté muerta del todo. ¿Sabes practicar la respiración boca a boca?

—En el servicio social me lo enseñó una salmantina que, por cierto...

—Ya me contarás los detalles, que intuyo jugosos, en otra ocasión —le interrumpí—. Ahora ponte manos a la obra mientras llamo a los médicos de urgencia.

Dejé a la Emilia amorrada a su amiga, busqué en la guía el número de los médicos de urgencia y descolgué el teléfono. No había línea. Estiré del cordón del aparato y comprobé que alguien lo había cercenado limpiamente. Sin decir nada volví junto a la Emilia, que levantó la cabeza cuando mis esquemáticas pantorrillas entraron en su campo visual.

—¿Van a venir? —preguntó con ansiedad.

—No. Me han dicho que están en huelga —mentí para no aumentar su desazón—. Sigue con lo que estabas haciendo.

Fui hasta la ventana para ver si la policía o algún cuerpo especializado estaba poniendo cerco a la manzana, pero la calma seguía reinando en el exterior. Que no entre aquellas cuatro paredes, porque la Emilia me hacía frenéticas señas de que acudiera a su lado.

—Ya reacciona —dijo con un hilo de voz.

Efectivamente, María Pandora había entrecerrado los párpados y su garganta se esforzaba por emitir una tosecilla que apenas si merecía el calificativo de gorgoteo. La ausculté de nuevo y sentí un arcano fluir en donde debía de estar la tráquea.

—¿Vivirá? —dijo la Emilia.

—No lo sé —dije yo.

—¿Qué crees que le ha sucedido?

—Que ha ingerido un veneno.

El frenazo de un coche en la calle me hizo dar un respingo.

—Sigue con toda meticulosidad mis instrucciones —dije precipitadamente—: prepara un vomitivo y házselo tragar. Cuando haya vomitado, ve a casa de un vecino y dile que te deje llamar a la policía. Aunque esto último es posible que resulte innecesario, porque la policía, si no me equivoco, está a punto de llegar sin que nadie la llame. Para que luego digan.

Mientras le daba instrucciones me iba dirigiendo a la puerta y preguntándome si desde la azotea podría saltar a los edificios colindantes y burlar el asedio de mis perseguidores. La Emilia, dándose cuenta de la dirección que llevaban mis pasos, me dijo:

—Pero, cómo, ¿te vas?

—Sin perder un instante. Adiós otra vez y buena suerte.

—¡Espera! —imploró la Emilia—. No te puedes ir ahora, por lo que más quieras. No puedes abandonarme en esta situación. Además, yo creía que... ¡Bah, vete a la mierda y ojalá te trinquen!

Sus execraciones me llegaron cuando estaba en el rellano. Cerré sigilosamente la puerta a mis espaldas. Un tramo de escalera de hierro tachonado me condujo a otra puerta de madera hinchada y cuarteada por la humedad. Descorrí un robusto pasador y salí a la azotea. Finalizada sin contratiempos la programación de TVE, el silencio se había enseñoreado del barrio. El cielo estaba encapotado, pero ese resplandor cárdeno y probablemente mefítico que siempre flota sobre nuestra ciudad me permitía ver con bastante claridad. Por fortuna, casi todos los edificios de la manzana tenían una altura uniforme. Me senté a horcajadas en el murete de separación y exploré el terreno con la vista y el oído: nada turbaba la legendaria paz de las azoteas, salvo la brisa que silbaba entre las antenas y los borbotones que en los depósitos de agua producía el continuo tirar de la cadena que suele preceder al recogimiento familiar. A lo lejos parpadeaban seductoras las luces anaranjadas de la ciudad, por cuyas arterias discurría, manso y quedo en la distancia, el flujo incesante de los vehículos a motor. Por alguna razón inexplicable me detuve unos segundos a pensar que ya iba siendo hora de que tratara de sacar el carnet de conducir. Tengo ahora por cierto que de no haber sido por aquel extemporáneo cortocircuito habría proseguido sin parar mi huida, la habría coronado, quizá, con el éxito que a estas alturas creo haberme merecido ya y no estaría seguramente redactando con abuso del diccionario estas edificantes líneas; mas la vida me ha enseñado que tengo un mecanismo insertado en algún lugar impermeable a la experiencia que me impide hacer cuanto pudiera redundar en mi provecho y me fuerza a seguir los impulsos más insensatos y las más nocivas tendencias naturales... Maldije, pues, mi suerte con expletivos que no reproduciré, abandoné mi observatorio, deshice lo andado y, para no molestar, entré en el piso usando la ganzúa. María Pandora yacía en el sofá cubierta con el edredón. Ruido de cacharros me indicó que la Emilia estaba en la cocina. También ella debió de oírme, porque asomó la cabeza, vio que era yo y me dijo:

—Vigila el café.

Me puse a vigilar la cafetera mientras ella se metía en el cuarto de baño. Cuando salió el café apagué el gas y busqué en los armaritos metálicos taza, plato y cuchara. Agregué al café una buena dosis de sal, pimienta, mostaza y un jarabe expectorante que prometía el alivio inmediato de las afecciones bronquiales. Revolví a conciencia la mezcla y, para mayor seguridad, probé un sorbo. De poco me desmayo. Satisfecho de mi receta acudí junto a María Pandora. La Emilia trajo toallas y una botella de agua de colonia. Le dije que incorporase a la periodista y le fui dando a ésta cucharaditas del brebaje y cerrándole los labios y la nariz para obligarle a ingerir lo que le metía en la boca. Cuando me hube aburrido de esta lenta y en apariencia ineficaz operación, le apreté los carrillos y le metí por el morrito el resto del café enriquecido. Luego la dejamos reposar y nos pusimos a observarla, aguardando a que el antídoto surtiera su efecto benéfico o acabara de mandarla al otro mundo con piadosa celeridad. No se hizo larga la espera, porque sabido es que la naturaleza confiere a los humanos un buen gusto innato en materia alimenticia, aunque no siempre los medios necesarios para satisfacerlo, y así acaeció que el estómago de la periodista se sublevó y la liberó, por muy grosero procedimiento, de las morbíficas sustancias que en él se alojaban. Visto lo cual dije yo:

—Lo peor ya ha pasado. Ahora sí que me voy.

Sin hacerme caso, la Emilia restañó el sudor que perlaba la frente de su amiga y dijo:

—Ayúdame a desvestirla. Tiene la ropa empapada.

Eso hicimos, dejando al descubierto un cuerpo para cuya contemplación ni los zarrapastrosos hábitos que lo cubrían ni la vorágine precedente me habían preparado. Advirtiendo mi reacción, me preguntó la Emilia que qué me pasaba en tono más reprensivo que curioso, a lo que retruqué que nada, aun sabiendo que el ir en calzoncillos restaba toda credibilidad a mis protestas. Afortunadamente, eligió ese instante María Pandora para prorrumpir en gemidos lastimeros y nuestra atención hubo por fuerza de concentrarse en ella. La tapamos con el edredón para que no se nos acatarrase y dedicamos unos minutos a celebrar consulta. Yo seguía siendo partidario de ponerla en manos de un facultativo, pero a la Emilia esta idea no acababa de hacerla feliz.

—No sabemos —dijo— lo que hay detrás de todo esto, pero no me extrañaría que María se hubiera metido en un buen follón. Vamos a esperar a que recobre la conciencia y nos ponga en antecedentes y luego decidiremos.

Tomé el pulso a la enferma y comprobé que éste era regular.

—Creo que el peligro inmediato ha pasado —concedí—, pero su estado sigue siendo grave. Alguien tiene que verla. Asimismo te recuerdo que la policía está a punto de hacer su entrada y que, aunque vienen a por mí, no dejará de chocarles encontrar una agonizante en este piso tan poco presentable.

—No te falta razón —dijo la Emilia—. Y no veo otra salida que volver a casa de don Plutarquete.

—Por el amor de Dios, Emilia —no pude por menos de exclamar—, no podemos seguir involucrando a ese pobre anciano en nuestros asuntos.

—Vaya, hombre —repuso ella—, te pasas la vida metiendo en líos al prójimo y ahora me sales con remilgos. Mira cómo han dejado mi casa y mira lo que le ha pasado a María Pandora; y eso por no recordar al camarero manco de Madrid, al pobre Toribio y a todos los que no conozco pero que me huelo deben de ser legión. Venga, venga, deja de hacerte el santo y coge a María por los brazos, que yo la cogeré por las piernas.

Poco me habría costado demostrarle lo ilógico de sus argumentos y menos aún lo injusto de sus acusaciones, pero preferí dejar la polémica para mejor ocasión y obedecer sus directrices. ¿Sería, mascullé para mis adentros, que me estaba haciendo viejo?

CAPÍTULO DECIMOTERCERO

¿QUIÉN NO OCULTA UN PASADO? ¿QUIÉN NO UN SECRETO?

La criminalidad, que de unos años a esta parte se ha enseñoreado de nuestras urbes tanta congoja sembrando, debía de tener muy atareada a la policía esa noche en concreto, porque no fuimos sorprendidos, como yo temía que ocurriera, mientras bajábamos el delatante fardo en el ascensor, hacíamos con él en volandas la travesía del zaguán y la calle y nos colábamos a la chita callando en el portal de la casa de don Plutarquete, a cuya puerta tocamos con sigilo y pertinacia.

—No se inquiete usted —me apresuré a decir cuando por fin abrió el erudito y vi el estupor entoldar su noble faz—: el traje que me prestó está impoluto y entero en el buzón. También traemos a una chica medio muerta, nos persigue una banda de asesinos y la policía me viene pisando los talones, pero no tiene usted por qué preocuparse. Sírvase dejarnos pasar y atranque puertas y ventanas.

Repuesto de la mala impresión que hubiéramos podido causarle, tranquilizado por mi serena perorata y no poco contento de verse de nuevo en presencia de la Emilia, se hizo a un lado el anciano historiador y apenas hubimos entrado manipuló un cerrojo de alta seguridad que transformó su hogar en un arca sellada.

—Síganme al dormitorio —dijo con voz queda—. Voy a alisar un poco las sábanas y colocaremos allí a este desdichado.

—Es una chica, don Plutarquete —dije yo.

—¡Qué desgracia más grande, con lo que a mí me gustan las chicas! —exclamó enternecido—. ¿Amiga de la señorita Trash, por un casual?

—Íntima amiga —resopló la interpelada—. Se llama María Pandora y es periodista.

Tendimos sobre la cama del vetusto profesor a María Pandora, que aún venía envuelta en el edredón, y le destapamos la cabeza para que respirara más a sus anchas. Don Plutarquete echó una ojeada a las facciones lívidas de la periodista, pronunció una ahogada interjección y se desmayó.

—Lo que nos faltaba —dije yo.

—¿Qué le habrá pasado? —se preguntó la Emilia.

—No tengo la menor idea —respondí—. Ya nos lo contará él cuando se reanime. Lo importante ahora es no perder el norte. Estoy persuadido de que tienes algún amigo médico. Llámale, dile que venga sin demora y encarécele la máxima discreción. Yo, entre tanto, veré de hacer reaccionar a este cascajo pusilánime.

Dejé a la Emilia repasando su libreta de direcciones y arrastré a don Plutarquete hasta la cocina, donde le rocié el cráneo con agua hasta que pasó del sueño a la vigilia y pudo incorporarse, secarse la cara con un trapo lleno de manchas de tomate y llegar tambaleándose al silloncito donde la noche anterior había dormido la Emilia. La cual se unió a nosotros para comunicarnos que María Pandora dormía plácidamente y que su amigo médico había prometido acudir a la carrera provisto del instrumental pertinente y la ciencia necesaria para usarlo con buen fin.

—Esto —dijo don Plutarquete— me tranquiliza sobremanera. Y ya que todo está en orden y no nos queda sino aguardar la llegada del abnegado doctor, permítanme que les presente mis más sinceras excusas. En lugar de prestarles ayuda, como debía, no he hecho sino aumentar sus cuitas con mi desvanecimiento. Mi conducta, sin embargo, tiene una explicación, que con gusto y aun a riesgo de aburrirles les voy a dar. Tengan la bondad de tomar asiento.

Arrimamos sendas sillas a la butaca donde se arrellanaba el anciano y pusimos cara de atención. Cerró don Plutarquete los ojos, unió las yemas de los dedos, respiró profundamente varias veces, echó hacia atrás la cabeza y nos refirió lo que sigue.

—Hace poco más de veinte años conseguí en un instituto de enseñanza media de una ciudad de provincias cuyo nombre ocultaré, piadoso, una adjuntía interina en la cátedra de Historia Universal. Nunca había salido antes de Barcelona, siendo como soy timorato y poltrón, y aunque distaba de ser a la sazón un mozalbete, aquel cambio espectacular de circunstancias me tenía en un estado de excitación rayano en la demencia. Sea por esta causa, sea porque así estaba escrito en el libro de la vida, vine a conocer por esa época a una mujer mucho más joven que yo, de la que me enamoré como sólo se enamoran los niños, los viejos y algunos adolescentes mal informados. Se aproximaba la fecha de mi partida y comprendí que si no quería perder para siempre al objeto de mis delirios no me cabía otra alternativa que proponerla en matrimonio. Así lo hice, no sin rodeos, y ella, por razones que nunca he conseguido entender, me dio el sí.

No debo de ser, como a veces mi conducta podría hacer pensar, un romántico impenitente, porque las aventuras sentimentales del viejo erudito, lejos de suscitar mi interés, me produjeron un sopor tan invencible que, recostando la nuca contra el respaldo de la silla, me quedé profundamente dormido. Cuando desperté sobresaltado comprendí que me había perdido una parte sustancial del relato, ya que el atropellado narrador tenía los ojos arrasados en lágrimas y decía con vivo sentimiento:

—Clotildita en provincias se mustiaba. Tengo, en efecto, sobrada conciencia de no ser persona de verba amena, como aquí el amigo acaba de demostrar con sus ronquidos. Tampoco el lugar donde nos encontrábamos ofrecía a una mujer fogosa y ávida de novedades otros alicientes que la feria anual de ganado porcino y algún que otro Te Deum oficiado con más unción que brío. Y huelga decir que mis condiciones físicas no eran tales que pudiera la pobre pasarse los días embelesada en el recuerdo de las noches que los habían precedido. En vano traté de interesarla en mis estudios, que a la sazón versaban sobre las fluctuaciones del precio de la cebada en el siglo XVI. No acumularé detalles; básteles saber que nuestro primer año de matrimonio transcurrió con desesperante monotonía. Yo, sin embargo, era feliz...

Aunque detesto la descortesía, hube por fuerza de levantarme a orinar y aproveché la incursión para echarme varias almuerzas de agua al rostro con objeto de soportar despierto el resto de aquella tabarra que amenazaba con monopolizar la noche. A mi regreso la historia había avanzado hasta este punto:

—Mediada la segunda primavera, cuando las lluvias torrenciales habían convertido nuestra casa en un lodazal en el que se daban cita todos los sapos de la zona, el pregonero de la localidad, pues no justificaban los escasos eventos de la villa la edición de un periódico, siquiera mural, anunció la inminente llegada de una compañía teatral que, en gira por provincias y antes de debutar con todos los honores en Fernando Poo, iba a ofrecernos la representación de un melodrama cuyo título he querido y logrado olvidar. Nuestro peculio no nos permitía derroches, pero mi mujer insistió tanto y la melancolía la tenía tan postrada que acabé por acceder a su capricho, pedí un préstamo y saqué las entradas. ¡Nunca lo hiciera! Aún me parece estar viendo la exaltación con que Clotildita limpiaba y remendaba el único vestido de su ajuar que había resistido mal que bien las asperezas del clima y de la tierra. ¿Y cómo describir mi angustia al comprobar, la noche del estreno, que mi esposa, hasta entonces tan recatada, se había lavado el pelo con un champú adquirido por sabe Dios qué medios?

Sé que divago: me ceñiré a los hechos. Fuimos al local donde había de representarse la obra, un cobertizo que el municipio había habilitado trasladando interinamente a la casa consistorial el estiércol que habitualmente allí se almacenaba, y dio principio la función y con ella mi desgracia. No recuerdo nada de la pieza, porque nunca hasta ese momento había asistido a ningún espectáculo y no tenía ya edad de aficionarme, de modo que me había llevado un montón de deberes escolares para corregir, ni, por supuesto, de los actores que en aquélla intervenían. Sí recuerdo, en cambio, a un galán harto amanerado y no precisamente veinteañero que parecía tener al sector femenino de la audiencia encandilado, lo que hizo que, mediado el segundo acto, tuviera que abandonar la escena bajo una lluvia de azadones y destrales que los maridos celosos le arrojaban a los gritos de: «¡Sarasa, más que sarasa!», «¡Baja a la platea si eres hombre!» y otras provocaciones similares, y no volviera a salir más, con serio menoscabo del hilo argumental, pues era el protagonista. Yo, absorto en mis quehaceres, no reparé en el incidente ni tampoco en que mi esposa, pretextando una necesidad inaplazable, abandonaba su asiento y no regresaba. Cuando el telón hubo caído, la sala se hubo vaciado y despuntaba el alba tras los alcores, empecé a temer que algo le hubiera pasado a mi Clotildita. Volví a casa y la hallé desierta, recorrí calles y sembrados, pregunté a cuantos encontré... Todo inútil. A Clotildita se la había tragado la tierra. Había que descartar de entrada la eventualidad de un accidente, del que para entonces me habría llegado ya noticia en una comunidad tan diminuta, e inferir, por doloroso que ello me resultara, que mi adorada esposa había decidido marcharse, por los motivos que fuera, y que no tenía la menor intención de regresar al hogar. Juzguen ustedes mismos mi desesperación.

Y la mía al comprender que aquella paliza no había llegado aún a su fin. Me sentía destemplado: no había comido nada en todo el día, me habían drogado, había tenido que resucitar a una muerta y, para colmo, tenía que soportar en calzoncillos la humedad del amanecer que ya empezaba a anunciarse en la palidez del cielo. Con el rabillo del ojo vi que la Emilia dormía a pierna suelta acurrucada en su silla. Señalé este hecho al profesor para ver si entendía y esbozó, ladino, una sonrisa de complicidad.

—Más vale así —dijo—. Esta historia tiene una faceta escandalosa que quizá no sea apropiada a los oídos de una señorita inocente. Entre hombres podré hablar con más sinceridad.

Se frotó las manos con regocijo, como si se dispusiera a cocinar un plato suculento con los más exóticos ingredientes y prosiguió su relato diciendo así:

—Al finalizar el año académico, como sea que hubieran transcurrido ya tres meses de la desaparición de mi mujer y empezaran a volatilizarse las esperanzas que en su arrepentimiento y ulterior regreso tenía yo puestas, y habiéndome convertido en el hazmerreír de la región, presenté por escrito mi renuncia en el Ministerio de Educación y Ciencia y regresé a Barcelona con el firme propósito de no volver a salir jamás. Pasó el tiempo y la marea imperceptible, pero incesante, de lo cotidiano fue desplazando mi desdicha hasta dejarla anclada en el limbo de la memoria que equidista del dolor y el olvido.

Sin que mediara preaviso se levantó el anciano y se dirigió arrastrando las chancletas hasta su escritorio, abrió un cajón, revolvió los papeles que allí había y regresó a su asiento trayendo en la palma de la mano un sobre amarillo. La Emilia se revolvió en su silla sin llegar a despertarse. El vetusto historiador contempló el sobre y dijo sin levantar los ojos:

—A los nueve años de los hechos que acabo de referirle me llegó esta carta. Había sido escrita en Algeciras dos años antes y enviada al instituto donde otros siete atrás yo había ejercido la docencia. De allí la habían remitido al Ministerio donde quedó apresada en los sargazos de la negligencia burocrática hasta que un funcionario más diligente, más compasivo o más malicioso averiguó mis señas y me la hizo llegar a portes debidos.

Abrió el sobre que había estado acariciando con las yemas de los dedos y me tendió unos papeles manuscritos que empezaban a rasgarse por los dobleces. Los desplegué con cuidado, me acerqué al flexo que seguía encendido en el escritorio y cuyo haz de luz se iba encogiendo a medida que invadía la estancia la luz de la mañana, y leí esto:

> Repugnante albóndiga:
>
> Desde que me fui de tu lado las cosas me han ido de mal en peor, pero ni un solo día he dejado

de bendecir la hora en que te dejé. Mamarracho. El actorzuelo en cuyos brazos me arrojé desesperada era un canalla que me zurraba sin tregua y que me abandonó en cuanto supo que me había quedado embarazada, a pesar de lo cual todavía venero su memoria, porque gracias a él te perdí de vista. Cucaracha. Deshonrada, preñada y sin un duro me dediqué a la prostitución en los retretes de un parador de camioneros hasta que nació mi hija, a la que abandoné en un canastillo a la puerta de una ermita. Me he quedado tuerta, se me han caído los dientes, soy alcohólica y morfinómana; he estado seis veces en la cárcel y cuatro en el hospital de infecciosos. Y todo por tu culpa. Escupidera, felpudo...

Seguían varias cuartillas del mismo tenor literal. Volví a doblar la carta y se la pasé al profesor, que la besó como si fuera una reliquia, la metió de nuevo en el sobre y dijo:

—Disculpe usted su deficiente sintaxis. Mientras duró nuestra unción, cada noche hacíamos una hora de dictado, pero no conseguí que dominara los entresijos de nuestro agilísimo idioma. Pero no es de eso, claro está, de lo que quería hablarle...

Cabeceó para disimular el rubor que hacía su rostro indistinguible de los arreboles del nuevo día y agregó en tono suplicante y quejumbroso:

—Desde que le vi por primera vez me di cuenta de que era usted un hombre de mundo. Usted, sin duda, conoce bien a las mujeres. Dígame una cosa con absoluta franqueza: después de leer la carta que acabo de mostrarle, ¿le parece que puedo seguir esperando que ella vuelva?

—Es imposible vaticinar tal cosa —repliqué diplomático—, pero, por si vuelve, yo de usted tendría preparada la penicilina. Y ya que hemos llegado al turno de ruegos y preguntas, aclárame un punto: ¿qué relación guarda esta emotiva historia con su ya pretérito desmayo?

Por toda respuesta abrió de nuevo el vejestorio el sobre, extrajo de él una fotografía añosa y me la tendió.

—Juzgue usted mismo —dijo.

Era una instantánea tomada probablemente por un anónimo fotógrafo callejero y en ella se veía a una pareja sorprendida en el acto de hacer un corte de mangas a la persona a quien fuera dirigido el memento. Una somera ojeada me bastó para comprender.

—Un prodigioso parecido —comenté.

—El vivo retrato de su madre —corroboró el profesor.

—¿Y el hombre que la acompaña?

—Ese actorzuelo... —masculló el viejales.

Comprobé que la Emilia seguía o aparentaba seguir dormida. Sin dar explicaciones me levanté, fui al cuarto de baño y rompí la foto en minúsculos fragmentos que arrojé al váter. Don Plutarquete me alcanzó cuando tiraba de la cadena y ambos contemplamos mudos cómo el torbellino se llevaba los vestigios del pasado camino del ancho mar.

—Hombre de Dios, ¿qué ha hecho usted? —dijo el anonadado profesor.

—Crea, si quiere, que estoy loco. Muy pocos diferirán de su dictamen. Pero si en algo aprecia a las dos señoritas que entre la paz de estos castos muros reposan, no le cuente a nadie lo que me ha visto hacer ni vuelva a relatar la pesadísima saga que acaba de endilgarme. Por ahora no puedo revelarle más. ¿Me ha entendido?

—No, señor. No he entendido nada y exijo de inmediato una cumplida y convincente explicación.

Miré sin responder el cavernoso desagüe del inodoro, recordé la foto dedicada de Muscle Power que María Pandora ocultaba en el cajón de su mesilla de noche, reviví en la memoria la trágica muerte del actor y no pude por menos de meditar en las coincidencias, laberintos y puzzles con que el destino gusta de amenizar sus ocios y complicar los nuestros. Y no excluyo la posibilidad de que de esta reflexión hubiera salido una enseñanza provechosa para mí y de rebote para usted, solidario lector, de no haber interrumpido el curso de mis pensamientos un timbrazo que nos hizo respingar sobresaltados.

CAPÍTULO DECIMOCUARTO

TODO MAL, TODO EN ORDEN

Como iba diciendo, un conminatorio timbrazo nos hizo restablecer contacto con el mundo exterior por harto brusco medio. ¿Quién podía ser, a semejantes horas?

—El médico —dijo don Plutarquete, como si hubiera estado leyendo mis pensamientos.

Reconfortados volvimos al saloncito donde la Emilia, arrancada violentamente de su sueño, miraba con desconcierto ora en dirección a la puerta ora a la pareja que de modo tan atropellado y sospechoso salía del cuarto de baño, y desde donde, tras cerciorarse el profesor por conductos electrónicos de que quien llamaba era en efecto el médico, le fue franqueado a éste el paso.

El que a la nobilísima tarea de llevar la salud a domicilio se entregaba resultó ser, en contra de lo que yo me había imaginado por tratarse de un amigo de la Emilia, un distinguido caballero de mediana edad, rubicundo y cachigordo, que desprendía un relajante olor a ajo y desinfectante y que se disculpó por la tardanza alegando que su coche había sido sepultado por un empleado desdeñoso de los privilegios de la profesión en la planta tres del parking donde lo dejaba a pupilaje, a lo que agregó de un tirón, viendo que el recuento de su agravio no despertaba nuestro interés, que dónde estaba el paciente. Aclarada la cuestión, pidió que lo dejáramos solo y se encerró en el dormitorio donde yacía María Pandora. Del que emergió a poco diciendo:

—Todo en orden.

—¿Vivirá, doctor? —preguntó don Plutarquete.

—Por supuesto, por supuesto, siempre que en el futuro se anden con más cuidado. ¿Quién es el padre de la criatura?

—Yo soy —exclamó el viejo historiador hincando una rodilla en tierra y golpeándose el pecho con la diestra— ante Dios y ante los hombres.

El médico lo miró con una mezcla de benignidad y extrañeza.

—Pues que sea enhorabuena —dijo—. El embarazo es perfectamente normal y no creo que se presenten problemas, a menos que su señora vuelva a ingerir cianuro. Por suerte, el vómito provocado seguramente por la propia condición de la paciente impidió que el veneno empezara a producir su efecto. De momento, le he dado un calmante para que repose. No creo que se despierte hasta dentro de veinticuatro horas. Que coma arroz blanco y pollo hervido. Y si surge algún contratiempo, la Emilia sabe dónde y cómo localizarme. ¿Son ustedes de alguna mutua?

Le dijimos que no y que en aquel instante no disponíamos de efectivo, pero que pasaríamos a pagar por su consulta a la mayor brevedad. Y con esta promesa se fue.

Excuso decir que el alivio que nos produjo el optimismo del diagnóstico en modo alguno disipó el anonadamiento en que nos había sumido la noticia de que María Pandora se hallaba en estado de buena esperanza. Y muy en especial a mí, que era el único de los presentes, incluida la propia enferma, que sabía la historia completa de sus orígenes más el enigmático y, a mi ver, polifacético papel que el difunto Muscle Power había desempeñado en la trama. Pese a todo lo cual, no era el momento apropiado para dejarme abrumar por las vueltas que da la vida, por lo que abandoné las cavilaciones y tomé en su lugar la palabra antes de que los pasos del médico hubieran cesado de resonar en la escalera.

—Estoy persuadido —dije— de que tanto ustedes como yo nos estamos haciendo un sinnúmero de preguntas. Por desgracia, a varias de ellas sólo María Pandora puede dar respuesta, así que habrá que esperar a que se le pasen los efectos del sedante. En cuanto a las otras, sólo el tiempo y el azar nos las pueden contestar, y en ambos factores no mandamos. Por todo ello, creo que debemos postergar por ahora nuestras conjeturas y centrarnos en el aspecto práctico de la cuestión.

Miré a mis oyentes y los vi atentos a mi argumentación, impresionados por mi lógica y bastante impactados por mi gallardía, lo que no dejaba de tener su mérito, yendo yo, como iba, en taparrabos.

—Que no ha cambiado —proseguí—, salvo para empeorar. Siempre he sido partidario, no sé si con error o acierto, de resolver por mí mismo los problemas que la suerte ha ido erigiendo a mi paso. Los resultados a la vista están. Esta vez, no obstante, ni soy yo el único implicado en este lío ni son mis fuerzas tales que aun delirante osara medirlas con las de un adversario que a todas luces nos sigue, nos espía y amenaza y lo seguirá haciendo hasta que logre llevar a término sus maléficos propósitos o sea vencido en su terreno.

Advertí que don Plutarquete se rascaba disimuladamente el trasero y opté por abreviar la arenga y pasar de la fase preambular a la dispositiva diciendo:

—De modo que vamos a hacer lo que a continuación expongo: primero, recobrar por enésima vez el maletín que anoche, en la confusión reinante, dejamos olvidado en el piso de la Emilia; segundo, y sin demora, llamar a la policía, y tercero, y esto sólo me afecta a mí, salir chutando antes de que esta última haga su aparición. ¿Alguna objeción o comentario?

Nadie dio muestras de tener lo uno o desear hacer lo otro, por lo que, sin más, me dirigí a la puerta. La Emilia me retuvo asiéndome del brazo y preguntándome que a dónde iba. Le dije que a buscar el maletín y replicó:

—Eso es muy arriesgado. Es posible que la policía o el enemigo o ambos a una vigilen la casa.

—La señorita Trash —abundó el viejo historiador— está en lo cierto. Si le ven entrar a usted y salir con el maletín, su vida no valdrá un adarme. Yo, en cambio, conocido en el barrio y con esta pinta de baldufa, no despertaré sospechas. Déjeme ir y verá cómo no le defraudo.

Mucho me conmovió su ofrecimiento, pero hube de rechazarlo, porque no tenía demasiada confianza en su eficacia, aunque no fueron éstas las razones que le di, sino las siguientes:

—Su puesto está aquí, don Plutarquete: quédese cuidando a María Pandora. Yo tengo, por más que me avergüence confesarlo, una práctica en entrar y salir de las casas sin ser visto de la que usted carece.

—Pues si tú vas —terció la Emilia—, yo te acompaño.

Sea por el cansancio que me tenía muy debilitado, sea porque no sé decir que no a las mujeres guapas, acepté, tras breve debate, su compañía. Con las consecuencias que se verán.

Capítulo decimoquinto

DEL AMOR

Era temprano aún y la calle estaba desierta. La cruzamos en dos zancadas y ganamos el portal sin que nadie nos viera. Mientras subíamos en el ascensor pensé que tal vez debía haberme puesto de nuevo el traje de don Plutarquete, porque si una muerte cierta me aguardaba, no me parecía digno recibirla en tan sucinta indumentaria, pero ya era tarde para rectificar y no había sido mi vida tan honorable que fuera injusto culminarla de vergonzosas prendas ataviado. Ni el trayecto tan largo que pudiera llevar yo más allá mis reflexiones. Conque escrutamos el rellano, abrí una rendija la puerta, asomé cauteloso la cabeza, comprobé que estaban el recibidor y el saloncito deshabitados, acabé de franquear la entrada, hice señas a la Emilia para que me siguiera, penetramos ambos en el piso y cerré. Nada parecía estar fuera de lugar, si por tal cosa se entiende el absoluto desorden que desde hacía varios capítulos imperaba en el otrora modélico hogar. Y de que las apariencias no eran por una vez espejismo de la percepción daba fe el hecho de que allí donde la Emilia lo había dejado, esto es, conforme se entraba en el saloncito a mano derecha, estaba el maletín. Lo cogí del asa y mascullé entre dientes:

—Vámonos.

—No —dijo la Emilia—; ven conmigo.

Fui tras ella hasta el dormitorio, más pendiente de ahuecar el ala sin dilación que de lo que allí pudiera haber de pertinente al caso y, he aquí que, apenas hube traspuesto el umbral del íntimo aposento, la Emilia, con una rapidez y una coordinación de movimientos que ahora, al despiadado foco a que la memoria somete los más remotos, fugaces y, en su día, imperceptibles instantes del pasado, quiero atribuir a un talento natural y no a una larga práctica, cerró la puerta con el talón, me dio un empujón con la palma de la mano derecha que me hizo caer de bruces en la cama y tiró con la izquierda del elástico de los calzoncillos con tal fuerza que éstos, que ya distaban de ser flamantes el día que me fueron regalados por un paciente del sanatorio que, al serle dada el alta, tuvo el gesto magnánimo de obsequiar a quienes habíamos acudido a la reja a despedirle con sus escasas posesiones y salió desnudo a la calle, donde fue al punto detenido e internado nuevamente, perdiendo así, en virtud de un solo acto, la libertad, el ajuar y, de paso, la magnanimidad, se rasgaron como velamen que amarrado al mástil deshace la galerna, dejándome desnudo, que no desarbolado. Mas no terminó con eso el episodio, cosa que, por lo demás, lo habría hecho inexplicable, sino que, no bien me hube revuelto en el colchón tratando, si no de averiguar la causa o el propósito de la agresión, sí al menos de rechazarla, la Emilia, que se había desprendido de parte de sus ropas con una celeridad que sigo negándome a imputar a la costumbre, se me vino encima, me estrechó entre sus brazos, no sé si en un arranque de pasión o para impedir que le siguiera dando los puñetazos que yo le propinaba convencido, en mi desconfianza y bajeza, de que una mujer que se arroja sobre mí habiéndome visto el físico y conociendo la situación real de mis finanzas necesariamente ha de hacerlo con dañinas intenciones, y me convirtió en sujeto pasivo al principio, activo luego y ruidoso siempre de actos que no describiré, porque opino que los libros han de ser escuela de virtudes, porque no creo que el lector necesite más datos para hacerse cargo de lo que allí advino y porque, si a estas alturas todavía no se da por enterado, será mejor que cierre el libro y acuda a una casa, cuya dirección le puedo proporcionar, donde por una suma razonable le satisfarán su curiosidad y otras apetencias de mucha más baja índole. Tras lo cual, y habiendo encontrado la Emilia en el cajón de la mesilla de noche un paquete de cigarrillos, fumamos.

—Mi primer amor —acerté a decir tras un largo silencio— tuvo lugar hace tantos años que a veces dudo de si en efecto sucedió tal y como lo recuerdo, o si la memoria lo ha inventado para dar alma a un pasado que de otro modo parecería un tratado de sociología.

Deposité el cigarrillo en el cenicero, porque el reguero de baba que seguía fluyendo de mis labios había empapado y amenazaba con diluir el papel que le daba forma, utilidad y esencia, cerré los ojos y continué o creí continuar diciendo:

—Se llamaba Pustulina Mierdalojo y era hija de un primo de mi madre que vino del pueblo sin previo aviso a hospedarse en nuestra casa, no sé si atraído por los oropeles de la gran ciudad o si confiando en burlar a la justicia, que lo buscaba por algo que habría hecho, al socaire del hacinamiento propio de la barriada en que mis padres, provisionalmente primero y definitivamente luego, habían echado raíces y procreado a mi hermana y a mí. Era el primo de mi madre un hombrón fornido, con aspecto de leñador, de pelo rojizo, al igual que las cejas, siempre fruncidas, y una barba espesa y tan larga que se le enredaba con la hebilla del cinturón, quizá por ser oriundo del norte, hosco de trato, remiso en el hablar y tan bizarro a la hora de repartir castañas que aun en aquel vecindario de hombres fajados y pendencieros se hizo pronto acreedor a un respeto casi reverencial y se ganó el sobrenombre, por lo demás incomprensible, de don Froilán de los Mocos, aunque se apellidaba como ya he dicho y su nombre de pila era Tancredo, si la memoria me es fiel. No más de siete u ocho años debía de contar yo cuando hizo su aparición en nuestras vidas este formidable personaje, acompañado de su hija, heroína de este relato intercalado, y de una cerda voluminosa y ya no joven por la que profesaba él tal afecto que no había tenido valor para dejarla en el pueblo, a merced del matarife, y por la que, pese a su precaria situación económica, había pagado un billete de tercera, para que no tuviera que viajar en el furgón de cola, con los otros animales. Él mismo, con todo y ser tan parco en palabras y quizá movido por la indignación, nos refirió las peripecias del viaje, en el curso del cual había roto la mandíbula de un revisor poco condescendiente y había arrojado a la vía a varios pasajeros que se negaban a compartir el asiento con la cerda.

»Ya he dicho que vivíamos entonces en una barriada que no podía calificarse de postinera. Añadiré que nuestro hogar era una barraca de uralita y cartón que constaba de una sola pieza de dos por dos, por lo que el advenimiento inesperado de aquellos tres seres nos causó más incomodo que alegría. Pero no estaban los tiempos para remilgos y no dijimos nada. Poco a poco, sin embargo, su presencia dejó de ser novedad. Mi padre no estaba nunca en casa, así que no tenía motivos de queja. A mi madre la oíamos gritar y gemir varias veces al día, lo que nos entristeció al principio, hasta que descubrimos que el jaleo que armaba no lo provocaba la contrariedad, sino los revolcones que se daba con su primo. En cuanto a mi hermana Cándida, que siempre ha sido de muy generosa disposición, no bien hubo superado la timidez inicial, entabló gran amistad con la cerda, a la que hacía depositaria de todas sus confidencias, a la que se le ocurrió llevar a la parroquia para que la prepararan para la primera comunión, con la consiguiente indignación del cura, y para quien empezó a tejer unos peúcos que no llegó a terminar por causas que en su momento referiré. No postergaré, en cambio, la descripción de mis tiernos sentimientos.

»No diré que recuerdo, sino revivo como si aún estuviera inmerso en ellas, las noches frías de invierno, tibias de primavera, en que toda la familia se recogía bajo la luz cobriza de un candil en espera de que el canto del gallo nos trajera un nuevo día y mejor fortuna. Mi padre liaba cabizbajo sus pitillos de estiércol seco, incapaz de hablar después de haber pasado ocho horas cantando el *Cara al Sol* a la puerta de la Delegación de Obras Públicas en un vano intento de conseguir empleo. Mamá, agotada por los interminables quehaceres del hogar y, sobre todo, por las asiduas y fogosas atenciones de que su primo le hacía objeto, pero siempre laboriosa, remendaba y limpiaba, para revenderlos luego, los condones usados que mi primita y yo habíamos repescado con un cazamariposas en el punto en que desembocan las cloacas en el Llobregat, cerca de casa. Cándida tejía; rezongaba la cerda empachada de basura y a través de las paredes se filtraban, cadenciosos, los eructos del vecino. Yo, libre al fin de obligaciones y poco aficionado a la lectura y a otras quietas formas de rellenar los ocios, me entretenía mirando a mi prima.

»Pus, como todos habíamos dado en llamarla cariñosamente, tenía, y ha de seguir teniendo, si todavía vive, dos años menos que yo. Era no tanto espigada cuanto raquítica, con un cuerpo de raspa rematado por una cabecita trasquilada por mor del tifus que parecía una pelota. No era limpia. Como nunca tuvo madre, habiendo nacido en muy extrañas circunstancias, se había identificado en el período formativo con la cerda, de la que modelaba expresiones, actitudes y sonidos. Despedía un olor peculiar que me embriagaba y que durante mucho tiempo llamé perfume, hasta que me di cuenta de que no lo era. ¿La quise?, ¿me quiso?, ¿fue lo nuestro amor genuino o sólo una miniatura, la sombra pasajera del ave que sobrevuela los trigales? Nunca lo sabré ni creo que ella, dondequiera que esté, lo sepa, si se acuerda. Sólo sé que un día, después de meses de juegos infantiles, nos dio el anochecer en un pinar al que acudían casi a diario los vecinos más pulcros de la barriada a hacer allí lo que en sus casas, carentes de todo dispositivo sanitario, habría resultado enfadoso. Cansados de corretear y de zurrarnos nos acostamos en la tierra, que estaba blanda, como es lógico. Sin saber por qué nos cogimos de la mano. El viento arremolinó las faldas de mi prima. Por un instante dudé entre chafarle la nariz con un pedrusco, que era la forma en que en aquella época los niños tratábamos a las niñas que nos gustaban, o dejarme arrastrar por otros impulsos, oscuros en su origen, aunque inequívocos en su manifestación. Creo que, de haber podido expresar sus preferencias, mi prima se habría inclinado por la primera alternativa. Pero, a diferencia de los tiempos que corren, a las chicas de entonces no les cabía sino acceder o defenderse. Mi prima hizo lo que pudo por defenderse...

Abrí los ojos y me encontré solo en la cama. Antes de que pudiera reaccionar y alarmarme, entró en el cuarto la Emilia envuelta en una toalla. Me sonrió y dijo:

—No sigas tratando de exculparte: lo he hecho porque me gustan tus pantorrillas.

—¿De dónde vienes?

—A medio decir incoherencias te has quedado frito, así que me he ido a duchar.

Miré asustado el reloj del camarero manco que aún llevaba puesto: eran las diez pasadas.

—Estamos cometiendo una temeridad —dije.

—Pierde cuidado —dijo la Emilia dejando caer la toalla al suelo y abriendo un armario en el que había ropa colgada—, que si con los rebuznos que dabas no has atraído a un batallón de enemigos, no creo que venga ya nadie por nosotros. De todos modos —añadió poniéndose unas bragas filiformes, transparentes y, a todos los efectos, imprácticas—, será mejor que volvamos porque don Plutarquete debe de estar angustiado por el retraso. Te sugiero, pues, que no te animes, como veo que estás haciendo, que te des una ducha rápida, si quieres, y que dejes para otra ocasión la hermosísima historia que me estabas endilgando.

Cuando salí de la ducha las rodillas no me sostenían, pero me sentía un hombre nuevo. La Emilia había terminado de vestirse y yo, ante la imposibilidad de hacer otro tanto y como fuera que la calle a esa hora ya estaba bastante concurrida, hube de envolverme en una sábana y anudarme una toalla a la cabeza, contando con pasar por un petimetre mogrebí. Recogimos de salida el maletín y, ya en la puerta, eché una última ojeada al piso entre cuyos tabiques tanta dicha me había sido dada, porque, aunque estaba convencido de que en el futuro, cuando las cosas se hubieran arreglado, iba yo a visitarlo con frecuencia, no podía desechar del todo la premonición, hija de mi vida y otras tristezas, de que quizá lo estaba viendo por última vez.

Capítulo decimosexto

DE LA VIOLENCIA

Al pisar la acera experimenté en todo el cuerpo la caricia de un sol primaveral que parecía estrenar rayos amén de un hambre que no se podía aguantar.

—¿Qué te parece —dijo la Emilia con esa coincidencia de pensamiento que suele producirse entre dos personas que acaban de fundir sus corazones en amoroso vínculo o incluso entre las que acaban de echar un palo memorable— si me llego al colmado y compro algo para desayunar?

Le dije que me parecía una idea excelente y nos separamos. Subí saltando de uno en uno, que no me daban las fuerzas para más, los escalones que llevaban al piso de don Plutarquete. Llamé a la puerta y no contestó nadie. Insistí en balde. Presa de inquietud, arranqué uno de los apliques que iluminaban y embellecían el rellano y usando a modo de ganzúa los alambres que detrás del elegante artefacto asomaron, abrí.

La sala era un campo de Agramante. Del escritorio donde el pobre anciano trabajaba en sus cosas con tanto contentamiento no quedaban sino astillas, hilachas de las cortinas, añicos de las lámparas y pavesas de los libros, que los malvados que semejantes fechorías acababan de perpetrar se habían entretenido gratinando en el horno. De todo lo que unas horas antes había hecho si no confortables al menos llevaderos los pocos años de vida que al viejo historiador restaban, no quedaba absolutamente nada. Desde que tengo memoria he sabido de violencia. Diré incluso que era mi hogar, en este sentido, competente escuela. Mis primeros juguetes fueron manoplas y cachiporras, pedruscos y navajas. No recuerdo haber pasado mes sin repartir tortazos ni día sin recibirlos. Ni soy remiso ni me hago cruces: así es la vida. Pero confieso que en esta ocasión se me vinieron las lágrimas a los ojos. Don Plutarquete era un coñazo, pero no había hecho nada para merecer semejante suerte. Yo, por el contrario, le había metido en el fregado y a la hora de la verdad lo había dejado solo. Me senté en el suelo y me dejé llevar por la aflicción y los remordimientos. No sé cuánto rato habría dedicado a esta estéril expiación si unos quejidos provenientes del dormitorio no me hubieran sacado de mi sombrío ensimismamiento. Tropezando con la sábana en que aún iba envuelto corrí hacia esa pieza y encontré a don Plutarquete tendido en el suelo.

Estaba el pobre anciano más muerto que vivo, con el pijama descosido por varias junturas, un ojo amoratado, el labio inferior sanguinolento y el rostro cubierto de magulladuras. Y, para colmo de males, se me echó a llorar como una Magdalena en cuanto me vio.

—¡Ay, amigo mío —decía entre hipos y convulsiones—, qué calamidad inconmensurable, qué sino atroz!

Con la toalla que llevaba por turbante le restañé la sangre del labio y con jirones de la sábana hice vendas y cabestrillos convirtiendo al profesor en un primoroso paquetito y volviendo yo a mi prístina desnudez.

—Cuénteme usted —dije acto seguido— lo que ha pasado.

—En cuanto ustedes se hubieron ido —relató el viejo historiador con voz trémula—, me metí en el dormitorio para velar el sueño de mi querida hija, si así se me permite denominarla, y tal serenidad su rostro de querubín me infundía que no tardé en quedarme yo mismo como un leño. Al cabo de un rato me despertó un ruido procedente de la sala, al que no presté mayor atención por pensar que eran ustedes, que ya estaban de vuelta. Les llamé, pero no recibí respuesta. El ruido, en cambio, iba en aumento. Con la mosca detrás de la oreja me levanté y me asomé, a ver qué pasaba. No bien lo hube hecho unas manos hercúleas me agarraron y me tiraron al suelo. Me vi rodeado por tres hombres cuyos rostros no pude reconocer, porque llevaban calado el sombrero hasta las cejas, subidas las solapas hasta la nariz y cubiertos los ojos por gafas de sol. Sí recuerdo, por el contrario, que eran altos y fornidos. No lo digo para excusar mi ineficacia: soy viejo y canijo y mi salud es precaria: un enano podría avasallarme. En fin, vuelvo a los hechos: los muy malvados se pusieron en cuclillas para demostrarme lo insignificante que me consideraban y me preguntaron que dónde estaban ustedes. Les dije que se habían ido, que no me habían dicho adónde y que no tenía idea de cuándo pensaban volver, pero que más bien creía que no regresarían hasta la noche. Añadí, para dar verosimilitud a mis aseveraciones, que les había oído decir que se iban al cine. Luego quisieron saber dónde estaba escondido el maletín. Fingí nuevamente ignorancia y eso les hizo montar en cólera. Me dieron de puñetazos y puntapiés y me llamaron colilla, paria, buñuelo, zarramplín, basura, ñiquiñaque y otros epítetos que he olvidado. Y mientras los proferían y los subrayaban con sardónicas carcajadas, iban sacando a manotazos los libros de las estanterías con la vil intención de desencuadernarlos. Los pobres libros...

Los sollozos interrumpieron su patético relato.

—Don Plutarquete —le dije—, no hace falta que me cuente más. Yo mismo me he visto alguna que otra vez en trances parecidos y sé de qué va la cosa. La diferencia estriba en que yo me ponía a cantar como un jilguero al primer sopapo y usted se ha portado como un héroe.

—Le agradezco el encomio —dijo el profesor—, pero ¿de qué me sirve sacar buenas notas si hemos perdido a María Pandora?

Sólo entonces caí en la cuenta de que se habían llevado no sólo a la periodista, sino el edredón de la Emilia de propina.

—No se aflija —le dije—. La encontraremos cueste lo que cueste. Y que me parta un rayo aquí mismo si no nos vengamos como es debido de todo lo que les han hecho a usted y a la chica.

Mientras esto decía iba inspeccionando el dormitorio en busca de alguna pista que, pasada por el cedazo implacable de mi lógica deductiva, pudiera ponernos sobre el rastro de nuestros contrincantes. Huelga decir que no encontré ninguna y sí el inmundo sedimento que la escasa pulcritud del profesor había acumulado debajo de la cama con el transcurso de los años. Esto haciendo nos encontró la Emilia que llegaba del colmado cargada de paquetes y tan excitada que no se extrañó de hallar abierta la puerta, como yo en mi turbación la había dejado, ni reparó en los estropicios.

—¿A que no sabéis —preguntó sin saludar ni nada— a quién acabo de ver?

Mi silencio, el semblante recriminatorio que lo enmarcaba y el aspecto de don Plutarquete le hicieron reaccionar. Le dimos sucinta cuenta de lo que había ocurrido y, al acabar la narración, unió sus ayes a los nuestros, renovados. Para evitar que el desconsuelo general nos hundiera en el marasmo de la inacción, le pregunté a la Emilia que a quién había visto, pensando que nos diría que a un agraciado locutor de televisión, a un político local de magnética personalidad o a cualquier otro personaje célebre que con paso indiferente y mirada absorta se hubiera cruzado en su camino, mas he aquí lo que nos vino a decir:

—A la fregona que nos sorprendió anteayer en casa de María Pandora.

Di un salto y al tomar tierra advertí, como cualquier varón que desee reproducir el experimento comprenderá fácilmente, que iba desnudo.

—¿Estás segura? —dije mientras me ponía la

gabardina que en su momento había tomado a préstamo precisamente en casa de la periodista, porque no me parecía bien andar en cueros en presencia de la Emilia, ya que, después de lo acontecido entre nosotros un rato antes, mi descoco habría podido interpretarse como una manifestación de familiaridad a la que distaba yo mucho de considerarme autorizado.

—Nunca digo una cosa por otra —replicó ella— y soy muy buena fisonomista.

—¿Dónde te la has tropezado?

—Yo salía del supermercado y ella estaba plantada en la esquina, comiendo patatas fritas de una bolsa. De vez en cuando levantaba la cabeza y miraba calle arriba y calle abajo, como si estuviera esperando a alguien.

—¿Te ha visto?

—Me parece que no.

En ese punto intervino don Plutarquete para pedirnos que le aclarásemos de quién estábamos hablando. Le puse en antecedentes y dije al concluir:

—El que esa arpía estuviera anteayer en casa de María Pandora y hoy aquí no puede atribuirse a mera coincidencia. Estoy convencido de que si damos con la fregona, daremos con la chica. Emilia, ¿recuerdas el dato que te dio tu amigo sobre el coche en que se nos escapó esa farsante?

—Sí: una empresa de aceitunas rellenas.

—Busca en la guía de teléfonos el domicilio social de esa empresa. Rápido.

La dejé en ello, abrí el paquete que había traído del colmado y me puse a comer un bimbollo con ruidosa voracidad.

—¿No será —me interrumpió don Plutarquete para preguntar— demasiado tarde?

—Confío en que no —dije rociándole de migas—. Si hubieran querido liquidar a María Pandora, lo habrían hecho aquí mismo. Me huelo que sus intenciones no son buenas, pero que antes de ponerlas en práctica tratarán de recuperar el maletín. No me chocaría, incluso, que nos propusieran un canje. Pero —acabé de engullir el bimbollo y rebusqué en el paquete por si la Emilia había tenido el detallazo de comprar una Pepsi-Cola, comprobando que no— nos vamos a adelantar. El que pega primero pega dos veces. Tengo un plan. Y, por favor, denme un vaso de agua para que me pueda tragar este engrudo.

La Emilia vino muy ufana con la dirección de la empresa. La aprendí de memoria sin esfuerzo, me ceñí el cinturón de la gabardina e hice ademán de marcharme. Me preguntaron que adónde iba y les dije que allí.

—Yo le acompaño —dijo el bravo historiador.

—Y yo también —dijo la Emilia.

Volvimos a pelearnos y acabamos yendo los tres, no sin antes haber convenido en que la Emilia esperaría fuera en el coche para facilitar la huida, si procedía, por más que alegase ella ser injusto que, como mujer, siempre le tocara quedarse en el coche, respirando hidratos de carbono y otra nociva emanación, mientras los hombres gozábamos del elemento épico, a lo que respondimos que sí, que tenía razón, pero que así era el mundo.

Capítulo decimoséptimo

DEL DINERO

Al hilo del mediodía llegamos a la puerta del edificio en el que la empresa olivera tenía su sede. Tratábase de un importante rascacielos de sólo cuatro pisos, toda proporción guardada, sito en la confluencia de la Vía Augusta con no recuerdo ya qué calleja del barrio de Tres Torres. La fachada, recubierta de vidrios reflectantes y ornamentada con protuberancias de acero inoxidable, semejaba, al chocar con ella los rayos del sol, lo que simbolizar quería: una antorcha del progreso. Siendo, como al parecer era, una fábrica de aceitunas rellenas, yo había esperado encontrarme con una suerte de bodega o chamizo en cuyos aledaños pacieran borreguillos, pero sé que mi concepto de la economía patria es algo bucólico y no me sorprendió demasiado el mentís que los hechos dieron, rotundos, a mis anacrónicas fantasías. Estos pensamientos y otros resumió acertadamente el cascado erudito en esta frase:

—¿Dónde coño nos estamos metiendo, amigo mío?

A lo que no supe qué responder, ni siquiera para

mis adentros. Pero no era cosa de echarse atrás, por lo que hicimos ambos de tripas corazón y avanzamos hacia la palaciega entrada.

Antes de que las puertas del edificio se deslizaran sumisas ante nuestra presencia, accionadas por una célula fotoeléctrica que, avizora, nos vio llegar y, diligente, se puso en funcionamiento, tuve ocasión de ver reflejado en las pulidas lunas el triste espectáculo que ofrecíamos. Cuando nos disponíamos a salir de su casa, había decidido don Plutarquete que no podía comparecer ante el enemigo con el pijama hecho jirones sin grave merma de su dignidad, por lo que la Emilia le había dado unas puntadas con tan poca maña que ahora los pantalones apenas si le llegaban a media pantorrilla; por su parte, la chaqueta había quedado tan menguada que el pobre viejo tenía que andar todo el tiempo con los brazos en cruz, so pena de reventar sisa y hombreras. Yo, con la gabardina, estaba un poco más presentable, salvo que hasta el más obtuso observador podía percatarse de que nada cubría el piloso segmento que mediaba entre el borde del faldón y unos zapatos de charol que don Plutarquete había desenterrado de un armario y que, sobre estar cubiertos de moho y champiñones, me apretaban tanto que me veía forzado a moverme con profusión de remilgos y filigranas.

Esta impresión, si no otra peor, debimos de causarle a la recepcionista que, dotada de unas tetas ciclópeas, de las que de haber podido se habría desprendido, por no hacernos nuestro porte merecedores de tan halagüeña bienvenida, se nos aproximó con un contoneo no exento de firmeza y nos indicó con una mano la salida mientras con la otra hacía señas a un fornido conserje para que nos disuadiera, si nos mostrábamos obstinados, de incumplir su sugerencia. No me pasó desapercibido el pistolón que el conserje llevaba colgado al cinto y me puse a observar con redoblado empeño la apetitosa delantera de la recepcionista para aprovechar en algo grato los últimos instantes que tal vez de vida me restaban, diciendo a la par que lo hacía:

—Ave María purísima. Disculpe usted que lleguemos con retraso a la cita, pero el chófer es nuevo. Sírvase avisar al dueño de que ya estamos aquí.

Se detuvo perpleja ante esta perorata y se rascó la nuca, provocando con este gesto un desplazamiento de volúmenes que me obligó a mirar el pistolón del conserje para no dar al traste allí mismo con mi ingenioso plan, piedra angular del cual era fingir el displicente desdén por lo mundano que caracteriza al magnate ahíto de mimos y placeres.

—¿Con quién —preguntó al cabo— están ustedes citados?

—El Consejo de Administración, en sesión plenaria, aguarda nuestra visita —dije con falsa modestia—. Sírvase conducirnos a la sala de juntas, si la hay.

La recepcionista atajó con una mirada al conserje, que se había colocado a nuestra espalda y preguntaba:

—¿Les doy candela?

Y dijo:

—Si tienen la bondad de darme su tarjeta, se la haré llegar al señor Secretario.

—Tal cosa —dije yo— no podrá ser, porque en el aeropuerto se han extraviado nuestras maletas. Me río yo, por supuesto, de la pérdida material. Máxime cuando lo principal sigue obrando, como puede usted ver, en nuestro poder.

Abrí como quien no quiere la cosa el maletín, dejé que sus ojos se empaparan de la visión del dinero que contenía y lo volví a cerrar. Cuando me miró a la cara no sólo había mudado de expresión, sino que le había aumentado visiblemente el perímetro torácico.

—Tengan la bondad de seguirme —balbuceó.

Aproveché, como tenía por costumbre hacer en los últimos tiempos, el trayecto del ascensor, para rumiar cuán poderosa palanca es el dinero y cuántas puertas no puede abrir, cuántas cadenas romper, cuántas percepciones nublar y cuánta malquerencia trocar en carantoñas. La verdad es que nunca, en todos los años que llevo zascandileando por este árido valle, me he visto en posesión de vil metal, como los que no lo quieren bien lo llaman, y no estoy, por lo tanto, autorizado para pontificar sobre los efectos deletéreos que quienes lo conocen le atribuyen. De la ambición y la avaricia puedo hablar, porque las he visto de cerca. Del dinero, no. Precisamente, como sé por experiencia, sirve para evitar a los que lo tienen el pringoso contacto con quienes no lo tenemos. Y con toda honradez confieso que no me parece mal: los pobres, salvo que las estadísticas me fallen, somos feos, malhablados, torpes de trato, desaliñados en el vestir y, cuando el calor aprieta, asaz pestilentes. También tenemos, dicen, una excusa que, a mi modo de ver, en nada altera la realidad. No es por ello menos cierto que somos, a falta de otra credencial, más dados a trabajar con ahínco y a ser dicharacheros, desprendidos, modestos, corteses y afectuosos y no desabridos, egoístas, petulantes, groseros y zafios, como sin duda seríamos si para sobrevivir no dependiéramos tanto de caer en gracia. Pienso, para concluir, que si todos fuéramos pudientes y no tuviésemos que currelar para ganarnos los garbanzos, no habría futbolistas ni toreros ni cupletistas ni putas ni chorizos y la vida sería muy gris y este planeta muy triste plaza.

Nuestro peregrinar por alfombrados pasillos, de cuyas revueltas, encrucijadas y entreveros procuré levantar croquis mental por si había que desandarlos sin guía y a la carrera, finalizó ante una puerta que, a diferencia de las de cristal esmerilado que flanqueaban los pasillos citados al inicio de este párrafo, parecía compuesta de caoba u otra lustrosa pasta y no conducía, como nos fue dado advertir al sernos aquélla abierta, al sanctasanctórum de la empresa, sino a lo que debía de ser una sala de espera para visitantes de linaje, a juzgar por su suntuosa decoración consistente en sofás de cuero, candelabros de bronce y una mesa de mármol en cuyo centro se alzaba, majestuosa, una aceituna de basalto como de metro y medio de altura, rematada por un engarce de pedrería que en manos del escultor se había convertido en perfecta imitación del pimentón y la anchoa.

Con un dedo acabado en una uña roja y puntiaguda que en el contexto se me antojó amenazadora, apuntó la recepcionista a uno de los sofás para que en él tomáramos asiento y nos preguntó, cuando lo hubimos hecho, que cuál era nuestra gracia, a lo que respondí:

—Dígale usted al señor Consejero Delegado que están aquí don Vellocino y don Becerro. Él sabrá.

Desapareció la real moza tras un cortinaje que debía ocultar otra puerta, pues de lo contrario habríamos oído el quebranto de sus huesos contra el muro, y nos quedamos solos don Plutarquete y yo, ocasión que aprovechó aquél para susurrar a mi oído:

—Esto es una ratonera, mi querido amigo.

Iba yo a decirle que concordaba en todo con su dictamen, pero que se abstuviera de hablar, no hubiera micrófonos ocultos, cuando se descorrió de nuevo el cortinón dejando paso a un señor que frisaría la cincuentena, vestido con un terno azul oscuro y de entre cuyas insípidas facciones sólo merecía la pena destacar la presencia de un bigote de trazo tan rectilíneo que al pronto me hizo pensar que se le había subido una oruga a la cara, noción que en seguida rechacé de plano por estimarla incompatible con la graveza de un financiero de pro. El señor, ajeno a todo ello, se había llegado hasta nosotros y nos tendía una mano, bien para que se la estrecháramos, bien para que admirásemos el anillo de oro que refulgía en el meñique. Don Plutarquete y yo hicimos ambas cosas y el señor dijo:

—El gusto es mío. Soy don Santiago Pebrotines, secretario del Consejo. Los señores consejeros les recibirán de inmediato.

Tras lo cual giró sobre sus talones y se dirigió de nuevo a la cortina. Visto del revés parecía más viejo. Lo que no le impidió sostener con un brazo el cortinón para que pasáramos sin despeinarnos a la pieza contigua, que era una sala rectangular y de tamaño considerable. Cuando digo considerable quiero decir ciento veinte metros de largo por cuarenta de ancho y siete de alto. Las paredes, en las que no había ventana ni abertura alguna al exterior, salvo unos paneles enrejados por donde el aire acondicionado ronroneaba, estaban cubiertas de un material lustroso, de un dorado desvaído, como hojaldre bañado en melaza; el suelo lo estaba por una moqueta espesa, tornasolada, y el techo por una prieta formación de tubos fluorescentes que emitían un resplandor blanquecino y, en algunos casos, parpadeante. En un extremo de la sala brincaba un surtidor al que unos reflectores en perpetua rotación teñían de todos los colores del arco iris. Por último, en el centro geográfico de la sala había una mesa muy larga de formica o malaquita, yo no sé, a la que se sentaban no menos de doce prepotentes caballeros cuyas caras se me confunden en el recuerdo, probablemente porque estaba yo entonces muy nervioso. El caso es que, siempre precedidos por nuestro acompañante, recorrimos la distancia que nos separaba de la mesa de juntas, ante la cual nos detuvimos y doblegamos las cervices en prueba de sumisión y respeto.

A esta salutación respondió cada uno de los allí congregados conforme a su talante y su concepto de la etiqueta: quién con una ligera inclinación de cabeza, quién agitando jovial los cinco dedos de la mano, quién adoptando el adusto semblante de la desconfianza. Cumplido esto se instauró un gélido silencio apenas si aliviado por la rítmica tilde de una tosecilla o un disimulado gargajo, y en el curso del cual fuimos objeto de inspección, juicio y seguramente sentencia condenatoria por parte de todos los presentes, hasta que don Santiago Pebrotines, que no se había separado de nuestra vera, acertó a murmurar:

—Enséñeles el dinero y verá qué contentos se ponen.

Abrí el maletín y exhibí, con una mezcla de grandilocuencia y sorna con que el prestidigitador, tras haber mostrado al público una caja vacía introduce en ella el valiosísimo reloj de que un espectador, no sin reservas, le ha hecho entrega, añade dos huevos, un conejo y la cabeza seccionada de un asistente, vierte en ella sus propias micciones y tritura luego con un mazo el heterogéneo batiburrillo, abriendo luego la caja y dejando salir de ella, para desencanto de quienes esperaban ver gotear una amalgama putrefacta, una paloma blanca, los fajos de billetes. A la vista de los cuales y después de unos segundos de estupor, se pusieron a hablar todos al unísono, unos a gritos y otros en tono plañidero, dando manotazos en la mesa y levantando los brazos para recabar, cada uno, la atención de los restantes, confundiendo en la barahúnda la titularidad de los puros que humeaban en los ceniceros de cristal e introduciéndoselos por los más insospechados orificios, agitando papeles, fotocopias, escrituras, balances, memorias, cuentas de pérdidas y ganancias, estudios financieros, actas y minutas, haciendo trompetillas con los más solemnes documentos y soplando en ellas por las fosas nasales en un conmovedor intento de provocar nuestra hilaridad, esparciendo por la moqueta cacas de cartón, moscas de plástico, lagartijas de goma y otros artículos de broma de éxito social garantizado, atiborrándose de pastillas de diversos colores, tamaños y propiedades, sufriendo o simulando infartos, anginas de pecho, caquexias, trombosis y apoplejías, echando al aire ambas piernas a la vez para expeler ventosidades más exhaustivas y armando, en suma, tal bullanga que parecía que el techo se iba a venir abajo y el suelo a ceder bajo nuestros pies. Y no sé cuánto rato habría durado la algarabía ni cómo habría terminado si en un determinado momento no hubiera sonado un penetrante pito que restableció el orden como por ensalmo.

Capítulo decimoctavo

DEL PODER

Tan súbito y completo fue el silencio que allí se hizo que quedé sobrecogido. Busqué con la mirada la procedencia del pito, que había dejado de sonar, sin dar con ella, hasta que advertí que todos los consejeros tenían vuelta la cabeza hacia un aparato que figuraba a la cabecera de la mesa, frente a una silla vacía, en todo parecido a una tostadora y en uno de cuyos vértices una lucecita verde titilaba. Antes de que pudiera dirigirme a nuestro guía para inquirir qué cosa estaba sucediendo, susurró éste a mi oído:

—El señor Consejero Delegado va a dirigirnos la palabra: pongamos mucha atención.

Los consejeros, en efecto, se aprestaban a tomar notas y a pulsar sus calculadoras de bolsillo, menos uno o dos que accionaban a la desesperada sendos magnetofones.

—El ahorro privado —empezó diciendo el interfono en un tono tan profundo y tenue que se confundía con los borbotones provenientes del surtidor— es como la simiente que, fecundada por el labrador, se convierte en... —nos quedamos sin saber en qué se convertía, porque se produjo una interferencia con una emisora de radio local y oímos el anuncio de una faja térmica de aplicaciones higiénicas, dietéticas y sustentantes, después de lo cual siguió diciendo la voz—: ...y los jodidos cambalaches de los árabes.

Todos los presentes prorrumpieron en murmullos de aprobación y un pelota batió palmas. Habló nuevamente la voz de la tostadora:

—Habiendo concluido así la agenda del día de hoy y no habiendo más asuntos que tratar, voy a levantar la sesión. A los que deseen quedarse se les servirán pastas secas y tisana.

Nadie hizo ademán de levantarse y algunos dieron olés y pronunciaron frases de gratitud, aunque casi todos arrugaban la nariz, fruncían los labios y sacaban un palmo de lengua en clara demostración de repugnancia. Indiferente a lo cual, agregó la voz:

—Pebrotines, ¿está usted ahí?

Nuestro acompañante hizo la zalema y dijo dirigiéndose a la tostadora:

—Siempre a sus órdenes.

Y volviéndose a nosotros, en un cuchicheo:

—El señor Consejero Delegado me distingue con su confianza.

—Pebrotines, Pebrotines —volvió a decir la voz—: haga pasar a mi despacho a los dos señores que han tenido la amabilidad de visitarnos.

Esto iba por nosotros. El viejo historiador y yo intercambiamos miradas en las que se leía, supongo, la vacilación. Pero el melifluo Pebrotines, sin darnos tiempo a que aquélla influyera en nuestros actos, nos dio unos discretos codazos y dijo:

—Deprisa, deprisa; no hagamos esperar al señor Consejero Delegado.

Siguiendo su ejemplo, trotamos en derredor de la mesa de juntas, procurando eludir los zarpazos que la soliviantada caterva de consejeros lanzaba al maletín, acompañándolos de propuestas de inversión, ofertas de valores y ruegos desgarradores, y salvamos el trecho que nos separaba del confín opuesto a aquél por donde habíamos entrado en la sala. Llegados al cual sacó Pebrotines una tarjeta perforada del bolsillo interior de la americana, la metió en una ranura y se corrió un paño de pared dejando franco el paso a un corredor en tinieblas por el que nos adentramos hasta desembocar en un recinto o celda de paredes acolchadas e iluminado por potentes focos.

—Aquí nos detendremos unos instantes —dijo Pebrotines— a recobrar el aliento, a poner en orden nuestras ideas y a cachearles a ustedes para ver si llevan armas. Entiendan, por favor, que se trata de un engorroso formalismo que la mala voluntad de la gente en estos tiempos ha hecho imprescindible. Sírvase desabrocharse la gabardina.

Hice lo que el secretario me decía y éste, viendo que debajo de la prenda no llevaba nada, comentó:

—No hace falta que me dé ninguna explicación. Yo también, a veces...

Una vez cacheados, arrimó Pebrotines la cara al muro y declaró:

—Todo en orden, señor Consejero Delegado.

Sin que mediara respuesta verbal, se abrió una compuerta o espesa plancha de acero y vimos un gabinete decorado, por contraste con la disposición alegre y una miaja chillona de la sala de juntas que acabábamos de abandonar, con una sencillez que invitaba al recogimiento: un escritorio de caoba con incrustaciones de nácar en forma de balandros, una silla giratoria y dos butacones de piel. En un nicho tableteaba un télex y sobre una ménsula media docena de teléfonos lanzaban destellos intermitentes: era su callada forma de indicar que alguien llamaba en balde. La luz era indirecta y tamizada y a través de un altavoz invisible la Escolanía de Montserrat entonaba villancicos.

—Tengan —murmuró Pebrotines— la bondad de pasar.

Arrullados por la sedante atmósfera que el dinero y el buen gusto en estrecha connivencia habían creado, entramos en el gabinete sin sospechar que nos estábamos metiendo en una trampa, ya que, apenas lo hubimos hecho, la compuerta se cerró con pasmosa celeridad a nuestras espaldas, quedando dentro don Plutarquete y yo y afuera el avieso secretario, cuya risita sardónica alcanzamos a oír hasta que la plancha de acero nos dejó incomunicados y a merced de lo que con nosotros hacer quisieran, como comprendimos de inmediato, por más que instintivamente nos pusiéramos a golpear suelo y paredes y a proferir gritos, reniegos y amenazas, a las que sólo respondía una ominosa quietud.

—Hemos caído en una encerrona —exclamé por fin desplomándome en uno de los sillones— de la forma más idiota. Me parece que mi plan no era tan bueno como yo pensaba.

—No se culpe siempre de todo lo malo, amigo mío —dijo el viejo historiador dejándose caer en el otro sillón—. Se ha hecho lo que se ha podido. Resignación.

Como si para impedir que estas reconfortantes palabras sirvieran de bálsamo a mi conturbado espíritu, la voz que poco antes nos había hablado por mediación de la tostadora volvió a resonar, ahora en el gabinete.

—Sean mis primeras palabras —dijo— para darles la bienvenida a esta su casa. Como a estas alturas ya habrán ustedes inferido, toda escapatoria es imposible y toda resistencia, inútil. Y, por favor, no fumen.

—¿Quién es usted —dije dirigiéndome al vacío— y qué quiere de nosotros?

—Lo que quiero —respondió la voz— lo tiene usted entre las piernas. Podría haber dicho simplemente «el maletín», pero he usado con toda deliberación esta frase de doble sentido para darle una nota desenfadada a la entrevista. En cuanto a mi identidad, a la naturaleza de mis actividades y a cuanto sirva para esclarecer este embrollado caso, voy a darle, por mor de la cortesía, las explicaciones que han estado esperando ustedes desde el principio de la novela. Tengan la amabilidad de mirar hacia allá. No, hacia el otro lado. Así.

Zumbó un motorcillo y del techo empezó a descender una pantalla plateada. Al mismo tiempo se abrió un ventanuco en la pared opuesta y un haz de luz traspasó la pieza hasta proyectar en la pantalla una figura difusa.

—En cuanto Pebrotines, que es de lo más patoso, consiga enfocar este cacharro —dijo la voz— les haré la glosa. Ah, ya está. Esto que ven y que sin duda habrán reconocido, es la fachada exterior del edificio en que nos encontramos. Fue diseñado por un equipo de arquitectos siguiendo mis instrucciones. ¿Paso?

Dijimos que sí.

—Esto es un organigrama de la empresa, que hizo un delincuente, hoy en día jefe de personal de una de nuestras filiales. Advertirán que las aceitunas rellenas son una de nuestras múltiples actividades. Ni la única, ni la principal. Hemos mantenido, sin embargo, la firma y el nombre a la cabeza del complejo, porque nos permite seguir obteniendo créditos a la exportación, y también por razones sentimentales en las que no voy a entrar. Como pueden ver, tenemos tres financieras, un *holding*, seis constructoras, una compañía de *leasing*, una de marketing y estudios de rentabilidad, una consultoría, un centro geriátrico, dos plantas embotelladoras, un ingenio azucarero en el Caribe que encubre una casa de préstamos, un estudio de grabación de discos, una productora cinematográfica a capital mixto, una oficina de librecambio en Andorra la Vella, un coto de caza, un taller de transformación de cosas. Y miscelánea.

»Esto que ven ahora es el balance consolidado al treinta y uno de diciembre próximo pasado. Lo quito porque no lo van a entender y porque las cifras están pasteleadas de cara al fisco. Esto es una gráfica de nuestros beneficios brutos a partir del cincuenta y seis. Vean cómo entramos en el picado, cómo nos remontamos, cómo nos mantenemos en precario equilibrio y qué desbarajuste se produce en los últimos años. Esto es un fotograma de *Charlot deshollinador*, que incluyo en todos los pases para imprimir cierta ligereza a las sesiones. Ríanse todo lo que gusten.

Sólo las carcajadas de Pebrotines rompieron el hosco silencio.

—Éste que está de espaldas —continuó describiendo la voz— soy yo, hace un montón de años, estrechando la mano de un ministro tras haber concertado un importante acuerdo sumamente beneficioso para el país. Observen cómo el ministro se cubre la cara con el pañuelo.

—Está usted igual —apostilló Pebrotines.

—Debo advertirles —dijo la voz— que en todas las diapositivas en las que salgo yo mi rostro aparece tapado por uno de esos rectángulos negros de que se valen ciertos cines para sustraer de sus anuncios senos, vulvas, prepucios, ojetes y, en resumidas cuentas, cuanto pudiera ofender a la moral. Aquí, por ejemplo, salgo yo otra vez llegando al aeropuerto de Riad, en Arabia Saudita. Un viaje de negocios. Me enteré cuando ya era tarde de que lo de los masajes es en Bangkok. Lo de Arabia Saudita, en cambio, es cosa seria. ¡Hay que ver lo que está haciendo esa gente! No hay duda de que el futuro está en sus manos, digan lo que digan. Miren, una fábrica en mitad del desierto. Las materias primas llegan diariamente en helicóptero y se pudren allí mismo. Yo no sé cómo los americanos no se dan cuenta.

—Si le hicieran caso a usted —dijo Pebrotines—, otro gallo nos cantara.

—Ahora viene una serie de fotos de familia —dijo la voz— que no hacen al caso, pero que pensé que les harían gracia. Huy, ésta es la casa donde yo nací. La segunda ventana empezando por la izquierda, la que tiene las persianas echadas, ¿la ven? Hace unos años gestioné para que declararan la casa monumento nacional, pero a medio tramitar el expediente se nos murió Su Excelencia y se quedó el proyecto empantanado.

»En el parvulario. En esa época todos los niños eran iguales. Nunca he sabido quién era yo. Pasemos.

»La familia en el bautizo de mi hermano el pequeño. Mamá no sale porque estaba todavía en cama con hemorragias. El padrino es el tío Basilio, al que mataron en el Jarama.

»En los baños San Sebastián con una vecinita. La María Asunción. La primera chica a la que metí mano, en una matinal en el cine del barrio. La volví a encontrar en el sesenta y pico, hecha un tonel. Estaba casada y tenía cuatro hijos. Le pregunté si se acordaba de cuando le metí mano. Se puso colorada y me confesó que sí y que hasta se acordaba de qué película echaban. Me dio su dirección y su teléfono. Le hice llegar un talón de cinco mil pelas y no la he vuelto a ver.

»El yayo.

»Servidor en la mili. Un período de mi vida que habría sido intrascendente de no ser porque una noche, durante una imaginaria, se me apareció la virgen santísima.

»Con mi novia, ahora mi señora, el día que nos entregaron el seiscientos. Uno de los pocos documentos gráficos de mi paso fugaz por la clase media.

»El día de la boda. Mamá ya se había muerto y a papá lo habíamos metido en un asilo. El que está a mi izquierda es mi primo Enrique, el hijo del tío Basilio. Luego fue a dar a la cárcel y luego fue subsecretario de comercio. Ahora vive en Puerto Rico.

»Mi mujer en la playa de Salou sin la pieza de arriba. Pebrotines, no mire. Ustedes no me importa, porque no saldrán vivos de aquí.

—Es usted de lo que no hay —se cachondeó Pebrotines.

La cosa, no hace falta que lo diga, estaba tomando mal cariz.

—Soy —prosiguió imperturbable la voz diciendo— estricto, pero no cruel. Y en prueba de ello, me saltaré las de la puesta de largo de la nena en el Liceo, las del viaje a Venecia y las de la corrida goyesca que tuve el honor de presidir. No querría, en cambio, que se perdieran ésta, que tiene para mí un inconmensurable valor sentimental. Está tomada en una audiencia que concedió Su por entonces Excelencia el Jefe del Estado en el Palacio del Pardo a dieciséis hombres de negocios, lo más granado del país, hacia fines del setenta y dos. Yo soy el que está justo a la derecha de Su Excelencia. Difícil de reconocer, cierto es, porque para esas fechas la estrella de nuestro invicto Caudillo había comenzado a declinar por razones de salud y los dieciséis, de común acuerdo, decidimos colocarnos otras tantas caretas de Mickey Mouse. El Caudillo, como es lógico, se sorprendió un poco al vernos entrar así en el salón del trono. Le contamos que habíamos querido gastarle una broma inocente, sabedores de su legendario sentido del humor, darle un tonillo festivo a la audiencia, aligerar con la chanza el peso que se abatía sobre sus augustos hombros. Con la manita blanda de que aún se servía hizo un gesto como diciendo que bueno, que le parecía muy bien. Pero todos supimos que había entendido. Ni un músculo se alteró en su noble rostro impávido; sólo sus ojos se entristecieron; aquellos ojos que habían sabido recorrer las rutas de la historia buscando el porqué y el con qué del destino de la patria, aunque ahora los revisionistas insinúen que no fue él, que se lo insinuó Onésimo Redondo; aquellos ojos predestinados, digo, que habían sabido penetrar en la confusión, en la incertidumbre, en el desgobierno, el camino de España, se anegaron en lágrimas. Yo estaba a su lado, véase la foto, y me di cuenta. Sentí clavárseme un carámbano en el corazón, atorárseme una bola de plomo en la garganta. Le toqué con la mano el antebrazo, otrora férreo, ya piel y hueso, y quise decirle: «No llore usted, mi general, que no es traición; siempre estuvimos a su lado y lo seguiremos estando mientras el mundo ruede; pero los tiempos cambian, mi general, y hay cosas que no se pueden pedir; nuestra adhesión sigue incólume, pero hay cosas que ni siquiera usted puede controlar; grandes mudanzas se avecinan; para conservar las esencias, a veces, hay que alterar las formas; pero no dude de nosotros, mi general; pídanos cualquier sacrificio y nos encontrará alerta, alegres y dispuestos; pídanos la vida, mi general, con gusto se la ofrendamos; pídanos el honor, pídanos que renunciemos a nuestros títulos de grandeza, a nuestras medallas, a la familia, al hogar, que empuñemos las armas, que acudamos, con nuestros años a cuestas, a las trincheras, a las barricadas, al monte agreste, a la mar bravía, que padezcamos hambre, sed, frío, penurias, enfermedades y peligros, que nos apliquemos corrientes eléctricas en el escroto, que nos comamos nuestras heces fecales; pero no nos pida que cedamos el poder; eso no, mi general, usted nos lo enseñó, usted nos dio su ejemplo inmarcesible, no nos haga claudicar ahora; no es miedo, no es codicia; es el orden de las cosas lo que está en juego; pase la antorcha, mi general, no se lleve a la tumba la autoridad.» Y él entendió. Él, siempre sabio, recio, gallardo, soldado siempre, entendió; sus labios se distendieron en una vaga sonrisa, llena de coraje y de melancolía. Sus ojos se secaron y nos miraron con la mirada tierna del padre que ve partir a su hijo hacia el frente, hacia la gloria o la muerte. Y sin que nadie nos lo dijera, como impulsados por un mismo resorte misterioso, nos pusimos a cantar *Yo tenía un camarada*. El Caudillo irguió su espalda de coloso y unió su voz a nuestro coro, Pebrotines, coño, ¿no ve que estoy llorando? ¡Suéneme, que me cuelga la mosca!, unió, digo, su voz a las nuestras, débil ya, cansada de mandar, y una sacudida nos recorrió el espinazo; y repetimos la tonada dos, tres y cuatro veces, porque el Caudillo se iba quedando rezagado y aún estaba en la primera estrofa cuando los demás andábamos ya por la tercera y en vez de decir «camarada» decía «mamarada» o algo por el estilo, pero eso no restó un ápice de emoción al momento, Pebrotines, marrano, no se guarde el Kleenex sucio en el bolsillo, una emoción, digo, que frisaba en la pasión, en el erotismo...

CAPÍTULO DECIMONONO

SOBRE ASCUAS

—Doblan las campanas —dijo la voz—, retumban las cajas, un cometa surca el cielo, los ciegos oyen, los mudos ven, el Duero fluye contracorriente, en Granada hablan por la noche los reyes moros, parió una mula en carnestolendas: hay presagios. Grandes sucesos se avecinan. Pebrotines, prepare el vídeo.

Volvió a zumbar el motorcillo y del suelo emergió una consola cuyas puertas, al abrirse propulsadas por un muelle, pusieron de manifiesto lo que parecía ser un televisor.

—Japonés —informó la voz.

Si bien, claro, no estaba yo interesado en semejantes precisiones y sí mucho en cavilar de qué modo salir de allí si, como profetizaba la voz, iba a producirse un acontecimiento de cierta trascendencia. No hará falta que diga que durante el rollo que nos estaban clavando había estado yo explorando el terreno por si de algún adminículo podía servirme a guisa de arma, llegado el caso, ni hará falta que diga que mi escrutinio había resultado estéril, toda vez que no había en el gabinete, por no haber, ni siquiera una mala lámpara de bronce, una escribanía de mármol, un cuadro de repujado marco u otro objeto arrojadizo con el que fracturar, con suerte y tino, un cráneo. Ni tenía, como en otras ocasiones apuradas he tenido, bolsillos en los que uno, si busca bien, siempre acaba encontrando basurillas que en momentos de necesidad pueden hacer un buen papel. Y puesto que no hay como las emergencias para aguzar el ingenio, di en rebuscar en las faltriqueras del único indumento que llevaba, esto es, la gabardina, aun cuando tenía por cierto no haber en ellas nada. Mas cuál no sería mi sorpresa al tropezar mis dedos con un objeto cuadrado de mínimo tamaño y casi nulo espesor que no recordaba yo haber puesto allí ni que estuviera cuando tomé de la prenda posesión. Ponderé, pues, cómo podía haber ido a parar aquella cosa a tal lugar y llegué a la conclusión de que dos días antes, o quizá más, había dejado la gabardina en el guardarropa del restaurante chino y que sin duda quien lo atendía debió de deslizar en el bolsillo de aquélla una caja de cerillas de recuerdo o propaganda, donde de fijo constaría el nombre del establecimiento, su dirección, y algún loor con que tentar al cliente. De forma que, a modo de experimento, abrí el maletín, saqué un billete de cinco mil, encendí una cerilla y lo prendí. Como no pasara nada, repetí la operación. Al tercer billete se cortó el programa de televisión y la voz dijo:

—¿Qué está usted haciendo?

—Estoy quemando los billetes de uno en uno —respondí— y lo seguiré haciendo hasta que se avenga usted a parlamentar.

Para demostrar que hablaba en serio, encendí otro billete.

—¡Deje usted ahora mismo el dinero en paz! —bramó la voz.

—Si no hay trato, no hay dinero.

—¡Están ustedes en mi poder!

—Sí, pero el maletín lo tengo yo —repliqué— y aún me queda un montón de cerillas.

Hubo un silencio que aproveché para encender otro billete.

—¡Espere! —dijo la voz—. Parlamentemos.

—Parlamentemos.

—¿Qué quieren?

—Salir de aquí con bien, que nos entregue a María Pandora sana y salva y una paga extra para todos los empleados de la empresa.

Esto último, como se puede suponer, me traía sin cuidado, pero en el mundo de los negocios siempre hay que pedir un poco más de lo que se quiere para la cosa del regateo.

—Déme cinco minutos para pensarlo.

—Le doy dos.

Pasó un tiempo que nadie se tomó la molestia de cronometrar y dijo la voz:

—Está bien. Acepto sus condiciones. Deje el maletín sobre la mesa y caminen hacia la puerta con las manos en alto.

—Y un jamón. Hasta que María Pandora, don Plutarquete y un servidor de usted no estemos a salvo, yo no suelto el maletín.

—Puedo hacer que mis hombres lo reduzcan por la fuerza.

—Y yo puedo empezar a encender los billetes de cinco en cinco.

—Este tío está loco —mascculló la voz en un aparte.

—Libertad o cenizas —dije yo.

—No se precipite —instó la voz—. Voy a impartir las órdenes oportunas. Pebrotines, que traigan a la chica. No, a ésa no, a la que tenemos metida en la caja fuerte. Y ustedes tengan un poco de paciencia, que la caja es de efecto retardado y el personal, para mi desgracia, también. ¿Quieren que mientras tanto les pase *Emmanuelle contra los tontos de Almendralejo*?

—Bueno.

Mientras en la pantalla del televisor una chica se ganaba arduamente su jornal, don Plutarquete se deslizó hasta mi lado y me cuchicheó al oído:

—No me fío ni un pelo de esta gente.

—Yo tampoco, don Plutarquete, pero no pierda la calma y haga lo que yo le diga. Tengo un plan.

—Cielos —exclamó el escaldado profesor.

Transcurrió un rato, al término del cual se abrió la compuerta de metal y alguien arrojó un fardo al suelo del gabinete. Antes de que pudiésemos reaccionar, la compuerta se cerró de nuevo. Corrimos hacia el fardo y vimos que se trataba de María Pandora, envuelta en el edredón de la Emilia que, a esas alturas, estaba ya que daba pena verlo.

—Hija mía, hija mía —se puso a sollozar don Plutarquete—, ¿qué te han hecho estos perillanes?

Todavía bajo los efectos del sedante, la periodista roncaba con envidiable placidez.

—¿Están satisfechos? —preguntó la voz.

—Mucho —dije yo—. Ahora a ver cómo arreglamos lo de la salida.

—Eso es bien sencillo: dos ordenanzas van a entrar en el gabinete. Les vendarán los ojos y los conducirán a ustedes a la salida. No opongan ninguna resistencia. Cuando estén en la calle, los ordenanzas les quitarán las vendas y ustedes les entregarán el maletín. ¿De acuerdo?

—De acuerdo —dije yo. Y a don Plutarquete, muy por lo bajo—: ¿Se ve usted con ánimos para cargar a María Pandora?

—Creo que sí.

—Pues cójala en brazos y prepárese para echar a correr.

—¿Y usted?

—Pierda cuidado.

La compuerta metálica se abrió una vez más y en el vano se recortaron las siluetas de dos matones de elevada estatura y anchos hombros, que llevaban las respectivas cabezas cubiertas por sendos capirotes. Me puse de espaldas a la puerta, abrí el maletín, encendí varias cerillas a la vez y apliqué la llama a los billetes, que se pusieron a arder como sólo el papel bien sobado sabe hacerlo. Al darse cuenta de lo que acababa de hacer, los dos esbirros se me vinieron encima. Cerré la tapa del maletín, lo mantuve cerrado una fracción de segundo y lo volví a abrir: una espesa nube de humo maloliente invadió el gabinete.

—¡Arree, don Plutarquete! —alcancé a gritar.

El viejo historiador se había echado al hombro el cuerpo exánime de María Pandora y salió zumbando mientras los matones tiroteaban del maletín y trataban de arrearme un cate. Con una habilidad adquirida en mi más tierna infancia, perfeccionada en mi vida civil y refrescada ocasionalmente en el manicomio, donde la convivencia, ya se sabe, ocasiona roces y malentendidos, acerté a propinarle a un matón un puntapié en muy crítico vértice, de cuyo nombre, por deferencia, hago gracia al lector.

—¡Guay de mis cojones! —exclamó, menos recatado, el matón.

El otro ya me atenazaba la garganta y me alzaba en vilo. Esto y el humo me sofocaron. Y no sé en qué habría parado la trifulca si unas válvulas que asomaban del techo y en las que yo no había reparado con anterioridad no se hubieran convertido en otras tantas duchas frías, a todas luces accionadas por la presencia del humo, ni se hubieran puesto a desparramar agua en todas direcciones. Le largué un puñetazo al que me acogotaba. Como tenía éste las dos manos dedicadas a estrangularme y, para colmo, el capirote remojado le obstruía la visión, no pudo defenderse. El otro se abalanzó sobre nosotros, bien que hecho un cuatro y sin dar muestras de excesivo entusiasmo. Le di con el maletín en toda la cara y se retiró a un rincón. No sé si todo pasó más deprisa de lo que lo cuento o si lo cuento más deprisa de cómo pasó. Es igual. El caso es que sonaba una sirena y se oían voces que gritaban ¡fuego!, ¡fuego!, y se preguntaban mutuamente que cuál era el número de los bomberos; que el agua, al entrar en contacto con el tendido eléctrico, provocaba cortocircuitos que, a su vez, engendraban nuevos incendios; que los mensajes que el télex transcribía con pulcra letra en leguas de papel se habían transformado en una hoguera; que en el vaivén de la pelea acabamos por darle un trompazo al televisor, cuyo bulbo estalló abriendo un boquete en la pared, y que, sabe Dios cómo, logré zafarme de las zarpas del matón y atravesé en dos saltos la antecámara y el pasillo hasta llegar a la sala de juntas, que los consejeros habían evacuado con muy buen criterio, donde hallé a don Plutarquete despatarrado en una silla, jadeando y diciendo:

—Ya no tengo edad para estos trotes.

Aturdido por los golpes, asfixiado, empapado y con los pelos refritos, tuve aún la santa paciencia de cargar a María Pandora y de gritarle al vejete:

—¡Sígueme, so pelmazo, que nos va la vida en ello!

Todo el mundo, por fortuna, parecía haberse olvidado de nosotros. La alarma había cundido por el edificio entero y los bomberos habían hecho acto de presencia, inundando las dependencias a manguerazos y destrozando con sus hachas cuanto se les interponía. Sin ser molestados salimos al corredor, lo recorrimos y aguardamos a que llegara el ascensor. El ascensor, por supuesto, había dejado de funcionar y nuestra suerte habría sido incierta de no haber hecho en aquel instante su aparición la opulenta recepcionista, que, creyéndonos aún clientes distinguidos, arrostraba los mayores peligros para sacarnos incólumes de la vorágine.

En pos de ella descendimos trastabillando por una escalera tenebrosa, en uno de cuyos recodos, dicho sea de paso, alcancé a pegarle un pellizco, y ganamos primero el vestíbulo y luego la calle, donde se apiñaba una muchedumbre formada a partes iguales por los empleados de la empresa y por morbosos transeúntes que esperaban con delectación ver aparecer cuerpos calcinados y otros espectáculos de mal gusto.

No me pasó desapercibida, con todo, la presencia conspicua de varios coches-patrulla y, no deseando un encuentro con la policía, por razones que no hace falta explicar, y teniendo otros asuntos más apremiantes que atender, me despedí de la recepcionista, me adentré en la masa de mirones, siempre con María Pandora en brazos y don Plutarquete pegado a los talones, y emergí por el otro lado sin llamar la atención.

No sé qué agudeza me hizo divisar en una esquina no demasiado distante el coche de la Emilia. Hacia él nos encaminamos y en él nos metimos, de cualquier modo hacinados. La Emilia, reparando en los andrajos en que se había convertido nuestra ropa y en los tiznones que nos desfiguraban el físico, prorrumpió en exclamaciones y preguntas, protestando a la par por nuestra tardanza y por la viva inquietud que le habíamos hecho padecer.

—En su tiempo y sazón —dije cortando el flujo de sus condolencias— te explicaremos lo que ha pasado. Ahora es imperioso que salgamos de aquí sin demora.

La Emilia puso en marcha el coche y, con ayuda del volante, le hizo seguir una caprichosa trayectoria hasta que nos hubimos cerciorado de que nadie nos seguía. Aprovechando el respiro que este paseo nos daba, pusimos a la Emilia al corriente de las vicisitudes por las que habíamos atravesado y dimos rienda suelta al alborozo que sentíamos por haber salido con bien de la aventura y por haber rescatado a María Pandora. Como fuese que, pese a la alegría imperante, una lágrima se desprendiera de mis pestañas, nunca aterciopeladas y ahora casi inexistentes por efectos del incendio, y cavara un surco en la máscara de hollín que me cubría, preguntó la Emilia que cuál era la causa de mi pena, a lo que respondí que era el recuerdo del maletín sacrificado lo que me hacía llorar.

—Vamos, vamos —dijo ella—, siempre supimos que ese dinero no nos pertenecía.

—Es verdad —hube de convenir—, pero es el caso que le había tomado cariño.

No añadí, por vergüenza, que en algunos momentos había caído en la debilidad de fantasear sobre el uso que, de ser otro mi sino, habría dado al capital que durante tanto tiempo había tenido entre las manos, o incluso a fracción del mismo, sobrante, según mis cálculos, para desenredar, merced a los servicios de un buen abogado, el embrollo judicial que condicionaba mi vida, adquirir un modesto habitáculo, comprar ropa y dar a mis pasos un nuevo derrotero. Pero la rueda de la fortuna, después de someterme a tanto afán y de haberme mostrado aquí y allá fogonazos de esperanza, me volvía a dejar proscrito, impecune y desnudo y, por si eso no bastara, aquejado de la más abyecta autocompasión. Pugné, pues, por alejar de mí tan lúgubres pensamientos, suspiré y le di un empellón a la cabezota de María Pandora que, apaisada sobre nuestras piernas, me estaba dejando entumidas las ingles. Tras lo cual recuperé mi talante habitual y pasamos a ponderar las contingencias a que aún nos hallábamos expuestos, conviniendo los tres en que lo primero que teníamos que hacer era llevar a María Pandora a puerto seguro, no sólo porque su estado precisaba de reposo y atenciones, sino también porque cargar con ella era una lata y un entorpecimiento.

—Pero, ¿dónde la vamos a meter? —preguntaron al unísono el profesor y la Emilia.

—Eso —dije— ya lo tengo yo pensado.

CAPÍTULO VIGÉSIMO

NO HAY REPOSO

Aunque el sol seguía estando alto y todos los relojes señalaban aproximadamente las tres y veinticinco, Cándida dormitaba ya contra su farola. Alguien le había dicho que a esa hora menudeaban las posibilidades de hacer unas pesetillas, porque los empleados de banca, al concluir su jornada, gustaban de resarcirse de los sinsabores del trabajo con los esparcimientos que mi hermana trataba de suministrar a módico precio. Pero no debía de ser así, porque el sórdido callejón estaba vacío cuando mi sombra se adentró en él. Cándida, a quien el paso de los años, la endeblez congénita y las variopintas enfermedades que sus escasos clientes le contagiaban habían vuelto algo miope, advirtió que alguien se aproximaba, pero ni mi borrosa forma ni el aire de familia que caracteriza mis andares le permitieron columbrar mi identidad. De modo que enderezó la figura y se esforzó tanto por dar a su corpachón un sinuoso contorno, que acabó por perder el equilibrio y pegarse una costalada contra el pavimento. Corrí en su socorro y le pregunté que si se había hecho daño.

—¡Puta leche! —respondió la ingrata—. De poco me mato y encima resulta que eres tú. ¿De dónde sales? No, no me lo cuentes. Prefiero no saberlo. Ay, Dios, que me parece que me he roto un hueso.

—No será nada, mujer —le dije mientras tiraba de sus pelos quebradizos y apelmazados para ayudarla a levantarse—; unos moretones que aún realzarán más tus atractivos.

Se sacudió la falda apolillada para desprender las mondas de mandarina que se le habían adherido, resopló un rato y dijo luego con voz recriminatoria:

—Me dijiste que ibas a volver en un par de horas y han pasado varios días. ¿Qué te habría costado telefonear? ¿Qué has hecho con mis pestañas postizas? ¿Qué haces con la cara pintada de negro y la ropa hecha jirones?

—Cándida, me han pasado historias sin cuento —le dije—, que ahora no tengo tiempo de referirte. La verdad es que estoy en un apuro y necesito tu...

—Gud bai.

—... generosa y espontánea ayuda. Déjame que te explique: hay una chica...

—¿Todavía no te has ido?

—... que no se encuentra bien. Y no por mi culpa. Yo no tengo nada que ver con ella, aunque te confieso que no me importaría tenerlo e incluso, ¿quién sabe?, reformarme por su amor y crear un hogar y una familia.

Hice una pausa para que pudiera intercalar algún exabrupto, pero guardó silencio, de lo que deduje que ya había mordido el anzuelo. Y es que es mi hermana, pobre ángel, de una facilidad casi irritante.

—Si estás en un apuro —dijo al fin—, tengo una amiga que tiene muy buena mano y que te hará un precio especial si vas de mi parte.

—Me has entendido mal, Cándida. La chica está enferma en el buen sentido de la palabra. Mejor dicho, ha sufrido un accidente y no tiene adónde ir. Y me he dicho que quizá en tu casa, un par de días…

—¿No se me morirá en la cama?

—Es un roble.

—¿De veras vas en serio con esta chica?

—Cándida, ¿te he mentido alguna vez?

—¿Dónde la tienes? —balbuceó Cándida hecha mieles.

—En un coche, a dos pasos de aquí.

Apenas si cabíamos los cinco en el cubículo que a mi hermana servía de morada y la atmósfera, ya de por sí poco oxigenada, se iba cargando de un olor a humanidad que de fijo no había de hacerle ningún bien a María Pandora, a la que mi hermana, para colmo, hacía objeto de un amplio surtido de mamolas, caricias y besuqueos.

—Ay y ay y ay y ay —me iba diciendo—, pero qué remona te la has buscado.

El profesor y la Emilia me miraban con malos ojos. Les dirigí un guiño para darles a entender que había tenido que inventar una excusa, pero la cosa no parecía cuajar, por lo que dije:

—No perdamos más tiempo y tratemos de buscar una salida a este atolladero. Hemos asestado un duro golpe al enemigo, pero con eso, lejos de neutralizar su satánico potencial, no hemos hecho más que exacerbar su inquina. Es obvio que el dinero era parte de un plan. Nada nos dice, sin embargo, que la pérdida de aquél impida la consumación de éste. Todo me indica que estamos a un pelo de saber qué plan es ése y, por ende, de poderlo frustrar. Sólo así, les recuerdo, conseguiremos acabar con la amenaza que ahora más que nunca se cierne sobre nosotros.

—No digo que no lleves razón en lo último que has dicho —dijo la Emilia—, pero no veo que estemos tan cerca de saber cuál es el plan, cuándo se llevará a cabo ni en qué lugar.

—En la catacumba de los muertos sin nombre —dijo una voz a nuestras espaldas.

Dimos todos una vuelta tan brusca que en lo reducido del espacio culminó en traspiés y coscorrones. María Pandora se había incorporado y aunque fijaba en nosotros una mirada de alarma, que el cuadro que componíamos sin duda justificaba, era patente que no nos veía. Diría que corrimos a su lado si el aposento hubiera permitido tan atlética actividad. Zarandeé a don Plutarquete, que se aprestaba a improvisar alguna cursilería y dejé que la Emilia se encargara de la periodista, cosa que hizo en estos términos:

—María, ¿me reconoces? Soy yo: la Emilia.

Le atusó el pelo, le acarició las mejillas y se puso a darle unos besos que interrumpí con una tosecilla cuando dejaron de ser mera terapéutica para convertirse en filete sin paliativos. La Emilia recobró la compostura y prosiguió diciendo:

—No tienes nada que temer, María. Estás entre amigos, en sitio seguro. Y preñada, para más datos.

—Me cago en la leche, coño —dijo María Pandora—. Hostia.

—Ya vuelve en sí —anunció la Emilia.

—Pregúntele quién es el padre —dijo el viejo historiador.

—Pregúntale antes —dije yo— que a qué se refería con eso de la catacumba.

La Emilia repitió la pregunta que yo le había sugerido, pero la periodista se limitó a proferir nuevas e incisivas expresiones y cayó luego en un profundo sopor.

—Ya no vamos a sacarle nada más —dijo la Emilia.

—Fina, lo que se dice fina, no es —añadió mi hermana mirándome con cierto desaliento.

—Es la medicación —dije yo.

Y sentándome en el suelo con las piernas encogidas, que no daban las dimensiones de la pieza para otra pose, apoyé la frente en las rodillas y compuse una desolada estampa.

—¿Por qué se nos desinfla usted ahora, amigo mío? —me preguntó el anciano historiador agachándose a mi lado.

—Porque —respondí— estábamos a punto de obtener una información valiosísima y nos hemos quedado con las ganas.

—No dé tan pronto su brazo a torcer —replicó el profesor—. Es cierto que sabemos poco, pero no tan poco que con una bibliografía bien seleccionada no podamos ver la luz.

Se incorporó y le dijo a mi hermana con gran prosopopeya:

—Refinada señorita, ¿me permite echar un vistazo a su biblioteca?

Abrumada por el donaire, Cándida depuso su endémica tacañería y entregó a don Plutarquete una fotonovela intitulada *El mejillón voraz* y un folleto sobre las virtudes alimenticias de las féculas del doctor Flatulino Regoldoso.

—Quizá no sea suficiente —dijo el viejo historiador con exquisito tacto—. Amigo mío, ¿podría usted llegarse a una librería y adquirir un mapa y una guía turística?

Más predispuesto al desánimo que a la exaltación, me fui a las Ramblas y pispé de un quiosco un mapa de carreteras y una guía de museos y monumentos de Catalunya. Ya de regreso, el profesor nos rogó que guardásemos silencio y se enfrascó en la lectura de aquel material. A los pocos minutos gorjeó:

—Eureka.

Acudí a su vera y me mostró una página de la guía en la que aparecían reseñados un museo de alhajas falsas, una pinacoteca privada abierta al público los martes de 5 a 7, un monasterio románico y unas ruinas ibéricas abundosas de huesecillos y cascajos. Quienquiera que hubiera redactado el texto no dejaba traslucir un excesivo entusiasmo por ninguna de aquellas cuatro mecas culturales. Estaba por decirle al profesor que no captaba la pertinencia de la cosa, cuando mis ojos tropezaron con un párrafo referente al monasterio que rezaba así: «... las excavaciones iniciadas por la Generalitat allá por los años treinta, quién sabe si con fines de profanación, no permitieron encontrar la catacumba que la tradición asigna a este insulso monasterio. Ulteriores intentos de que la fundación Ford financiase las obras sólo han recibido sardónicas respuestas, por lo que dichas excavaciones no se han podido proseguir. Las arquivoltas del claustro carecen...»

—Maestro —exclamé—, ¿cree usted que estamos sobre la buena pista?

—En ciencia —pontificó don Plutarquete— nunca hay que echar las campanas al vuelo. Yo, con todo, osaría afirmar...

—¿Y dónde está situado —me apresuré a preguntar viendo que se avecinaba una perorata— este monasterio?

—Cabe el pueblo de Sant Pere de les Cireres, al que da nombre, que no lustre. Páseme el mapa de carreteras.

Localizamos el pueblo en el mapa y calculamos que nos llevaría tres horas plantarnos allá, si la autopista no estaba colapsada.

—Pues, ¡en marcha! —grité sintiéndome remozado.

Era de cajón que la Emilia tenía que acompañarnos, ya que el coche era suyo y sólo ella sabía conducir y estaba licenciada para hacerlo y que, por consiguiente, Cándida tenía que quedarse al cuidado de María Pandora. Temí que se negara a permanecer en casa con grave quebranto de su negocio, pero no fue así.

—Cuando hay fútbol en la tele —nos explicó—, la clientela se esfuma.

Recordé, no sin nostalgia, que aquella noche retransmitían el España-Argentina. Otra vez, pensé, será.

CAPÍTULO VIGESIMOPRIMERO

TODO SUBE

Como la autopista estaba despejada, el coche tiraba que era maravilla y la Emilia se reveló como una avezada conductora, aunque agotada por las emociones del día, por una noche pasada casi en vela y, sin ánimo de fanfarronear, por el tute que nos habíamos pegado unas horas antes, dio algunas cabezadas que de poco ponen brusco fin al periplo, la primera parte del viaje se desarrolló en los más placenteros términos. Declinaba la tarde y los postreros rayos del sol acentuaban el fresco verdor de los campos rozagantes, la ajamonada rojez de la tierra y el ascético gris de los montes lejanos, cuyas cumbres la niebla cercenaba. Idílico telón que mucho nos serenó el ánimo a los tres, y muy en especial a don Plutarquete, que no había salido del asfalto en largo tiempo y no daba crédito a sus ojos.

—Hay que ver —iba diciendo cada dos por tres— lo que ha cambiado este paisaje. Hace treinta años, por ejemplo, aquella acacia no existía. Y qué carretera más suntuosa. No tenemos nada que envidiar a los gabachos.

Por fortuna, cayó víctima del mal que aqueja a

muchos viajeros y se quedó dormido poco antes de llegar al primer peaje. La Emilia, aprovechando la ocasión, me pidió que le siguiera contando qué había sido de aquel primer amor que en el confesionario del colchón había empezado a relatarle esa misma mañana.

—La vida —dije— se encargó de separarnos.

—Eso —dijo la Emilia— es una trasnochada tergiversación.

Le señalé la conveniencia de reponer combustible.

—Ya veo —dijo— que no quieres hablar. No seré yo quien te acuse de cobardía. A todos nos cuesta reconocer que en un instante ya irrecuperable lo apostamos todo a una sola vuelta de la ruleta antes de aprender las reglas del juego. Yo también creí que la vida era otra cosa. Luego se sigue jugando, se gana y se pierde alternativamente, pero ya nada es igual: las cartas están marcadas, los dados están cargados y las fichas sólo cambian de bolsillo mientras dura la velada. La vida es así y es inútil calificarla de injusta *a posteriori*.

Le pregunté si se quería casar conmigo. Me dijo:

—Creo que tienes razón.

—¿En qué?

—En que hay que poner gasolina.

Dio un giro tan brusco que casi me dejo los dientes en el cambio de marchas y se metió en la veredita que llevaba a una estación de servicio, donde se enzarzó en una discusión técnica con el sujeto malencarado que nos atendió. Yo aproveché la tregua para hacer uso de los servicios y afanar de una máquina media docena de chicles que nos endulzaron el resto del viaje y nos mantuvieron ocupadas las mandíbulas.

Era noche cerrada cuando llegamos a Sant Pere de les Cireres. El último tramo del recorrido había consistido en un continuo subir, revirar y dar aullidos por una carretera pina, sinuosa y umbría que se adentraba en un macizo montañoso agreste, solitario y neblinoso. El pueblo consistía en una calle perpendicular a la ladera del monte y, por ende, peraltada en grado sumo. Las casas eran de piedra y no parecían habitadas. El viento traía de muy lejos olor a ganado y a leña quemada y el ladrido sincopado de algún perro. Unas bombillas sin pantalla que pendían de cables tendidos entre tejado y tejado y que el viento bamboleaba a su antojo proyectaban una luz cenicienta que hacía revolotear sombras fugaces en los jirones de niebla.

—Fíjense ustedes —comentó don Plutarquete— qué de rincones pintorescos encierra nuestra geografía.

Sin prestar la menor atención a sus simplezas, aparcamos el coche delante de la taberna y entramos a preguntar dónde estaba el monasterio. Tras el mostrador no había nadie y a nuestros gritos respondió una voz proveniente de la trastienda, que nos invitó a pasar. Franqueamos una cortina hecha de chapas de San Miguel y nos encontramos en un salón de regulares proporciones, que presidía un televisor desde un podio tapizado por la senyera. El tabernero colocaba sillas en semicírculo frente al televisor.

—Perdonen que no les atienda —dijo—, pero

tengo que terminar de montar el proscenio antes de que empiecen a llegar.

—¿A llegar quién? —pregunté.

—Collons, la gente.

—¿Y cada día monta y desmonta usted el tenderete?

—Lo que me empreña de los turistas es que hay que explicárselo todo —hizo sociología el tabernero—. Me cago en el que inventó el turismo. ¿Ustedes de dónde vienen?

—De Barcelona.

—Ésos son los peores: los de Barcelona. Y los franceses. Los peores.

—Permítame que le ayudemos con las sillas —dije yo.

Acabamos de armar el anfiteatro entre los cuatro y el tabernero contempló el montaje con manifiesta satisfacción.

—Lo peor, además de los franceses y los de Barcelona, ha sido cargar con el televisor —nos contó—. Ustedes no saben lo que pesa. Antes tenía uno en blanco y negro que pesaba menos. Pero éste, como es en color, pesa el doble. Vengan, les convido a una cerveza por haberme ayudado.

Pasamos al mostrador, abrió una cerveza, rellenó tres copitas de jerez y se bebió el resto a morro.

—Salud, salud —dijimos nosotros.

—Los días normales —dijo el tabernero respondiendo a la pregunta que le habíamos hecho media hora antes— la televisión está allí, en aquella repisa. El que viene y toma algo la puede ver gratis. Cuando echan un programa especial, cobro un poco más la consumición. Me parece justo.

—Lo es —corroboré.

—Pero hoy, como el partido es a las dos de la mañana, pensé que aprovecharía para hacer cena con espectáculo. A mil pelas el cubierto y, aunque no se lo crean, ya están todas las mesas reservadas. A las diez y media empiezo a servir: sopa de letras, butifarra y mató. A las doce, copita de champán. Luego, discos solicitados. Y a las dos, a ver el partido. El que no pague el cubierto completo, no ve el partido. Yo había pensado encargar gorros y espantasuegras al recadero, pero mi señora me dijo: Miquel, no te compliques la vida. Así que nada de frivolidades.

—¿Por qué dan el partido a las dos de la mañana? —preguntó don Plutarquete.

—Porque lo retransmiten vía satélite desde no sé dónde. Desde Francia, supongo.

—¿Y quién juega? —volvió a preguntar don Plutarquete, que siempre estaba en babia.

—La selección nacional contra unos cabrones. Si quieren cenar y ver el partido, les pongo una mesa. Son mil quinientas por persona.

—Antes eran mil.

—Ahora es reventa. ¿Tres?

—No, muchas gracias —dije yo—. En realidad, nosotros veníamos a preguntar que dónde caía el monasterio. Somos fotógrafos y queremos hacer un reportaje.

Los ojos del tabernero se volvieron dos ranuras a través de las cuales chispeaba la desconfianza.

—Es de noche —dijo— y hay niebla.

—Tenemos equipo electrónico —dije yo.

—Allá se las compongan —dijo él encogiéndose

de hombros—. Yo ya les he dicho que no vayan. Si no quieren entender, culpa mía no habrá sido.

—¿Por qué nos desaconseja que vayamos al monasterio? —quise saber.

—Mire, señor, yo no desaconsejo ni dejo de desaconsejar. Yo soy el tabernero del pueblo. El verano pasado estuvieron aquí mismo, donde están ustedes ahora, unos franceses. Tres chicos y dos chicas. Hacía una noche parecida a ésta. Se empeñaron en ir al monasterio. A lo mejor en Francia no tienen monasterios. O estarían drogados. Los franceses, ya se sabe. La cuestión es que no hicieron caso de lo que se les dijo. Nunca los volvimos a ver. Yo no insinúo nada. Cuento lo que pasó. Aquí nací y aquí he vivido siempre. Soy ignorante y supersticioso. Por todo el oro del mundo no salía yo esta noche al bosque. Ustedes sabrán lo que les conviene.

El profesor, la Emilia y yo intercambiamos miradas.

—Le agradecemos mucho su advertencia —dijo la Emilia en nombre de los tres—, pero nos gustaría saber cómo se llega al monasterio.

—¿Traen coche? —preguntó el tabernero.

—Sí.

—Pues como si no, porque hay que llegar a pie. Sigan esta calle hasta el final y verán un sendero que trepa. Síganlo hasta encontrar un puente de madera. Pasado el puente verán una desviación. Cojan a la derecha y sigan subiendo. De todas formas, con esta niebla, se van a perder. Si a medio camino se arrepienten y quieren venir a cenar y a ver el partido, ya lo saben: dos mil calandrias.

Dimos las gracias al inflacionario hostelero y sin

más dilación emprendimos la marcha. Al principio las cosas no fueron del todo mal, porque la pendiente era suave y la visibilidad relativamente buena, pero poco a poco se fue haciendo aquélla más pronunciada y cerrándose la niebla. Empezamos a darnos morrones contra los árboles y a tropezar con piedras y raíces y a meter los pies en hoyos y fangales. Afortunadamente, las blasfemias que íbamos profiriendo los tres a cada rato impedían que nos distanciáramos los unos de los otros, con fatales consecuencias. También jugaba a nuestro favor el hecho probado de que las montañas, con el paso del tiempo, hayan adquirido forma cónica, lo que garantiza a quien las escala que llegará a la cima con tal de que no deje de ir cuesta arriba y siempre que no se rompa el espinazo en el empeño.

No sé yo cuánto llevaríamos en aquella tiniebla procelosa, cuando el pobre historiador, en quien los años pesaban más que la determinación, rebufó a mis espaldas y murmuró:

—Ya no puedo más. Sigan ustedes, que yo me quedo aquí a pasar la noche.

Traté de alentarle diciendo que el monasterio no podía quedar lejos y que si se detenía allí podían comérselo las alimañas que, a no dudar, habían de merodear por aquel infernal paraje. Mis razonamientos, sin embargo, no hicieron mella en su postura y es probable que de allí no hubiera pasado si en aquel mismo instante la Emilia, que, ajena al incidente se nos había adelantado un buen trecho, no hubiera lanzado un grito desgarrador que nos heló la sangre en las venas y nos hizo correr con renovadas fuerzas en su ayuda.

Los gemidos en que sus gritos se habían transformado hicieron que la ubicásemos sin esfuerzo. Estaba abrazada a un árbol y tiritaba de los pies a la cabeza. Le preguntamos que qué le había ocurrido.

—Nada —dijo—, no ha sido nada.

—¿Por qué has gritado? —le dije.

Tardó un rato en contestar.

—Una tontería —dijo al fin—. Me ha parecido ver gente entre la niebla.

—¿Excursionistas?

—No...

—Por Dios, sé más explícita. ¿Qué clase de gente? ¿Cuántos eran?

—Varios. Una fila larga. Vestidos de blanco... como fantasmas. Quizá me equivoque. Es posible que fuera sólo la niebla...

—¿No te han visto?

—No lo sé. Llevaban la cara tapada. Y cantaban una canción, a coro. Los últimos transportaban...

—¿Qué? —preguntamos el profesor y yo al ver que se resistía a decírnoslo.

—Un ataúd. O así me lo pareció.

Iba yo a proponer que regresáramos a la taberna y dejáramos para mejor ocasión nuestra empresa, cuando el viejo historiador lanzó una carcajada y dijo:

—Apreciada señorita Trash, no se deje influir por el ambiente. Lo que usted ha visto no tiene nada de sobrenatural. Si hubieran estudiado ustedes el mapa con detenimiento se habrían percatado de que estamos cerca de la frontera. Ha tenido usted un encuentro fortuito con una banda de contrabandistas. Me juego lo que sea a que en ese supuesto ataúd no hay otra cosa que una vajilla de vereco, diversos electrodomésticos y varios pares de medias de cristal.

Me abstuve de decir lo que pensaba al respecto y reanudamos el ascenso formando cadena con el cinturón de la gabardina y la trabilla del pijama de don Plutarquete. Yo abría la marcha y llevaba el cinturón agarrado de una punta. Detrás venía la Emilia, que sujetaba con una mano la otra punta del cinturón y con la otra mano el extremo de la trabilla. A la retaguardia iba el viejo historiador, con una mano asiendo la trabilla y con la otra los pantalones del pijama. El método retardó considerablemente el avance y tenía, además, la desventaja para mí de permitir que el viento abriese de par en par la gabardina y que el frío y la humedad acaracolasen mis vergüenzas.

CAPÍTULO VIGESIMOSEGUNDO

LA PÍA COMPAÑÍA

El talud era casi vertical y la niebla tan espesa que parecía que hubiésemos entrado en las ubres de una vaca cuando oí que la Emilia me llamaba. Me reuní con ella y, a modo de explicación, me mostró la trabilla del pijama: habíamos perdido a don Plutarquete. Volvimos sobre nuestros pasos y lo encontramos tendido en el suelo y con el pantalón arrollado en los tobillos.

—Esta vez —jadeó— va en serio. De aquí no me muevo aunque me maten. Por éstas.

—Don Plutarquete —dijo la Emilia—, hasta aquí hemos llegado juntos y juntos vamos a seguir hasta el fin de la aventura. Póngase de pie, súbase los pantalones y apóyese en mi hombro.

—No voy a consentir... —protestó el frágil erudito.

—Usted se calla, coño —le dijo la Emilia.

Y, sin más, flexionó las rodillas, metió el brazo por entre los fláccidos muslos del profesor y se lo echó al hombro como si fuera un costal. Le ofrecí compartir la carga, dijo que no y seguimos trepando. No creo que hubiéramos llegado muy lejos si, de pronto, un tenue tañer de campanas no hubiese traspasado la niebla.

—¡El monasterio! —gritó don Plutarquete.

Aguzamos el oído para determinar de dónde provenía el tolón y decidimos de común acuerdo que el monasterio debía de caer a la derecha, un poco más arriba y a corta distancia del punto en que nos hallábamos. Reanudamos la caminata con redoblados bríos y tras varias peripecias orográficas que sería reiterativo pormenorizar avistamos, entre jirones de niebla, los muros mohosos de una mole de piedra cuyos perfiles las condiciones climatológicas no dejaban percibir bien. El terreno se había vuelto llano y blando y un examen más minucioso reveló que estábamos pisoteando unas tomateras.

—La huerta del convento —dijo la Emilia arrojando al anciano a los surcos mullidos.

Las campanas habían dejado de repicar y un silencio sepulcral nos envolvía. Ahora que habíamos llegado a la meta de nuestro viaje no sabíamos qué hacer. No se nos ocultaba la posibilidad de que el monasterio, desviado de sus píos fines, fuera en realidad la guarida del enemigo y sus huestes demoníacas y de que, al dar a conocer nuestra presencia no hiciéramos sino meternos bobamente en la boca del lobo, ni habíamos olvidado tampoco las agoreras palabras del tabernero. Celebramos un breve conciliábulo y fue don Plutarquete quien esclareció con su habitual sagacidad la situación.

—La disyuntiva —dijo— es clara: o averiguamos qué se cuece en el convento o nos volvemos atrás. Yo voto por lo primero.

Se ciñó el pantalón del pijama con la trabilla y se encaminó hacia el portalón del convento. La Emilia y yo, envalentonados por su ejemplo, le seguimos. Tiró el temerario erudito del cordón que pendía del dintel y sonó en el caserón una alegre esquililla. Aguardamos trémulos a que alguien acudiese a la llamada y cuando ya creíamos que tal cosa no iba a suceder, se abrió un ventanuco en el portalón y asomó por él una cara apergaminada iluminada por la vacilante luz de una vela.

—Ave María purísima —dijo la cara—. ¿Qué desean?

—Sin pecado concebida —respondió don Plutarquete—. Queremos entrar.

—Somos del Centro Excursionista de Catalunya —añadí yo para dar verosimilitud a nuestra insólita presencia— y nos hemos perdido en la montaña. Si tuviera usted la caridad de dejarnos pasar un ratito, hasta que se disolviera la niebla…

—La niebla no levanta en todo el año —respondió secamente el portero—, pero supongo que pueden ustedes pasar y reponer fuerzas.

Cerró la mirilla, sonaron cadenas y hierros y rechinó el portalón al abrirse.

—Sean bienvenidos a la morada del Señor —dijo el portero.

Vimos que se trataba de un anciano diminuto, que había tenido que subirse a un escabel para alcanzar la mirilla. El vestíbulo estaba totalmente a oscuras, salvo por la vela que el portero había dejado en un repecho del muro. A la débil luz de la llamita, apenas si se podía ver el techo.

—Hermosa casa —dije yo.

—Una joya del arte prerrománico —nos informó el portero—. Por desgracia, en muy mal estado de conservación. La piedra se desmigaja con sólo mirarla y las vigas se nos van a caer en la cabeza el día menos pensado. Si gustan hacer un modesto donativo, les mostraré dónde estaban los frescos de la capilla.

—Preferiríamos, por el momento, hablar con el padre prior —dijo don Plutarquete.

Al portero no pareció sorprenderle esta solicitud.

—El reverendo padre prior les recibirá encantado. Tengan la bondad de seguirme ustedes dos. La señorita no puede pasar del vestíbulo, porque va con pantalones.

—La señorita tiene dispensa del obispado por motivos de salud —dije yo.

—¿También tiene dispensa para no llevar sostén?

—Es una dispensa general.

—El señor obispo sabrá lo que se hace. Por aquí, háganme el favor.

Enarboló la vela y nos adentramos en su seguimiento por un dédalo de corredores tenebrosos, barridos por corrientes de aire húmedo y flanqueados de hornacinas que albergaban polvo, detritus y alguna que otra calavera. Nuestros pasos resonaban por bóvedas y recovecos y al hablar un eco profundo nos envolvía y amedrentaba.

—¿Vienen muchos visitantes al monasterio? —le pregunté al portero, más por romper el mutismo en que habíamos caído que por afán estadístico.

—¿Cuándo? —preguntó el portero.

—Durante el año.

—No lo sé.

Decidí renunciar a las trivialidades. Nuestro guía, por su parte, se detuvo en seco ante una portezuela y llamó discretamente con los nudillos. Una voz respondió algo ininteligible desde el interior y el portero abrió y asomó la cabeza. Oí que decía:

—Unos excursionistas piden asilo: dos hombres y una señorita sin sostén.

—Que pasen —dijo una voz ronca.

—Pasen ustedes —nos indicó el portero haciéndose a un lado.

Entramos en una celda cuadrada y no muy grande, de paredes desnudas, enjalbegadas. En un rincón había un catre y en el centro de la pieza una mesa rústica a la que se sentaba un viejo monje que leía un libro voluminoso a la pálida claridad de un quinqué. El padre prior, pues no había duda de que de él se trataba, levantó la cabeza de su lectura, despachó con un gesto al portero y nos indicó que nos aproximásemos, cosa que hicimos con bastante gusto, ya que su aspecto bonachón y el ascetismo que lo rodeaba habían disipado nuestras aprensiones.

—Considérense ustedes en su propia casa —empezó diciendo el padre prior— y sírvanse disculpar los modales de nuestro portero. Es buen hombre, pero con la edad se le ha agriado un poco el carácter. Lo tengo de portero porque es el único que conserva el oído relativamente fino. Por lo demás, no solemos recibir visitas. Ya ven que ni siquiera puedo ofrecerles asiento, a no ser que se avengan a traer hasta aquí mi humilde camastro.

—No quisiéramos ocasionarle ninguna molestia, reverendo padre —dije yo.

—¿Molestia? No, al contrario. Nada que altere un poco nuestra monotonía me molesta. No debería hablar así, pero les confesaré que me he vuelto bastante frivolón. Llevo setenta y dos años consagrado al rezo y a la meditación y a veces pienso que un poco de jarana no nos vendría mal, ¿eh? Vivimos tan aislados...

—Pero tendrán contacto con la gente del pueblo —apunté.

—No. Ellos tienen su parroquia y creo recordar que el acceso al monasterio es malo. Y eso que cuando ingresé era yo joven.

—¿Quién les provee de alimentos y ropas?

—Vivimos de lo que da la huerta, que cada vez es menos, porque ya no hay nadie con energías para cultivarla. Y nosotros mismos remendamos nuestras sayas. Este hábito que llevo me lo dieron en Ávila el día que profesé. Nunca me lo he cambiado. Ahora parece que está empezando a desmenuzarse, pero, por otra parte, yo también estoy a pique de volver al polvo. Veremos quién puede con quién.

—¿Cuántos monjes componen la comunidad? —pregunté.

—Diecinueve éramos anoche. A nuestra edad, no me atrevo a aventurar cifras.

—¿Todos hombres? —preguntó la Emilia.

—Todos varones —asintió el padre prior con aire condescendiente.

—¿Y ninguno joven? —dijo don Plutarquete.

—El más joven soy yo, y creo recordar que voy por los ochenta y siete. Somos el último reducto de una orden que data de la fecha en que se erigió este monasterio. En la noche de los tiempos fue una orden numerosa, cuyos hospitales se extendían a lo largo del Camino de Santiago. Al decaer los peregrinajes disminuyeron las vocaciones.

—Y los diecinueve que son ahora, ¿siempre han vivido aquí?

—No. De los veintitrés que éramos cuando yo vine, sólo quedamos dos. Los demás fueron llegando de otros monasterios. Se pensó que estaríamos mejor reunidos bajo un mismo techo. De los nueve o diez conventos que aún quedan en pie sacaron a treinta monjes y los trajeron a éste. Hace de eso unos pocos años. Cuarenta, a lo sumo.

—¿Qué pasó con los conventos que fueron quedando vacíos?

—No lo sé.

—Pero esos conventos y sus tierras son propiedad de la orden —dijo don Plutarquete.

—La orden no tiene propiedades. Los monasterios se edificaron en los montes y los montes no son de nadie.

—¿Está usted seguro —insistió el viejo historiador— de que no hay escrituras de propiedad en alguna parte?

—Que yo sepa, no. Pero si quiere usted meterse en la biblioteca y espulgarla, hágalo con entera libertad, siempre que prometa no maltratar a los ratoncitos del Señor.

No viendo qué interés pudiera tener lo que preguntaba don Plutarquete, opté por una nueva línea de ataque.

—¿Es cierto —dije— que en este monasterio hay unas catacumbas de extraordinario mérito?

—Oh, no —dijo sonriendo el padre prior—. Es

una leyenda. Hace poco, en tiempos de la República, apareció un equipo de espeleólogos, si así se llaman, y previa autorización de la diócesis puso el monasterio patas arriba. No dejaron piedra por remover. Todo inútil.

—Usted —dije cambiando de tema—, que lleva tantos años en este lugar, conocerá las montañas como la palma de la mano.

Hizo un gesto afirmativo y un ademán de modestia.

—En tal caso —proseguí—, podrá decirme si es verdad lo que he oído decir: que los contrabandistas utilizan esta ruta y el amparo de la niebla para cometer sus fechorías.

—¿Contrabandistas? No, no creo. El terreno es escarpado y peligroso y el paso a Francia, impracticable todo el año. Durante la guerra civil que dicen que hubo no hace mucho en este país, varias personas trataron de cruzar la frontera a través de estas montañas. Nunca lo consiguieron.

—¿Fueron aprehendidas?

—No. Las patrullas que salieron a capturarlas también se perdieron en el bosque. Durante muchos años vivieron unos y otros como animales salvajes, comiendo raíces, cazando conejos, cobijándose en grutas y, por supuesto, tratando de eludir las emboscadas que mutuamente se tendían. A estas alturas, sin embargo, ya deben de haberse extinguido, porque hace tiempo que no los oímos aullar en las noches de luna. O será que son ya viejos y no les sale la voz.

—¿No podrían haberse reproducido? —preguntó la Emilia.

—¿Qué es eso? —preguntó el padre prior con genuino interés.

—Una última pregunta, reverendo padre —dije yo—. ¿Ha oído hablar alguna vez del Caballero Rosa?

Reflexionó un ratito y dijo:

—No, nunca he oído este nombre. Aquí teníamos al Monje Negro. Se paseaba por los claustros a la medianoche, con la cabeza en una bandeja. ¡Repugnante aparición! Pero hace una barbaridad que no lo he visto y, además, no es eso lo que ustedes buscan. Lo siento.

—No se preocupe —dijo la Emilia—. Es usted muy mono.

—Y ustedes muy grata compañía, pero los voy a tener que dejar unos instantes, porque es la hora de vísperas y tengo que ir a la capilla a dirigir los rezos. Ustedes no tienen por qué asistir, aunque si lo hacen serán bienvenidos. Con su permiso.

Se levantó con grandes trabajos y se dirigió a la puerta llevándose consigo el quinqué. Le seguimos y recorrimos de nuevo los pasillos del monasterio hasta desembocar en una capilla en ruinas donde se consumían dos cirios y en la que se había congregado la comunidad. Comprobamos que efectivamente eran dieciocho y el padre prior y que todos frisaban la centuria.

Esperamos a que terminara el ceremonial y acompañamos luego a la comitiva, que, precedida por el padre prior y su quinqué, se encaminó al refectorio. El hospitalario prior nos invitó a sentarnos a su diestra en la mesa alargada que ya habían ocupado con notable avidez los demás monjes, y uno de ellos se ausentó unos segundos para regresar con una fuente en la que había siete zanahorias crudas.

—Nuestra colación —nos explicó el padre prior— corre pareja con nuestra exigua vitalidad. Si hubiera sabido que íbamos a tenerles con nosotros, habría dicho que pusieran otra zanahoria. Tendrán que conformarse con lo que hay.

—Lo que cuenta es la intención, reverendo padre —dijo don Plutarquete.

—Llámenme Judas —dijo el padre prior.

Acabada la frugal cena, de la que por discreción no participamos, se fueron levantando los monjes y saliendo en fila india. El último en hacerlo fue el prior, que se despidió de nosotros con estas palabras:

—Les dejo el quinqué por si no desean irse a dormir todavía. Nosotros no necesitamos luz, porque conocemos el monasterio al dedillo y ya vamos de retirada. Al fondo del pasillo encontrarán celdas vacías. Si alguno de los tres no está casado, les ruego que ocupe una celda individual. Y si necesitan cualquier cosa, ya saben dónde me tienen. No vacilen en llamarme, porque apenas si descabezo un sueñecito de media hora al despuntar el alba. Buenas noches.

En cuanto nos quedamos solos, dijo la Emilia:

—Tengo la impresión de que estamos perdiendo miserablemente el tiempo.

A lo que respondió don Plutarquete que él, personalmente, no podía estar más de acuerdo, pero que el lugar al que habíamos ido a parar revestía para cualquier historiador un desmedido interés y que, si no nos lo tomábamos a mal, se proponía aceptar el gentil ofrecimiento del padre prior y zambullirse de lleno en la biblioteca del monasterio.

—De aquí —anunció— a Heidelberg. Buenas noches.

Se apropió del quinqué sin pedir permiso y se perdió tras el primer recodo, dejándonos solos a la Emilia y a mí. Algo me hizo intuir que, aunque la ocasión era pintiparada, no estaba la Emilia para escarceos amatorios, por lo que le propuse, reacio como soy a arrojar la toalla, que hiciésemos un último intento de localizar las catacumbas, no obstante lo que al respecto había dicho el prior. Aceptó la propuesta, no tanto, sospecho, por convicción como por verse libre de mi presencia y, sin agregar más, volvimos a la capilla, saqué los dos cirios de los candelabros, los encendí con la lámpara votiva que ardía frente al sagrario, le di uno a ella y me quedé con el otro yo.

—Tú busca —le dije— por la cocina, la alacena y el cuarto de plancha, si lo hubiere. Yo, prevaliéndome de mi masculinidad, iré a sonsacar a los monjes. Dentro de una hora nos reunimos aquí y nos contamos qué hemos descubierto. ¿De acuerdo?

Me miró de arriba abajo, se encogió de hombros y se fue sin decir nada. Me pregunté qué cosa le habría hecho cambiar de tan súbito y radical modo su actitud para conmigo y, no atisbando explicación verosímil, decidí postergar el análisis de este punto y consagrarme a resolver un misterio cuyo desenlace presentía tan próximo como erizado de peligros y aventuras.

A medida que me adentraba por los pasillos camino de las celdas, una débil primero y fuerte luego sensación, que no me importa denominar miedo, se fue apoderando de mí. Por influjo del viento que con siniestro silbo azotaba los desiertos corredores, mi sombra, agigantada por la luz del cirio, se iba desplazando ora a un lado ora al otro de mi cuerpo y creando la agobiante sensación de que un espectro perverso y silencioso me acechaba. Las calaveras que desde los nichos observaban mi paso se me antojaron burlonas y agoreras.

Así de animoso llegué a la puerta de la primera celda, a la que llamé discretamente.

—¿Quién va? —preguntó una voz.

—Yo.

—¿Y quién es usted?

—Abra y lo verá, reverendo padre.

Se entreabrió la puerta y asomó el rostro avinagrado del portero.

—¿Qué se le ofrece a estas horas? —preguntó.

—Invíteme a entrar y se lo diré.

—No puedo. Estoy en camisola. ¿Qué quiere?

—Hacerle una pregunta. Si el monasterio apenas recibe visitas, ¿a qué dedica usted sus horas libres?

—Engraso las bisagras y rezo por la salvación de los impertinentes y los entrometidos. ¿Algo más?

—No, padre. No le molesto más. Que descanse.

En la celda siguiente nadie respondió a mi llamada. Aporreé la puerta y sólo conseguí que se desprendiera el artesonado del techo y me cayera una lluvia de cascotes y arenilla en la cabeza. Probé el pomo y vi que cedía. Entré y a la luz de la vela distinguí una forma abultada tendida en el camastro. Me acerqué y vi que se trataba de un monje rechoncho de luenga barba blanca. Lo zarandeé para verificar si estaba muerto y abrió los ojos sin dar la menor muestra de susto o enfado.

—Buenos días, hijo —murmuró—. ¿Te quieres confesar?

—Por ahora no, padre. Quizá más tarde. De momento me gustaría hacerle unas preguntas.

—¿Cuánto tiempo hace que no te has confesado?

—¿Qué prefiere, el fútbol o los toros?

—¿Y de qué pecados te acuerdas?

—Es usted sordo como una campana, ¿verdad?

—¿Estás arrepentido de haber hecho llorar al niño Jesús?

Dejé que me diera la absolución y salí al pasillo. Al llamar a la celda contigua me respondió una voz lejana, que me invitó a pasar, cosa que hice. Apenas hube traspuesto el umbral, una ráfaga de viento extinguió la vela y me encontré sumido en una total oscuridad, porque la celda carecía de toda iluminación. No pude reprimir una exclamación y reculé presa del terror. Entonces oí que alguien me llamaba desde la negrura.

—Estoy aquí, al fondo, junto a la ventana. Camina todo derecho y no tengas miedo, que no hay nada con que tropezar. Guíate por mi voz.

Seguí estas instrucciones y acabé chocando con un cuerpo menudo y enclenque que se vino al suelo. A tientas encontré un montón de áspero sayal, tiré de él y logré poner en pie al monje que sin querer había derribado.

—Perdone, padre —dije—. ¿Se ha hecho daño?

—No, no, estoy acostumbrado a caerme. Como siempre estoy a oscuras... Lo importante es que no se haya roto el telescopio.

—¿Qué telescopio? ¿Por qué está siempre a oscuras?

—Soy astrónomo. Supongo que la respuesta vale para las dos preguntas. Y tú, ¿quién eres?

—Un visitante. Cené esta noche en el refectorio, ¿no me recuerda?

—Nunca levanto los ojos del suelo, salvo para mirar el firmamento. Del polvo a las estrellas es mi *slogan*, si se me permite el anglicismo.

—¿Qué firmamento puede ver aquí, con esta niebla?

—Un engorro, sí señor —reconoció con un dejo de pesar en la voz—, pero me digo que Dios me la envía para evitarme caer en el horrible pecado de la soberbia y la acepto con alegría. Hay veces, sin embargo, que se abre un claro y entonces... ¡oh, deleite!, me es dado contemplar el gran prodigio de la creación. Hoy, como ves, no estamos de suerte. Y a fe que me apena, porque estaba a punto.

—¿A punto de qué?

—A punto de determinar la coordenada de la nueva estrella. ¿No te lo había dicho?

—Que yo sepa, no. ¿Ha descubierto usted una estrella nueva?

—Yo juraría que sí, aunque en el terreno científico, ya se sabe, hay que extremar la cautela si no se quiere hacer el ridículo. Pero he estudiado los mapas y te aseguro que esta estrella no aparece. Si no fuera por la niebla, ahora mismo la podrías ver, porque debe de estar pasando. Déjame que compruebe la hora... sí, la una y doce minutos...

—Oiga, ¿cómo sabe que es la una y doce minutos si no se puede ver el reloj?

—Por la conjunción del Centauro y la Casiopea.

—¿Y por qué sólo se puede ver la estrella a una hora determinada?

—Todas las estrellas se desplazan. A nuestros ojos, claro. En realidad, es la tierra que gira. La verdad es que ésta que digo corre que se las pela. Para mí que es un descubrimiento de mucha envergadura. Había pensado bautizarla con el nombre del fundador de la orden, ¿sabes? Pero no tengo la menor idea de cómo se llamaba, así que, provisionalmente, le he puesto Marilín. ¿Qué te parece?

—Muy atinado. Y cerillas, ¿no tiene?

—No fumo.

Salí a ciegas de la celda y cerré la puerta a mis espaldas. No podía decirse que los primeros contactos hubieran sido muy fructíferos. Y estaba considerando ya la posibilidad de abandonar la empresa y buscar un sitio confortable donde pasar el resto de la noche, cuando oí gritos y golpes provenientes de una de las celdas. Orientándome por el fragor corrí a ver qué pasaba y, al abrir la puerta de la celda en cuestión, me encontré con un monje que se flagelaba a conciencia con su cinturón.

—Disculpe, padre —me apresuré a decir—, no era mi intención interrumpirle. Pensé que le pasaba algo. Pero, ya que estoy aquí, ¿me permite que encienda mi cirio con su candil?

Con la mano libre me hizo señas el monje de que esperara y siguió dándose de zurriagazos.

—... cuarenta y ocho, cuarenta y nueve y cincuenta —contó—. Ya está. Por supuesto, puedes encender tu cirio y hasta llevarte el candil, si lo deseas.

—¿Todos los monjes se flagelan? —pregunté.

—Oh, no —dijo el penitente—. En este sentido somos supermodernos. Mi caso es excepcional.

—¿Por qué? —quise saber.

Miró a derecha e izquierda, como si temiera que alguien pudiera estarnos escuchando, se me acercó tanto que una de las chinches que habitaban su barba me saltó al mentón y dijo con voz casi inaudible:

—Porque yo tengo relaciones con el Maligno.

Capítulo vigesimotercero

EL SÚCUBO CANORO

El monje endemoniado se llevó el índice erecto a los labios y produjo este sonido:

—Pssssssssst.

Hice señas de que comprendía.

—He probado inútilmente varios exorcismos. Me doy cincuenta latigazos en ayunas y otros cincuenta antes de acostarme y como si nada. Sin la ayuda del Altísimo de poco valen nuestras pobres fuerzas.

—Diga usted que sí.

Emprendí una discreta retirada, porque no tenía tiempo que perder en un tema tan apasionante desde el punto de vista teológico como poco atinente al asunto que por el momento me ocupaba, pero el poseso me agarró del brazo, apoyó la cabeza en mi hombro y siguió lamentándose en estos términos:

—Una vida entera dedicada a servir al Señor y al final, cuando ya estoy a punto de comparecer ante la suprema magistratura, ¡catapún!, viene el Príncipe de las Tinieblas y lo echa todo a rodar. Es que no hay derecho, hombre. ¿Qué he hecho yo para merecer este sino? ¿Usted bebe? Yo, no. ¿Usted fuma? Yo, no. ¿Usted ha jugado alguna vez al hula-hop? Yo nunca. ¿Por qué me tenía que tocar a mí y no a usted, hágame el favor?

—¿Cuándo notó los primeros síntomas? —le pregunté por cortesía.

—Hace un año, poco más o menos. Una tarde tibia y sensual. Todos habían salido a trabajar en la huerta. Yo estaba un pelín acatarrado y pedí dispensa al prior para recogerme en mi celda. Me tendí en el catre con una botella de agua caliente en los pies y el kempis. La carne es débil y me quedé dormido. Entonces oí la voz.

—¿No sería un sueño?

—También los sueños son vehículo de la tentación. De muchacho soñé una vez que iba en un tranvía lleno de gente. A mi lado había una moza. Desperté hecho un pantano.

—Nos ocurre a todos.

—Puede ser. Pero esta vez no era pesadilla. Me levanté, me eché el agua de la bolsa en la cabeza, hice flexiones. Ni por ésas. La voz seguía perforándome los tímpanos, lasciva. Desde entonces la he estado oyendo, casi a diario.

Volvió a flagelarse y hube de retirarme para que no me alcanzase un latigazo.

—Y esa voz, ¿qué decía? —le pregunté.

—Algo horrible —dijo el monje interrumpiendo la azotaina—. No lo puedo repetir.

—En tal caso, no insisto.

—Insista —me rogó el monje.

Insistí y volvió a pegar los labios a mi oreja.

—Échale guindas al pavo —cuchicheó.

—¡Qué notable! —dije.

—Si quiere, le presto el cinturón.

—¿Era una voz de mujer? —pregunté.

—¡Y de tronío!

—¿Me permite que me acueste en su catre? Es sólo para hacer una prueba.

—Sírvase usted mismo —dijo el monje—. A mí, pecado más, pecado menos...

Me tendí en el catre, formado por tablas de madera de pino cubiertas por un jergón, y recosté la cabeza en una almohada de arpillera rellena de garbanzos crudos.

—No oigo nada —dije.

—Espere un poco —dijo el endemoniado.

Esperé unos minutos hasta que, de pronto, percibí claramente la voz inconfundible de Lola Flores. Me levanté como impulsado por un resorte.

—¿Lo ve usted? —dijo el monje en tono triunfal.

Enarbolaba ya el cinturón para descargarlo sobre mis costillas, pero lo detuve con un gesto imperioso y me puse a examinar atentamente la pared contra la que se adosaba el catre. No tardé en encontrar un boquete de un centímetro de anchura entre dos piedras. Apliqué la oreja al boquete y oí la coplilla con patente claridad.

—¿Adónde da esta pared? —pregunté.

—A la ladera del monte —dijo el endemoniado—. El monasterio está edificado en una cornisa natural. La fachada norte linda con la pendiente.

—No se vaya. Vuelvo en un periquete.

Salí al pasillo y al tercer intento encontré la capilla. La Emilia estaba sentada en un banco, mirando embobada la llama del cirio. Levantó la cabeza cuando me oyó llegar. Había estado llorando.

—¿Tú crees —dijo— que se puede cambiar la manera de ser de las personas?

—No tengo la menor idea —respondí—, pero a guisa de consuelo te puedo informar de que he encontrado la catacumba.

De regreso hacia la celda del monje endiablado pregunté a la Emilia si ella, a su vez, había encontrado algo que a su entender resultase interesante o divertido.

—Sólo una cosa —dijo— me ha chocado: la despensa está por completo desprovista de comestibles, pero, en cambio, he encontrado hasta doce cajas de tónica Schweppes.

—Ya es mala suerte —exclamé, pensando en la bacanal a que habría podido entregarme si en vez de la bebida citada a los monjes les hubiera dado por acaparar Pepsi-Cola—. ¿Y de dónde crees que habrán sacado estos santos varones un producto tan incompatible con sus morigeradas costumbres?

—No tengo la menor idea. Por eso precisamente te lo cuento —dijo la Emilia.

Habíamos llegado ya a la celda del endemoniado y entramos sin llamar. Al ver a la Emilia, el monje se deshizo en protestas, pero acabó por aceptar de buen grado la intrusión de la chica e incluso se atrevió a pedirle, no sin cierta timidez, que tuviera la amabilidad de flagelarle, a lo que se negó ella en redondo, diciendo que por quién la había tomado. En este punto intervine yo rogando al monje que se dejara de niñerías y que, si quería sernos de alguna utilidad, fuera de celda en celda despertando a sus correligionarios y convocándolos a la mayor brevedad en el lugar en que nos hallábamos, primero porque no quería andarme metiendo en catacumbas que no eran mías sin que estuvieran presentes sus legítimos dueños y, segundo, porque no sabía lo que en aquéllas nos aguardaba y pensaba que no estaría de más contar con refuerzos, aun cuando no fuera precisamente una aguerrida banda de samuráis aquella pía congregación. Esto último, por supuesto, no se lo dije al voluntarioso endemoniado, que partió raudo a cumplir la orden, usando una de las páginas del kempis enrollada a modo de cornetín.

Así librados de su presencia me puse manos a la obra. El camastro, como ya he dicho antes, era de madera, pero tenía unas barras de hierro que sujetaban las patas y que, una vez arrancadas, me sirvieron de palanca. Repiqueteando con ellas amplié las ranuras que había entre las piedras del muro hasta que quedó espacio suficiente para introducir las dos barras y ejercer presión con el cuerpo sobre ellas. Se tambaleó la piedra. Volví a la carga y al cabo de unos minutos de forcejeo y transpiración conseguí que se desprendiera el bloque y dejara una abertura por la que cabía mi cuerpo y aun el de alguien más rechoncho. Tuve que proteger con la mano el pábilo de la vela para que la corriente de aire no extinguiese la llama. Entregué la vela a la Emilia y metí la cabeza por el hueco: un vaho fétido me ofendió las narices y la voz de Lola Flores me acarició los oídos. El resto era niebla.

—Pásame la vela —le dije a la Emilia.

Haciendo pantalla con la mano introduje la vela que la Emilia me dio. A su palpitante claridad me fue dado ver un recinto ovalado del que arrancaba un túnel. La luz era incierta y hube de esperar a que mis ojos se habituaran a la penumbra para averiguar que lo que había tomado al principio por un perchero era en realidad un esqueleto pavoroso. Sin la menor prontitud de ánimo deslicé por el hueco hombros, tronco, caderas, glúteos y extremidades y me personé en el recinto que acabo de describir. Un examen más atento del esqueleto me reveló un cartelito que éste llevaba colgado del cuello y que rezaba: «Fray José María, 1472-1541»; y esta piadosa leyenda: «que usted lo pase bien». A los pies del esqueleto aún se podían distinguir retales putrefactos de lo que en el siglo debió de ser su vestidura talar.

Casi se me cae la vela al suelo cuando sentí una mano posarse en mi antebrazo. Era, sin embargo, la Emilia, que se había reunido conmigo.

—Vuelve a la celda —le dije— y espera a que lleguen los monjes.

—¿Tú vas a entrar ahí? —preguntó señalando el túnel.

Le dije que sí.

—Pues voy contigo —afirmó.

—Seguro que hay ratas —le advertí.

—Se esconderán cuando te vean —fue su cariñosa respuesta.

Sin llevar el asunto más lejos nos adentramos en el túnel cogidos de la mano. A diestra y siniestra se abrían nichos en los que despojos humanos se entregaban al último descanso. No sólo ratas, sino ovillos de gusanos, enjambres de moscardones y miríadas de murciélagos animaban el local con su presencia. El aire era casi irrespirable. La voz de Lola Flores había dejado paso a la de Julio Iglesias que entonaba *De niña a mujer*, y otros indiscutibles *hits*, a cuyos acordes hasta los esqueletos parecían balancear alegremente sus cóncavas pelvis. El túnel se hacía a veces tan angosto que teníamos que avanzar de perfil o a cuatro patas. Luego se abría en un nuevo recinto en el que se arracimaba otra promoción de difuntos. En todo momento, empero, el túnel ascendía hacia lo que, según mis cálculos, debía de ser la cumbre de la montaña.

Llevábamos caminando un largo trecho cuando la Emilia me apretó la mano y susurró:

—¡Mira!

Miré hacia donde me indicaba y vi que uno de los esqueletos llevaba puesta una camiseta en la que figuraban estampados un escudo y estas letras: PRINCETON UNIVERSITY BASKETBALL TEAM. De la mano le colgaba un pompón hecho de serpentinas amarillas.

—¡Qué cosa más rara! —exclamé.

—¿Quién habrá cometido semejante profanación? —dijo la Emilia.

—Pronto lo vamos a averiguar —dije yo.

Proseguimos la marcha y acabamos tropezando con una pared de ladrillo que cegaba el túnel. Una simple ojeada me bastó para comprobar que los ladrillos eran de imitación y que en los vértices que la pared formaba con el túnel no había polvo ni telarañas.

—Es una puerta secreta —dije—. Lástima que no se me haya ocurrido traer el hierro.

—Yo lo he traído —dijo la Emilia mostrándome el útil.

—Vaya —mascullé al ver la expresión de suficiencia con que me lo ofrecía.

Nuevamente me entregué a la ingrata tarea de descerrajar lo que a todas luces había sido construido para frustrar a curiosos y amigos de lo ajeno. La falsa pared parecía ser de acero y no creo que hubiera logrado más que agotar mis ya exiguas fuerzas si por casualidad el hierro no hubiera tocado algún mecanismo que hizo que la pared se deslizara por unos rieles y desapareciera en el techo del túnel. El resplandor de varios tubos fluorescentes nos dejó momentáneamente deslumbrados.

—¿Dónde estamos? —me preguntó la Emilia, que había vuelto a agarrarme la mano.

—En un pasadizo que comunica la catacumba con algo —dije en cuanto recobré la visión.

Estábamos, efectivamente, en un corredor de construcción reciente, en cuyo suelo se amontonaban herramientas manuales, sopletes, martillos hidráulicos y baterías portátiles: restos del instrumental utilizado para horadar el pasadizo. En una revuelta se apilaban cajas de tónica Schweppes.

—Esto es lo que bebían los obreros que excavaron el corredor —deduje en voz alta—. Los monjes debieron de encontrar en algún lugar las cajas que tú viste en la despensa y las guardaron por no saber si el líquido sería potable o no. Y allí están los altavoces por donde mana el hilo musical. Un fenómeno acústico, que podría explicar quien de esto entendiera, hace que los cantantes suenen en la celda del monje. Pero estas aclaraciones, aunque certeras, no despejan la incógnita principal, salvo que aceptemos que alguien emprendió una obra de tal envergadura con el único fin de sembrar la confusión en el alma de un beato.

—Legal —dijo la Emilia.

—Pues sigamos —dije yo.

Seguimos por el nuevo corredor acompañados de un cortejo de murciélagos y ratas que aprovechando la salida por nosotros practicada habían decidido emigrar de su elemento natural. Caminando siempre hacia arriba desembocamos en lo que parecía un vestuario de gimnasio, a cuyos costados se alineaban armaritos metálicos cerrados por candados irrisorios. Forcé uno y abrí la puerta del armarito. En el dorso de aquélla había pegadas la foto en color de una rubia en cueros y varias postales. Dentro del armario una percha sustentaba una bata blanca. En el suelo había unas botas de goma y en una repisa unos guantes de un material rígido; no como se ponen las prendas de mala calidad después de dos o tres lavadas, sino rígido de origen. De un gancho colgaba una como escafandra de plástico transparente.

—Los fantasmas —dijo la Emilia—. Los fantasmas que vi en el monte.

Si esta explicación humana a lo que en su momento pudo parecerle una visión sobrenatural tranquilizó a la Emilia o no, no lo sé. Sí, en cambio, sé que a mí me produjo un considerable desasosiego. Lo ignoro casi todo, pero he visto el número suficiente de películas como para saber que la vestimenta que acabábamos de encontrar es la habitual en quienes operan con materiales radiactivos u otras cosas malas, y me pregunté si la gabardina, idónea para las aguas de abril, sería protección suficiente contra los rayos corrosivos a que quizá muy pronto habríamos de vernos expuestos.

—Emilia —le dije—, no sigas.

No sé cuál habría sido su respuesta, pues antes de que tuviera ocasión de formularla se abrió una puerta e irrumpieron en el vestuario cinco hombres en calzas y camiseta de punto, que, al vernos, exclamaron al unísono:

—*What the hell is this?*

Capítulo vigesimocuarto

DANGER!

La asiduidad con que en mis épocas de libertad he frecuentado las Ramblas y sus arterias aledañas me permitió comprender que aquellos hombres hablaban en inglés, de modo que traté de recordar aprisa y corriendo lo que de este idioma, siempre ansioso por ensanchar mi horizonte cultural, había conseguido aprender años atrás y a las mientes me vinieron unas pocas palabras cuyo significado, si alguna vez lo supe, había olvidado y de cuya secuencia sintáctica, para mayor desgracia, no estaba muy seguro, pese a lo cual las dije tratando de imprimir a mi voz el tono más cordial.

—*Fuck, shit, ass, snot, and milk twice.*

Hecho lo cual, y por si aquel intento de aproximación no bastaba para disipar las reservas que los recién llegados pudieran abrigar acerca de lo recto de mis intenciones, arrojé la barra de hierro a la cabeza del más corpulento, giré sobre mis talones y arrastrando a la Emilia me di a la fuga en dirección a la catacumba.

Poco duró, sin embargo, la ventaja que el factor sorpresa nos proporcionaba, ya que, apenas los cinco individuos se hubieron repuesto de su estupor, cambiaron entre sí truncas frases guturales, salieron pitando detrás de nosotros y nos dieron alcance en el cuarto de las herramientas, donde me había detenido a buscar frenéticamente la vela que confianzudo había tirado por no estimarla ya necesaria y sin la que no me veía con ánimos de adentrarme de nuevo en el truculento túnel. Y de fijo nos habrían apresado y quién sabe si arrojado a las fauces flamígeras de una caldera o turbina para que nos calcináramos entre horrorosas convulsiones si en aquel preciso instante no hubiera surgido del prolongado sepulcro la comunidad religiosa en pleno con el padre prior a la cabeza, el cual, viéndonos objeto de agresión, no dudando de qué lado estaba la virtud y de qué lado el vicio y poseído de la temeridad que la inocencia confiere a quien la practica con ganas, se abalanzó sobre nuestros perseguidores, quienes, paralizados por la perplejidad que lógicamente les producía aquella carga de monjes bravíos, no atinaron a reaccionar hasta que ya los santos varones les hubieron caído encima con revolotear de sayas, ondear de barbas y crujir de huesos. Dando gracias al cielo por aquella providencial ayuda con la que, a fuer de sincero, no había contado y siempre acompañado de la Emilia, que, pese a su manifiesto resentimiento para conmigo, o quizá espoleada por él, se había propuesto seguirme hasta el fin del mundo, eludí la zarabanda y volví sobre mis pasos, dejando que los religiosos se las entendieran con los protestantes.

Del vestuario que en forma tan precipitada habíamos tenido que abandonar y adonde regresamos sin ser molestados, arrancaba una escalera de caracol por la que subimos hasta llegar a un descansillo espacioso, en una de cuyas paredes había un ventanal al que con prudencia nos asomamos y a través del cual vimos lo siguiente: una sala circular casi tan grande como una plaza de toros de pueblo, que tenía por techo una cúpula de metal tachonado de unas tuercas tan voluminosas como mi cabeza, que lo es mucho, de cuyo centro al borde se abría como un gajo de mandarina por el que apuntaba al firmamento un telescopio monumental, de cuya boca por un momento pensé que iba a salir disparada aquella célebre mujer-cañón con la que en mis tiempos de calavera salí un par de veces y a la que hube de dejar por razones de salud y prestigio. Y no se piense que era el telescopio la única maravilla que el recinto contenía, pues había en él un despliegue de aparatos electrónicos de cuya adquisición jamás habría creído yo capaz a un país aporreado, como bien sabemos, por la inflación, el desempleo, la anemia pecuniaria y otros males aún peores, así como tableros de control, contadores no ya de la luz y el gas sino de más importantes fenómenos, aparatos de muy variada laya para los que mi precario léxico no tiene locución y numerosas pantallas de televisión, menor la mínima que la palma de mi mano y mayor la máxima que una sábana matrimonial. Creo que con esto el inventario está completo.

—¿Un observatorio —dijo la Emilia— o un centro meteorológico?

—Si una cosa tan inocente fuera, ¿a qué vendría tanto misterio? —le dije yo—. Déjame pensar, déjame pensar.

Empecé a rascarme el cogote, la nariz, el antebrazo, las axilas, el costillar y estaba ya por rascarme el ano cuando las piezas de aquel caótico rompecabezas empezaron a encajar una tras otra en mis entendederas.

—Analicemos —dije en este punto— los datos con que contamos. En primer lugar, no veo lógica alguna en instalar un observatorio en el pico de un monte que se caracteriza por sus nieblas perpetuas. Si bien, en segundo lugar, me viene a la memoria a este respecto la conversación que no hace mucho he sostenido con un venerable monje que, según me ha contado él mismo, ha descubierto una estrella que no figura en la nómina celeste. Ya en su momento me pareció improbable que precisamente él, provisto de un catalejo prehistórico y no más largo que una... que una... en fin, no muy largo —acabé diciendo porque sólo acudían a mi mente metáforas inapropiadas—, hubiera hecho semejante descubrimiento, sospecha que se acrecentó al decirme él que la estrella en cuestión se desplazaba a velocidad de liebre. Con menos ciencia pero más actualizada información, infiero yo que lo que el pobre monje ha estado viendo no es una estrella, sino un satélite artificial. No sería, pues, aventurada hipótesis presumir que nos encontramos en una estación de rastreo y seguimiento, si así se llaman, sin duda de mixta administración, lo que justificaría de pasada la presencia de individuos de habla inglesa, que deben de desempeñar altas funciones técnicas, relegando, me temo, a su contraparte española a más bajos menesteres. ¿Qué hora es?

—Las dos y cuarto —dijo la Emilia—. ¿Por qué lo preguntas?

—Porque a las dos en punto empezaba la retransmisión del partido de fútbol vía satélite. O sea que, si las cosas funcionan como me imagino, a estas horas un satélite artificial ha de estar sobrevolando nuestro suelo.

Consciente de que la ocasión lo merecía, preterí respetos humanos y levantándome para mayor holgura el faldón de la gabardina me rasqué con vesania el punto que había reservado para más discretos lugar y momento.

—Siempre hemos sabido —dije simultáneamente— que el meollo de este caso era la comisión de un acto de terrorismo. Y me digo yo ¿qué peor villanía que interferir en la retransmisión y privar a este país, tan necesario de consuelo, de un partido de la máxima...?

—Para el carro —atajó la Emilia con la inquietud pintada en su hermoso semblante—. Si lo que dices es cierto, y estoy segura de que no lo es, pero en los sentimientos no se manda y algo más poderoso que la razón me induce a creerte, es posible que nos enfrentemos a una cosa mucho peor que la simple interferencia de un programa televisivo, a lo que, por cierto, bien acostumbrados estamos.

—Explícate —dije.

Ahora era ella la que se rascaba no diré yo dónde.

—Si hablamos de terrorismo, hablemos en serio

—dijo—. ¿Qué sucedería si esta estación, en lugar de estar en manos de honorables tecnócratas, fieles a su deber, leales a sus gobiernos y devotos del progreso, hubiera caído en manos de manipuladores sin escrúpulos, aventureros, logreros, mercenarios y genocidas?

—Que me gusta —dije enardecido—. Sigue.

—¿No entraría en el terreno de lo factible —prosiguió la Emilia, contagiada de mi ardor y, dicho sea de paso, de mi incurable verborrea— que el enemigo, valiéndose de los aparatos de que aquí hay plétora, hiciese descarrilar al satélite de su ruta y caer sobre estas tierras?

—¡Menudo batacazo!

—No seas ingenuo. He leído, aunque para semejante esfuerzo intelectual me creas incapacitada, que los satélites artificiales utilizan la energía atómica como combustible. ¡Date cuenta! Los países catalanes, ¿qué digo?, toda la península ibérica podría quedar fumigada de radiactividad.

—¡Cielos! Esto entorpecería enormemente nuestro ingreso en el Mercado Común —exclamé—. Hay que impedirlo.

—¿Cómo? —preguntó la Emilia.

—Como sea —dije yo.

CAPÍTULO VIGESIMOQUINTO

¿NUCLEAR? NO, GRACIAS

Junto a la ventana había una escotilla provista de un gigantesco pasador y en todo similar a las que en las carnicerías se usan para conservar en frío los filetes hasta que aparezca alguien que pueda costear su precio exorbitante. Levanté el pasador sin mayor problema, abrí la escotilla y nos introdujimos en la sala de máquinas. Una vez allí caí en la cuenta de que no sabía qué hacer, porque a duras penas sé contar hasta diez con los dedos de las manos o hasta veinte si el monto de la operación justifica el descalzarme y no conozco otras fórmulas que las de la más elemental urbanidad, conque me puse a mirarlo todo como un pasmarote mientras transcurrían los segundos y el holocausto se hacía cada vez más inminente. Por hacer algo práctico, me puse a examinar las pantallas de televisión, que se me antojaron, dentro de todo, los aparatos más domésticos y, por ende, los de más fácil manejo. Las más iban dando listas de números, letras y signos de puntuación que no me entretuve en descifrar. Un monitor retransmitía con loable nitidez el partido de fútbol. Un pase de banda malamente desaprovechado frustró una bien coordinada acometida de nuestros colores que habría podido constituir una situación de peligro para el marco contrario.

—Mecachis —mascullé.

Un chillido de la Emilia me sacó de mi abstracción. Miré en torno y vi que de una cabina acristalada que por su elevación había pasado desapercibida a mis ojos salía un ser vestido con el guardapolvo blanco y la escafandra que ya habíamos visto en el vestuario que aparece reseñado en los capítulos precedentes. Corrí hacia la escalerilla metálica por la que el individuo efectuaba lentamente su descenso, entorpecido por las botas de pocero que calzaba, llegué antes de que lo concluyese, lo agarré por los tobillos y tiré con fuerza. Se dio un morrón tan grande que se rompió la escafandra como si hubiera sido un botijo, dejando al descubierto no la faz hirsuta, malévola y cejijunta de un bandolero, sino el manso rostro de un señor provecto y calvo en cuyos tiernos mofletes las gafas bifocales, al astillarse, habían dejado rasguños. Avergonzado por el abuso de que le había hecho objeto, le dije:

—*Excuse me, mister*.

A lo que, por estar muerto o simplemente conmocionado, el interfecto no respondió. Lo dejé tendido en el suelo y corrí de nuevo junto a la Emilia, que pedía socorro a voces. Había estado tocando botones y moviendo palancas y de un revoltillo de cables eléctricos saltaban chispas y brotaba una humareda azulada. Me quité la gabardina y la arrojé sobre los cables. Conjurado el peligro, me dirigí al telescopio y pegué el ojo a la lente para cerciorarme de lo que pasaba por arriba. Siendo niño, una vecina que trabajaba en el Gran Teatro del Liceo, no como cantante, como ella a veces dejaba entender para darse ínfulas, sino recogiendo después de cada representación los residuos corporales que algunos melómanos, en su embebecimiento, olvidaban retener, encontró en uno de los palcos unos gemelos de montura de nácar, los trajo a casa, antes de malvendérselos, una noche clara de verano para que pudiésemos observar el cosmos de más cerca. Recuerdo que al llegar mi turno enfoqué al infinito con aliento contenido, esperando ver pulpos, dragones y enanillos y quién sabe qué vagas ensoñaciones de propina, porque existía entonces la creencia, que posteriores descubrimientos se han encargado de refutar, de que las hembras de otros mundos no se recataban de mostrar muslo y pechuga, como si las galaxias fueran un perpetuo calendario de bodega, y que sólo alcancé a distinguir una suerte de nalga sucia que era la Luna, como me explicó didáctico mi padre dándome un bofetón para que no me hiciera el vivillo y le pasara los gemelos a mi hermana, quien, soñadora, juró, pese a tener ya entonces más dioptrías que pelos en la cabeza, que había visto en el cielo la cara risueña de Carlos Gardel y que hasta creía haber oído los primeros compases de sola, fané y descangayada. No sé por qué cuento ahora todo esto, salvo que lo haga para marcar el contraste entre esta vieja memoria de un desencanto y lo que por el telescopio de la estación espacial me fue dado contemplar, esto es, una esfera dorada de la que salían dos o tres antenas que la velocidad o un ventarrón de proa proyectaban hacia atrás, tan brillante y majestuosa que no me habría extrañado si por un ángulo del campo visual hubieran aparecido los tres reyes magos portando en las alforjas de sus camellos oro, incienso y mirra, cosa esta última, dicho sea de paso, que nunca he sabido ni qué es ni para qué sirve.

Pero si esta visión me dejó turulato y extasiado, la percepción de que la bola se iba haciendo cada vez más grande, signo inequívoco de que se nos echaba encima con pasmosa celeridad, me retrotrajo a otras realidades más acuciantes y menos halagüeñas. Aparté el ojo de la lente y arrimando la boca al caño por donde había estado mirando grité a pleno pulmón:

—¡Oiga! ¿Hay alguien ahí?

Apliqué el oído al extremo del telescopio para ver si recibía respuesta y sólo capté un sobrecogedor silencio sideral. Volví a mirar y advertí que el satélite llenaba ya todo el círculo con su mortífero fulgor.

—Estamos perdidos —dije.

Abatido y desesperado, pero resuelto a no claudicar sin lucha, regresé al cuadro de mandos, me senté en un taburete giratorio y me puse a mover ruedecitas, a tocar clavijas y a meter alambres en todos los agujeros que no estaban ocupados. La Emilia me miraba hacer como esperando que yo dijese algo.

—No se me pasa por alto —peroré, pues— que ha sonado la hora fatídica de mirar hacia atrás con la serena lucidez del que sabe que va a caer el telón y que, a poco que remolonee, no tendrá que hacer balance. No diré que dejo este mundo sin pena; entre los muchos sentimientos contradictorios e inoportunos que en mi ánimo luchan con resultados generalmente nefastos no están el estoicismo preclaro ni la elegante resignación. Es triste constatar, al levar anclas, que jamás he poseído las virtudes más excelsas de la hombría: soy egoísta, timorato, mudable y embustero. De mis errores y pecados no he salido ni sabio ni cínico, ni arrepentido ni escarmentado. Dejo mil cosas por hacer y otras mil por conocer, de entre las que citaré, a título de ejemplo, las siguientes: ¿por qué ponen huevos las gallinas?, ¿por qué el pelo de la cabeza y el de la barba, estando tan juntos, son tan distintos?, ¿por qué nunca he conocido a una mujer tartamuda?, ¿por qué los submarinos no tienen ventanas para ver el fondo del mar?, ¿por qué los programas de televisión no son un poco mejores? Ítem creo que la vida podría ser más agradable de lo que es, pero es probable que esté equivocado, o que no sea tan mala, sino sólo una pizca banal. Tonto, indolente y desinformado he llegado a ser lo que soy; tal vez si hubiera sido más cerril habría llegado más lejos. Nadie elige su carácter y sólo Dios sabe quién y cómo juzga nuestros méritos. Si tuviera estudios lo entendería todo. Como soy un asno, todo es un enigma. No sé si me pierdo gran cosa.

—La imagen —dijo la Emilia, que, en lugar de compartir mi amargura y atender a mi mensaje, se había puesto a mirar el partido en el monitor— ha desaparecido.

—Es el fin —dije poniéndome en pie en un postrer conato de gallardía.

Capítulo vigesimosexto

EL ALGORITMO DE LAS ACEITUNAS

Cerré los párpados y hundí cuanto pude la cabeza entre los hombros en un vano intento de amortiguar el impacto que de los aires venía. Y entonces sucedieron varias cosas a la vez. En primer lugar, el técnico al que habíamos dado por muerto y que, a Dios gracias, no lo estaba, volvió en sí, se levantó del suelo sin que yo me percatara de ello, se me acercó sigilosamente, me dio un empellón y dijo:

—Pero, hombre, ¿qué ha hecho usted con los controles?

—Se nos va a caer el satélite encima —le notifiqué.

Lejos de dejarse impresionar por la profecía, se puso a corregir lo que yo había desarreglado, sin dejar de lanzarme miradas de soslayo por si me daba por recurrir otra vez a violencia o atropello. Lo que no habría sido posible aunque tal hubiera sido mi deseo, ya que por la escotilla a través de la cual habíamos entrado en la sala de máquinas la Emilia y yo hicieron su aparición los cinco individuos que habíamos dejado en el trastero batallando con los monjes y los propios monjes, unos y otros renqueantes y maltrechos por la paliza que mutuamente se habían propinado hasta que uno de los individuos, que chapurreaba latín, había logrado establecer una débil línea de comunicación con el prior y deshacer el malentendido por mí sembrado. Y, por si esto no fuera suficiente, un fanal rojo que había en la pared se puso a lanzar destellos intermitentes, sonó una penetrante bocina y al conjuro de estas dos molestias aparecieron en aquel recinto, que por suerte era amplio, no menos de diez números de la Guardia Civil y un destacamento de soldados que, a juzgar por su estatura, complexión, armamento y uniforme, no debían de ser de la cantera. Se produjo la natural confusión, al término de la cual me encontré esposado y apuntado por dos docenas de metralletas.

—Este señor —se chivó el técnico en cuanto se hubo restablecido el orden— me ha pegado y luego se ha puesto a meter mano en los controles. Ha hecho una de buena, pero gracias a mi heroísmo se ha podido restablecer la conexión. Miren qué bien se ve el partido.

Miramos todos al monitor y vimos a nuestro equipo practicando un cerrojazo de miedo.

—Permítanme que les aclare este enredo —empecé a decir.

—Habla cuando te pregunten —dijo el cabo de la Guardia Civil—. Y ponte algo, so degenerao, que hay una señorita presente y tú aquí enseñando el manubrio.

Uno de los números me prestó su capote con el que me arropé.

—Y ahora —prosiguió diciendo el cabo— explícanos a qué jugabas.

—Estaba tratando de impedir un terrible acto de sabotaje, mi comandante —dije yo.

—¿Y quién lo iba a cometer, guapo?

—Estos señores —dije señalando al técnico y a los cinco individuos de habla inglesa— o sus cómplices.

Después de soltar una carcajada en la que no se transparentaba ninguna alegría, el cabo de la Guardia Civil tuvo la amabilidad de aclararme que tanto los cinco individuos como el técnico eran ingenieros espaciales que trabajaban desde hacía años en la estación de seguimiento y que nadie, salvo yo, la Emilia, los monjes y los murciélagos que zigzagueaban por la cúpula había podido entrar en la instalación o salir de ella, por estar ésta rodeada por las tropas del mando conjunto.

—¿Verdad usted, Dumbo? —dijo el cabo al finalizar la explicación asestando un codazo en la tripa del jefe de la fuerza extranjera.

—*Whatever you say, old geezer* —concedió éste con torcida sonrisa.

Tuve la impresión de que la cooperación entre los aliados no discurría sobre aceitadas vías. Y estaba ya considerando cómo aprovechar esta leve disidencia para darme a la fuga, cuando el cabo se dirigió de nuevo a mí y me anunció:

—No hará falta que te diga que quedas detenido como que dos y dos son cuatro. De acuerdo con la legislación vigente, tengo que leerte no sé qué derechos, pero como me he dejado en casa el código y los apuntes, te tendrás que conformar con la buena intención y unas perlas del saber popular.

Y se puso a recitar que quien a buen árbol se arrima buena sombra le cobija y que a quien Dios se la diera san Pedro se la bendijese, hasta que fue interrumpido por el padre prior, a quien el ingeniero políglota había traducido al latín lo que el comandante foráneo le había dicho en inglés, para comunicarle que este último reivindicaba para sí la jurisdicción sobre mi persona.

—De eso ni hablar —replicó el cabo poniéndose en jarras—. Aquí el andoba es súbdito de la corona.

—Dice este señor que dice el mayor Webberius que la estación espacial no se asienta en territorio español.

—¡Lo que hay que oír! —le espetó el cabo encendiendo una tagarnina y echando una ojeada al monitor—. Y encima ya nos han metido uno.

Los extranjeros se pusieron a conferenciar entre sí y los nacionales a seguir las incidencias del juego, lo que le permitió a la Emilia acercarse a mí y susurrarme:

—Tengo la impresión de que nos hemos metido en un buen lío.

—En esto estamos completamente de acuerdo —dije yo—, pero con un poco de suerte, a ti no te harán nada. Si te preguntan, diles que has estado todo el tiempo con los monjes. No se lo van a creer, pero dudo de que les interese dar mucha publicidad a este vergonzoso asunto y no hay como una cara bonita y... otros atributos para que la prensa se lance como una jauría de sabuesos.

—¿Y tú?

—Ya ves: o la silla eléctrica o el garrote vil.

—Es posible que no volvamos a vernos.

—No sólo posible, sino harto probable. No me guardes rencor y hazme un último servicio.

Los ojos de la Emilia se habían empañado.

—Lo que tú digas.

—No le cuentes a nadie lo que me has oído decir cuando pensé que se acababa el mundo. No lo tenía preparado y ahora me siento un poco ridículo.

—Y no te falta razón —dijo ella pasando de la ternura al menosprecio.

Todavía pendía mi suerte del hilo del toma y daca internacional cuando se abrió una vez más la puerta e hizo su entrada en la sala ni más ni menos que el comisario Flores.

—¿Cómo vamos? —preguntó antes incluso de identificarse.

—Numancia, macho —dijo el cabo.

Pusieron de vuelta y media al seleccionador nacional e hicieron comentarios derrotistas sobre el futuro del fútbol español. Como sea que yo, sin poderme contener, interviniera en la conversación para expresar mi desacuerdo, repararon en mi existencia y el comisario Flores, tras presentar sus credenciales a los mandos competentes que allí se encontraban, les comunicó que había acudido al lugar de autos para hacerse cargo de mí y que si tal cosa no les parecía bien no tenían más que telefonear a sus respectivos superiores y recabar de ellos las instrucciones oportunas, lo cual fue hecho sin tardanza, quedando la cuestión al punto esclarecida.

—De buena gana —dijo el comisario Flores una vez despachadas las formalidades del caso— me quedaría a ver cómo termina esta masacre —se refería, claro está, al partido—, pero me malicio que hay prisa por resolver este asuntillo y no está el horno para bollos en las alturas, así que, con su permiso, me retiro y me llevo a esta joya. Ustedes sigan bien.

Me hizo un gesto y echó a andar hacia la salida. Para evitar despedidas, le seguí sin levantar los ojos del suelo. El cabo, muy gentil, se brindó a acompañarnos. Salimos los tres de la estación, que vista desde el exterior parecía un orinal boca abajo y anduvimos por un sendero que conducía a una explanada donde reposaba un helicóptero con las aspas mustias, al que me hizo subir a capirotazos el comisario, haciendo él lo propio en cuanto se hubo despedido del cabo con grandes muestras de camaradería. El piloto del helicóptero nos dio la bienvenida a bordo, nos indicó que nos abrocháramos los cinturones de seguridad y que extinguiésemos los cigarrillos o lo que estuviésemos fumando en aquel momento y, sin fijarse en si le habíamos hecho caso o no, puso en marcha el motor y encendió un potente reflector, cuya luz cegadora aprovechó el cabo para hincarse de rodillas y recoger unos cuantos rovellons. Giraron las aspas con velocidad creciente y el aparato empezó a despegarse del suelo con gran espanto por mi parte y, a juzgar por la cara que ponía, del comisario Flores también. Miré hacia abajo y vi al cabo convertido en un soldadito de plomo, salvo por el capote, que se arremolinaba movido por el vendaval que levantaba el helicóptero. Pronto la niebla que nos envolvía lo sepultó y ya no vimos nada hasta que nos hubimos alejado y pudimos contemplar un cielo límpido y estrellado.

Era aún noche cerrada cuando llegamos al despacho del comisario Flores, en la Vía Layetana, tras haber aterrizado sin novedad en el aeropuerto y haber sido conducidos a jefatura en un coche patrulla que nos estaba esperando. En todo el trayecto el comisario no me había dirigido la palabra, siquiera para cubrirme de improperios, lo que me hacía suponer que estaba de veras enfadado conmigo. Una vez en su despacho, dio orden de que le subieran un carajillo de ron blanco, y al señalarle el policía de turno que los bares estaban cerrados, golpeó la mesa con el puño y dijo que de qué servía llegar a comisario o incluso a Sumo Pontífice si no podía tomarse uno un carajillo cuando le salía de los huevos, que ya iba siendo hora de que alguien con agallas pusiera fin a tanta anarquía y tanto desgobierno y que se meaba y se cagaba en todos los bares de Barcelona y muy particularmente en los que estaban cerrados a las cuatro menos cuarto de la madrugada. El policía de turno, que se había marchado al principio de esta jeremiada, volvió a entrar y anunció que un señor deseaba hablar urgentemente con el comisario. Quizá pensando que no le vendría mal tener a alguien sobre quien descargar sus iras, el comisario dijo que hicieran pasar al hijo de puta que se atrevía a importunarle y así fue como consiguió audiencia a tan intempestiva hora mi buen amigo don Plutarquete, el anciano historiador.

—Créame, señor comisario —empezó diciendo aquél apenas hubo entrado en el despacho—, que por nada del mundo habría osado yo hacerle perder su tiempo y, por lo que intuyo, su proverbial compostura, si no considerase que lo que me trae a esta augusta casa es un asunto de la máxima trascendencia. En cuanto tuve conocimiento de lo sucedido, vine a la carrera. Por fortuna, apenas me puse a hacer autostop en la carretera, me recogió un motorista que no sólo tuvo la delicadeza de traerme hasta la mismísima puerta, sino que me prestó su zamarra para que no pasara frío durante el viaje. Un mozalbete, en suma, de lo más gentil, que está siendo interrogado en este preciso instante en los sótanos por conducir sin carnet una moto robada en estado de intoxicación. Pero no es el relato de mi modesta odisea el que me trae aquí, sino la aclaración de algunos puntos de esta historia que temo hayan quedado algo confusos a sus ojos. Ante todo, y si mi palabra de algo vale, quisiera asegurarle a usted, estimado comisario, que aquí el amigo ha obrado en todo momento guiado por los más altruistas motivos, que no por la lógica más elemental. Romántico por naturaleza, proclive a la literatura e inculto por causas que no hacen al caso, creyó el pobre enfrentarse a una maquinación diabólica, a un apocalíptico complot. Nada más falso. Del estudio somero de los archivos de la orden religiosa he podido colegir que ésta es propietaria legítima de las tierras en que sus conventos se asientan a lo largo del Camino de Santiago. Si la orden se extinguiese, como parece que va a suceder, las propiedades citadas revertirían en el Estado español, conforme a la ley de desamortización de Mendizábal, o, en su defecto, en los Estados Pontificios: un delicado caso de derecho internacional sobre el que sería prematuro pronunciarse. Lo que cuenta es que la empresa aceitunera cuyo local social, por cierto, ha sido pasto de las llamas esta misma tarde, codiciaba los inmuebles, bien porque planease reconvertirlos en paradores turísticos que al amparo de la recidiva religiosa que padecemos rindiesen copiosos frutos, bien para especular con ellos de otro modo. Sabedor el *holding* de que la orden estaba a punto de entrar en la última etapa de su historia y antes de que desapareciese su último miembro y el aspecto patrimonial anduviera en lenguas, empezó a maniobrar para echar el guante a los fundos y oponer a los potenciales causahabientes la eficaz figura jurídica de los hechos consumados. Ya ven ustedes qué cosa más simple. Posiblemente el dinero que en el famoso maletín tantas vueltas ha dado y tantas vidas inocentes ha costado iba destinado a sobornar a algún funcionario venal del catastro que se aviniese a falsificar los registros. No lo sé. El hecho es, dilecto comisario, querido amigo, que ni el satélite ni la estación espacial tenía nada que ver con el caso que nos ocupa. La fantasía del pueblo sano sostiene la teoría estéticamente válida, pero históricamente falaz, de que la magnitud de un crimen ha de guardar cierta proporción con la grandeza del resultado que se persigue o con el relumbre del botín. Está, sin embargo, demostrado que los que a tales trapacerías se entregan no suelen estar dotados ni de mucha inteligencia ni de una imaginación desbordante. Triste, pero cierto. Si en lugar de perder la serenidad y dejarse encandilar por novelerías, y escuchen esto bien, porque aquí viene la moraleja del cuento, este buen hombre hubiera seguido el paciente y aburrido método que en puridad se denomina algoritmo y que consiste en examinar fríamente todas las posibilidades antes de extraer una conclusión definitiva, no estaría ahora aquí, expuesto sabe Dios a qué rigores.

Acabado el sermón, el comisario Flores dio las más efusivas gracias al docto historiador, le preguntó si tenía el honor de hallarse en presencia del célebre profesor don Plutarquete Pajarell que durante veinte años había estado robando libros de la Biblioteca Central y, una vez verificado que, en efecto, así era, dio orden de que lo metieran en la cárcel.

Cuando se lo hubieron llevado sonó el teléfono. El comisario contestó, escuchó lo que al otro lado de la línea le decían, hizo varias reverencias y aseguró que cumpliría de inmediato lo encomendado, que perdieran cuidado y que no volvería a suceder. Colgó y me dijo:

—Andando.

—¿Adónde?

—Ya lo verás.

Supuse que me aguardaba impaciente el pelotón y me consideré autorizado a formular un ruego.

—Señor comisario —dije—, sáqueme de una duda que me corroe: ¿cómo supo usted que era yo el que estaba mangoneando en el satélite?

Me miró como si estuviera a punto de arrojar y dijo:

—¿Cómo no iba a saberlo, mentecato? ¡Y en pelota picada!

No dijo más y me quedé en ayunas. Emprendimos un largo deambular por los alegres corredores del augusto edificio y en uno de ellos, por una de esas casualidades que tiene la vida, nos cruzamos con una pareja de policías uniformados que llevaban esposada a mi hermana Cándida.

—¡Cándida! —exclamé deteniéndome y arrimándome contra la pared para quedar fuera del alcance de sus puntapiés—. ¿Qué te trae por aquí?

El comisario Flores y la pareja tuvieron la amabilidad de dejarnos dialogar brevemente, lo que dio a Cándida ocasión de referirme los hechos que habían llevado al encuentro familiar que narro.

—A poco de haberos ido —empezó diciendo—, esa novia que me dijiste que te habías echado y que, si quieres saber mi opinión, no parece trigo limpio, se despertó y empezó a proferir una retahíla de malas palabras que yo, francamente, no habría consentido en mi casa de no haberse tratado de mi futura cuñada. Cuando hubo agotado el repertorio, que a fe es nutrido, me preguntó que si tenía dinero a mano. Le di lo poco que tenía escondido en el colchón y volvió a preguntarme que si sabía yo dónde podía adquirir un pasaporte que diera el pego. Yo le pregunté a mi vez que si lo necesitaba para el viaje de bodas y como me contestara que sí le di la dirección de un perito buenísimo. ¡Con decirte que ya ha expuesto dos veces en la Vandrés! La chica me dijo que no tardaría y se fue con el dinero. Al cabo de tres horas llamaron a la puerta. Pensé que sería ella, pero eran estos dos pimpollos que ahora me acompañan —señaló a los dos policías, que debían de estarle dando su versión al comisario Flores—, los cuales, con muy buenos modos, me dijeron que dónde estaba la chica que se hospedaba en mi casa, si tal nombre, añadieron con sorna, podía darse a semejante pocilga. A lo que respondí que yo era pobre, pero que a limpia no me ganaba nadie; que no sabía de qué chica me estaban hablando, y que me negaba a seguir contestando preguntas si no comparecía al punto mi abogado.

—Tú has visto demasiada televisión, Cándida —intercalé—. ¿Qué respondieron ellos?

—Que lo que a mí me hacía falta no era un abogado, sino un veterinario. ¡Figúrate! Me puse hecha una fiera... y aquí estoy.

—¿No te dijeron por qué buscaban a María Pandora?

—Sí —dijo mi hermana—, parece ser que está implicada en el asesinato de un tal Toribio Pisuerga. ¿Qué sabes tú de eso?

—Nada. ¿Por qué no les dijiste la verdad?

—¡Hombre —dijo mi hermana—, no iba a delatar a tu novia!

Me quedé meditando unos instantes, al cabo de los cuales dije:

—Has hecho muy bien, Cándida. Y no te preocupes por nada, que yo lo arreglaré todo.

—Seguro —dijo ella.

Y con esto dio fin nuestro coloquio, porque los dos policías se la llevaron en una dirección y a mí me arrastró en la opuesta el comisario Flores, a quien, no bien hubimos dado unos pasos, dije que intercediera por mi pobre hermana, que no tenía culpa alguna, cosa que no pareció enternecerle demasiado. Seguimos andando y salimos a la calle por una puerta lateral. No me esperaba allí una ejecución sumaria, sino el mismo coche-patrulla que nos había recogido en el aeropuerto y en el que ahora iban dos jóvenes y gallardos policías. Subimos el comisario Flores y yo y arrancó el coche.

No recuerdo si el trayecto fue largo o corto, porque lo hice absorto en mis pensamientos y no poco irritado por aquel postrer encuentro que, amén de doloroso, ponía en entredicho las hasta entonces irreprochables conclusiones con que don Plutarquete y yo habíamos rematado el interesante caso objeto de este libro. Y me juré que si algún día recobraba la libertad, lo primero que haría sería tratar de resolver tanto cabo suelto y tanto punto negro como siempre quedan en los misterios que resuelvo. Y no pude por menos de preguntarme, al hilo de lo que antecede, que cómo podía uno encarar el futuro con confianza y rectitud de miras si el pasado era una madeja entreverada de grietas y sombras, valga el símil, y el presente una incógnita tan poco esperanzadora como el ceñudo silencio del comisario Flores me daba a entender que era.

El cielo estaba ya gris cuando aparcamos junto a la tapia del manicomio y nos apeamos. El comisario dio unos paseos hasta que localizó el punto que estimó idóneo y, sin más trámite, hizo una señal a los dos policías que con nosotros venían. Sabiendo que era inútil ofrecer resistencia, dejé que me cogieran por los tobillos y las muñecas, que me columpiasen dos o tres veces y que me lanzasen por los aires.

Aterricé en la rosaleda y con tanto acierto había elegido el comisario Flores la colocación, la distancia y la parábola, que de poco aplasto a Pepito Purulencias, que seguía con su cubo y su martillo persiguiendo cucarachas.

—Perdona el susto, Pepito —le dije incorporándome y tratando de arrancarme de las carnes los espinos que al caer sobre los rosales se me habían clavado por todo el cuerpo.

Lejos de mostrar enfado, Pepito soltó los trastos de matar, me besó en ambas mejillas, me abrazó y me palmeó los omoplatos con una efusión que me pareció tan injustificada como fuera de tono.

—¡Chico, qué alegría! Permíteme que sea el primero en felicitarte —le oí decir sin acertar a entender a qué se refería—. ¡Y qué callado te lo tenías! Todos lo vimos, los médicos, las enfermeras, los compañeros, todos sin excepción. Estuviste requetebién, ¿eh? Muy natural y muy aplomado. Y la voz te salió muy clara y muy segura. No entendimos nada de lo que decías, claro, pero nos causaste una excelente impresión. ¿Quién lo iba a pensar? El doctor Sugrañes está que no cabe en sí de orgullo.

Más tarde hube de enterarme con gran consternación de que, en mi atolondramiento, al tocar botones y clavijas en la estación espacial había producido un raro efecto en las ondas y frecuencias y en vez del partido de fútbol mi descocada imagen y las ñoñas palabras que a la sazón profiriera habían llenado durante breves minutos las pantallas de todos los televisores del país.

Al día siguiente, para desayunar, en lugar de darme leche cuajada, como a los demás, me dieron pan duro y una Pepsi-Cola.

ÍNDICE